btb

Buch

Sie waren eine Ausnahme im Dorf: der Kammerer-Sepp und seine Kreszenz. Sie liebten sich und zeigten es, wann immer ihnen danach war. Die Leute von Aining redeten schon über das glückliche Paar und verstanden die Welt nicht mehr. Bis zu jenem Tag, der das Leben der beiden Bauersleute für immer veränderte. Kreszenz rasierte Sepp wie jeden Samstag nachmittag den Bart. Sie scherzten wie gewohnt, doch als Sepp unerwartet loslachte, gleitet das scharfe Messer in seinen Hals. Mit knapper Not überlebt er, doch er bleibt für den Rest seines Lebens stumm. Von da an wandelt sich das Glück der beiden. Und eine Rettung scheint es nicht zu geben...

Zwölf Erzählungen sind im *Bayrischen Bauernspiegel* versammelt: Geschichten aus der bäuerlichen Welt, die durch ihr urwüchsiges Leben, ihre berührende Direktheit und ihren unvergleichlichen Humor bestechen.

Autor

Oskar Maria Graf wurde am 22. Juli 1894 in Berg am Starnberger See als Sohn eines Bäckers geboren. Ab 1911 lebte er in München, wo er sich mit Gelegenheitsarbeiten durchschlug. Ende 1914 wurde er zum Militärdienst eingezogen, 1916 aber, nach einer Befehlsverweigerung für geisteskrank erklärt, entlassen. Es folgten Jahre als Dramaturg der Münchner Arbeiterbühne und als freier Schriftsteller. Nach Hitlers »Machtergreifung« ging er im Februar 1933 nach Wien ins Exil, 1934 nach Moskau, später nach Brünn und Prag. 1938 floh er vor den Nazis nach Amerika und ließ sich in New York nieder, wo er am 28. Juni 1967 verstarb.

Oskar Maria Graf bei btb

Das bayrische Dekameron (72183)
Bayrische Dorfgeschichten (72325)
Die Ehe des Herrn Bolwieser (72253)

Oskar Maria Graf

Bayrischer Bauernspiegel

Erzählungen

btb

Umwelthinweis:
Alle bedruckten Materialien dieses Taschenbuches
sind chlorfrei und umweltschonend.

btb Taschenbücher erscheinen im Goldmann Verlag,
einem Unternehmen der Verlagsgruppe Bertelsmann GmbH

1. Auflage
Genehmigte Taschenbuchausgabe Januar 1999
Copyright © 1977 by Süddeutscher Verlag GmbH, München
Umschlaggestaltung: Design Team München
Satz: IBV Satz- und Datentechnik GmbH, Berlin
MD · Herstellung: Augustin Wiesbeck
Made in Germany
ISBN 3-442-72423-6

Inhalt

Das Moor. 7

Beinahe ein Mord. 35

Ein alltägliches Wunder 52

Die Traumwandler 58

Die verfehlte Handelschaft. 104

Der Rächer 111

Der Zipfelhäusler-Sepp. 144

Ein Bauer rechnet. 162

Die Puppen 171

Das Ende von Bildstöckl. 190

Doktor Joseph Leiberer seligen Angedenkens. 201

Der bestrafte Geizhals. 215

Das Moor

I

Wenn man vom Marktflecken Oberingelbach aus die Landstraße westwärts geht und den staatlichen Forst, der un-
mittelbar darauf anfängt, nach knapp einer halben Stunde
durchschritten hat, beginnt das Himmelbacher Moor. Dieser Landstrich, der sich stundenweit links und rechts von der
Straße ausdehnt, atmet eine seltsame, fast unheimliche Ver-
lassenheit. Öde und trist, nur von kärglichen, verkrüppelten
Sträuchern bewachsen, liegt er da. Etliche Torfhütten tau-
chen in der Ferne auf, sonst ist weit und breit nichts zu sehen
als schmutzbraune Erde und endloser Himmel. Schonungslos
brennt die Sonne hernieder, und in den warmen Jahreszei-
ten herrscht rundum ein schleieriger, webender Dunst, der
nach Moder und Verwesung riecht und den Atem benimmt.
Erst nach reichlich zwei Stunden wird an den leichten Hügeln, die nunmehr anheben, ein ziemlich baufälliges niederes
Häuschen sichtbar, das in seiner zusammengeduckten Form
beinahe aussieht wie ein reglos daliegender, mächtiger stei-
nerner Hund, der seit ewiger Zeit dazusitzen scheint und
über diese toten Flächen wacht. Kommt man näher, so sieht
man über der schiefen Tür eine zerschlissene Tafel mit der
verwischten Aufschrift: *Tafernwirtschaft von Ignaz Birtl.* Der
Name Ignaz Birtl ist fast bis zur Unleserlichkeit verkratzt,
und manchmal kann man die Wahrnehmung machen, daß er
frisch mit Kreide durchgestrichen und darunter geschrieben
Johann Frötthammer deutlich zu lesen ist.

Als ich zum ersten Male in diese einsame Moorwirtschaft trat – es war ein brennend heißer Tag –, stieß ich vor allem dermaßen an die Decke der niederen, stickigen, fliegendurchsummten Stube, daß ich nahezu umsank und mich einen Augenblick vor Taumeligkeit an die Wand lehnen mußte. Es herrschte ein solch betäubender Gestank hier, daß ich Mund, Nase und Augen zuhielt und diese erst wieder aufriß, als ich ein knarrendes Geräusch in einer Ecke vernahm. Ein breitschultriger Bauer mit einem stoppeligen, viereckigen Gesicht und unheimlich stechenden Augen, die mich gleichsam durchbohrten, saß reglos am Tische. Ich mußte unwillkürlich einen Schrei hinunterwürgen und meine ganze Gestalt straffen bei diesem Anblick und fragte schließlich etwas benommen: »Kann man hier Bier haben?«

In derselben Sekunde aber drehte sich der Bauer ruckhaft herum auf der Bank und wandte mir ohne ein Wort den gekrümmten Rücken zu. Gleichzeitig schleuderte er mit einem hastigen Stoß den mächtigen eschenen Tisch um, daß er krachend am Boden auffiel. Ich rannte entsetzt aus dem Haus, und erst als ich hügelabwärts nach Himmelbach hineinlief, sammelte ich mich wieder ein wenig. Zwei Bauern kamen des Wegs und maßen mich mißtrauisch.

»Ist denn hier keine Wirtschaft außer de-der?« stotterte ich heraus und deutete mit dem Finger rücklings auf den Hügel. Aber die beiden Männer gingen schweigend weiter. »Herrgott! – Hört ihr denn nicht? He? He?« schrie ich ihnen nach. Es war vergebens. Man ließ mich stehen, stehen wie einen Menschen, dem das Kainsmal oder der Aussatz vom Gesicht herunterzulesen war. Meine Enttäuschung stieg aber vollends zur Hoffnungslosigkeit, als ich bedrückt herumschaute und Leute, die vor den Häusern standen, rasch verschwinden sah und hörte, wie sie ängstlich die Türen verriegelten.

Erst nach einer guten Weile faßte ich mich wieder und schritt auf ein Haus zu, um dort mein Glück zu versuchen. Solche Klötze gibt es überall, sagte ich mir und öffnete die

Gartentür des Gehöfts. Da sprang eine große, bissige Dogge auf mich zu, und nur mit knapper Not entkam ich ihren Zähnen. Eine Bäuerin schloß schnell das Fenster und schrie: »Giftlump! Mach, daß d' fortkimmst!«

Es blieb mir schließlich nichts anderes übrig, als wieder nach Oberingelbach zurückzugehen. Die ganzen Vorkommnisse aber hatten mich aufs höchste aufgeregt, und trotz meiner brennenden Neugier fürchtete ich mich, wieder an der Frötthammerschen Wirtschaft vorbei zu müssen. Ich beschloß schließlich, als ich auf der Anhöhe stand und schon dichter werdende Abendnebel aus dem Moor stiegen, hinter einem Gebüsch die Nacht zu verbringen, und wollte von da aus die Wirtschaft unbemerkt beobachten. Trotz allen Widerstrebens schlief ich aber bald ein und erwachte erst, als die Sonne schon hoch am Himmel stand. Ich sprang auf, rannte den Hügel hinunter an der Wirtschaft vorüber. Am Anfang des Oberingelbacher Forsts traf ich den Pfarrer des Marktfleckens und erzählte ihm meine Erlebnisse.

»Hochwürden«, fragte ich am Ende, »sagen Sie mir, was ist denn das alles –? Das ist ja das reinste Fegefeuer auf Erden schon.«

Der Geistliche, der mir mein Erschrockensein wohl von den Augen ablesen konnte, lächelte freundlich und meinte: »Sie haben auch grad eine schlechte Zeit erraten, Herr... Grad in diesem Monat vor jetzt zwölf Jahren hat der ›Viehschwund‹ in Himmelbach angefangen. Das ist ein finsteres Kapitel. Wenn man alles so betrachtet, Herr... Es ist was Merkwürdiges um die Menschen; wenn sie unser Herrgott straft, fassen sie einen Haß gegen die eigenen Mitmenschen, und daher kommt das ganze Übel auf der Welt.«

Er blieb stehen, wischte sich mit dem Taschentuch den Schweiß aus dem Gesicht und deutete mit seinem Stock hinüber auf die Frötthammersche Wirtschaft, dann ins Moor.

»Das alles, was Sie da weit und breit sehen«, hub er nunmehr an, »dem Frötthammer seine ›Schinderhütt‹ und das

Himmelbacher Moor... Lange wird's ja nicht mehr hergehen, daß alles so tot daliegt, denn jetzt will's der Staat nutzbar machen. – Aber das ist wirklich eine Art irdisches Fegefeuer – da haben Sie das richtige Wort gesagt.«

Und im Weitergehen erzählte er mir gemächlich, weit ausholend und untermischt von jener stillen, stetigen Gerechtigkeit, die allen gläubigen Naturen anhaftet, die nachfolgende Geschichte.

II

Himmelbach ist seit jeher das reichste Dorf in der ganzen Gegend. Es ist ein fast märchenhafter Landstrich hinter den Hügeln. Nirgends gibt es solchen Weizen, solchen Roggen. Die Gerste aus dieser Gegend ist sprichwörtlich. Nur das Viehfutter, wie Hafer, Klee und Heugras, ist zu manchen Zeiten mager, zäh und holzig. Man hat lange nachgeforscht, woran es liegt, daß gerade diese Fruchtgattung, mag sie nun angebaut werden, wo sie will, oft in den besten Getreidejahren so schlecht gedeiht, daß die Bauern sie nur zur Streu benützen können. Man sagte sich anfänglich, das füllige Getreide nehme dem Boden allen Saft, und da bliebe für die minderen Viehfutterarten keine Nahrung mehr. Man baute auf die besten Flächen Klee, pflanzte auf sogenannte »gerastete Äcker« Hafer und war sparsam mit dem Aussäen von Getreide, ließ Gras darauf wachsen. Aber es half nichts.

In seiner dumpfen Verzweiflung darüber hat so mancher Bauer sich gesagt: Wenn es schon so ist – alsdann muß einfach das Vieh mit diesem Futter vorliebnehmen, und er warf die Futterkrippen voll mit solchem Heu. Die Tiere schnüffelten an dem Vorgesetzten herum und hoben die Köpfe wieder, fraßen nichts. Wart nur, wenn ihr Hunger kriegt, freßt ihr schon! sagte sich der erboste Bauer und ließ sich nicht davon abbringen, seinen Kühen und Pferden dieses Futter vorzusetzen. Und siehe da, da kam das Schreckliche – diese hungerten lieber, hungerten – und brachen auf einmal ermattet zusammen, verendeten. Es ist heute noch so, und es wird wohl so bleiben, denn der Bauer begnügt sich mit der Tatsache, daß es nun einmal so ist, und ist mißtrauisch gegen jedermann, der da nachforschen will. Er gibt in den sogenannten »Gift- oder Schwundjahren« seinem Vieh nur Getreide und streut mit dem mißratenen Futtergepflanz ein.

»Giftlump hat man Sie geheißen? – So nennt man seit dem Birtl und dem Frötthammer jeden Fremden, der in dieser Gegend auftaucht. Man wittert hinter jedem den gräßlichen Unglücksbringer. – Sehen Sie, da sind wir an der Wurzel dieser Geschichte«, sagte der Pfarrer und fuhr fort:

»Vor jetzt ungefähr zwanzig Jahren kam nach Himmelbach zum größten Bauern der Frötthammer-Hans als Knecht. Im Oberingelbacher Kirchenbuch steht seine Familie seit siebzehnhundertzweiundneunzig. Schäfer aus dem Ungarischen waren die ersten. Sonderbar sind die alle ein wenig gewesen, die Frötthammerschen, aber durchaus rechtschaffene Menschen. Der erste, von dem man hierzuland weiß, hat sich mit Weib und Kindern in Kardlfinfenberg, dreieinhalb Stunden ostwärts von Oberingelbach, niedergelassen. Es verlautet nicht recht viel mehr, als daß er dort als Viehkurierer und Wunddoktor, achtundfünfzig Jahre alt, gestorben ist. Nicht lang darauf folgte ihm sein Weib. Was die drei Söhne anbelangt, so ist einer Uhrmacher geworden und soll in irgendeiner österreichischen Stadt gestorben sein, so um achtzehnhundertsechsundsiebzig; einer ist Schäffler gewesen und ging nach Tirol hinein in die Weingegend, und Hansens Vater, ein Wirt, hat eine Maria Gfellersberger aus Rendlampfing geheiratet. Das liegt weit weg, an der Grenze, ist ein ziemlich großer Marktflecken und heute wohl schon eine Stadt. Wie es aber so zu gehen pflegt, wenn der Mensch von heut' auf morgen heiratet – diese Ehe war ein Unglück. Der Frötthammerwirt war ein ruhiger Mann, hat gearbeitet den ganzen Tag, in der Metzgerei, sommers auf dem Feld und winters im Wald, ohne Einhalten, aber eins hat er gehabt, das war unmenschlich: Zornig wenn er worden ist, das war, als wie wenn er bis ins kleinste gerechnet hätte, wie er den anderen womöglich unschädlich auf Lebensdauer machen könnte. Einen Haß hat er gehabt, der war teuflisch. –

Die Wirtin hingegen war ein lockeres Ding, eine Person für die Männer, und eines Tages kam es zu etwas Furchtbarem.

Spät in der Nacht, alles schlief schon, saß der Frötthammer in der Wirtsstube, die Wirtin saß da und der Gendarm Rimminger, und – man weiß nicht, wie – der Gendarm hat schließlich den Wirt erstochen. Die Verhandlung und die Erzählungen der Leute lassen es so erscheinen, als sei der Wirt auf den Rimminger mit dem Bierschlegel losgegangen aus Eifersucht. Und da habe der Gendarm in Notwehr gehandelt.

Mein Amtsvorgänger aber«, erzählte der Pfarrer, »hat seinerzeit dem Rimminger am Sterbebett die Beicht' abgenommen, und da hat er gesagt: ›Ich war's, Hochwürden... Ich hab' mich nicht mehr halten können. Der Frötthammer hat bloß gesagt: ›Ich rühr' dich nicht an, Hurenhengst! *Du* mußt ins Zuchthaus – *ich* nicht!‹ Und nachher hat er so lange mit dem Sticheln und Hetzen fortgemacht, bis ich ihm das Stilett hineingerannt hab', und alsdann ist er zusammengefallen, und gestöhnt hat er, wie wenn er jetzt erst richtig zufrieden wär'. Fast gelacht hat er, und wie der Leibhaftige selber hat er das Gesicht verzogen und hat gesagt: ›So, Hund, so! Gott sei Dank, so ist's recht! – Jetzt, Hund, ist's aus mit deiner Herrlichkeit auf der Welt – jetzt hast deine Straf'!‹ Und dann haben wir ihm den Bierschlegel in die Hand gedrückt. *So* ist's gewesen, Hochwürden! Ich hab' ihn niedergestochen, ja – jeder hätt's gemacht... *Er* hat's gemacht, *er* selber!‹«

Ich schüttelte fast ungläubig den Kopf, so sonderbar berührte mich diese Erzählung.

In der Waldmitte tauchte ein schnell dahertrabendes Gefährt auf und kam näher. Etliche erschreckte Vögel rauschten krächzend aus den hohen, dunklen Tannen empor. Ein Himmelbacher Bauer saß auf dem Wägelchen und nickte dem Geistlichen grüßend zu.

»Der Steim von Himmelbach…?« sagte der Pfarrer nachdenklich:»Hm, merkwürdig! Heut' ist ein Tag, der das Erzählen leichtmacht. Die Hauptfiguren kommen grad immer an, wenn es stockt.«

»Der Rimminger hat fünf Jahre Zuchthaus bekommen«, fuhr er fort,»und ist als Betbruder gestorben, und die Frötthammerin hat die Wirtschaft verkauft und ist mit ihrer Tochter Elis wieder nach Rendlampfing gegangen. Der Bub, der Hans, ist davongelaufen am selben Tag und hat sich rechtschaffen fortgebracht. Beim Simsenfurtner in Furt ist er drei Jahre Stallbub und Drittler gewesen, beim Rumleitner in Mögling war er vier Jahre, und dann ist er zum Steim – nicht zu dem, der eben vorbeifuhr, zu seinem Vater – gekommen. Ein Knecht, wie man ihn brauchen kann. Jeden hat er müdgemäht, ruhig war er, kein Aufschneider und kein Flucher. Im Jahr seine zwei Beichten und seine Speisung…«

Der Geistliche hielt inne und veratmete. Wir gingen schweigend nebeneinander. Der Wald schattete jetzt mit seiner ganzen saftigen Stille über die Straße. Leise Vogeltriller drangen durch das dichte Kronengewirr der Bäume. Hoch mußte die Sonne stehen. Man schritt wie durch eine wohltuend kühle Grotte in eine rätselhafte Bergmitte…

Der Pfarrer schneuzte sich vernehmbar, daß es hallte.

»Wenn man so nachdenkt«, sagte er, sein Schnupftuch einsteckend wie neugestärkt und machte einige strammere Schritte:»Wenn man alles so überschaut…? Der Frötthammerwirt hat den Rimminger strafen wollen…? Und der Bub hat alles auslöffeln müssen. *Was* sich doch die Menschen alles in den Kopf setzen! Sie wollen nicht begreifen, daß unser Herrgott immer dabeisteht und nichts vergißt!«

Dann begann er von neuem.

III

»Der Frötthammer-Hans kam also zum Steim nach Himmelbach. Man trifft nicht leicht einen so umfänglichen Hof in der
Gegend, und zu damaliger Zeit, wenn ein neuer Knecht dort
eintrat, sagte man: ›*Der* darf Knochen haben!‹ Denn da ging's
an in der Früh um zwei Uhr und dauerte bis zum Dunkelwerden im Sommer. Jeden Tag gleich und gleich. Und im Winter,
beim wüstesten Wetter im Wald! Es ist noch keiner alt geworden beim Steim, aber der Hans, *der* wär's geworden dort, *der*
schon. Und das will was heißen«, meinte der Pfarrer.

»Ruhig und ohne Zwischenfall verlief ein Jahr. ›Da hast
einen Stoff, Hans‹, sagte am Weihnachtstag der Steim zum
Knecht, ›laß dir was machen, das hält.‹ Und alle schauten
wohlwollend auf den Hans. Man war nicht von ›Gebenhau-
sen‹ beim Steim, wie man das Geizigsein in unserer Gegend
zu nennen pflegt. Nach altem Brauch gab's zwei bunte Sacktücher und ein paar frische Rohrnudeln als Christgeschenk
für einen Knecht, und ein leinenes Kopftuch oder ein dünner
Rosenkranz für die Magd war viel.

Kein Wunder also, daß der Hans über und über rot im
Gesicht dastand und das seltene Geschenk kaum anzurühren wagte. Verwirrt schaute er auf seinen Dienstgeber und
brachte kein Dankwort über die Lippen. Und da passierte
es, daß die Steimtochter, die Genovev, wie um ihm zu helfen, Hans anlachte und freundlich sagte: ›Nimm's nur! Hast
mir ja auch den ganzen Sommer die Sens so schön schneidig
gedengelt.‹

Diese ermunternde Anrede aber machte den Hans nur noch
verwirrter. Er wußte schließlich gar nicht mehr, wo er hinschauen sollte, und schlug benommen die Augen nieder, dann
wieder auf, sah beinahe feindlich auf die Genovev, faßte endlich scheu das Geschenk und tappte wie traumwandlerisch
aus der Stube. Eine Weile standen alle verwundert da. ›Hm!
Th-hm!‹ stieß der Bauer heraus.

›Ein komischer Mensch, der Hans‹, sagte die Bäuerin kopf-schüttelnd.

Auf Maria Lichtmeß ließ sich der Hans beim Schneider-Alois von dem Stoff einen Anzug anmessen.

›Denkst denn ans Heiratn, weilst dich gar so fein machst?‹ fragte der Alois einmal so nebenbei. Der Hans lächelte verlegen, bekam auf einmal ein todernstes Gesicht und ging schnell davon.

Überhaupt schlich er seltsam verstohlen um jene Zeit herum, als belauere er ständig etwas Bestimmtes, und im Sommer, nach Jakobi, trat er plötzlich in die gute Stube vor den Steim und sagte tonlos und stockend: ›Ich hab' im Sinn – de-dein Schwiegersohn z' werdn, Steim. Gib mir die Genovev. Wie meinst?‹

Die ganze Bauernfamilie fiel fast auf den Rücken vor Staunen. Alle vier, der Steim und die Bäuerin, die Genovev und der Wastl, rissen Mund und Augen auf. Jeder schwieg. Erst allmählich faßten sie sich wieder. Der Hans stand wie ein Stock da. Er rührte sich nicht, ging nicht weg. Zweideutig und herabmindernd maß ihn die Genovev. Aber um so bohrender heftete Hans seine Blicke auf den Steim, daß diesem schließlich die Zornadern schwollen.

›Hm, jetzt so was!‹ brummte die Steimin unbehaglich. Und der Bauer warf sich auf einmal in Positur und polterte: ›Du...?! Die Genovev...? Ja – ja, bist d' denn nicht recht?!‹

Der Hans wollte eben den Mund auftun, aber der Steim ließ ihm das Wort nicht. ›Red nicht!‹ rief er verärgert und faltete finster seine Stirn. – ›Man sagt ja nicht von dem..., arbeiten tust gut, aber *hast* denn was? Wo willst denn hinheiraten? Aufs flache Feld 'naus gar?!‹

Und immer wütender wurde er. Unschlüssig starrte ihn der Hans an. Die Steimin ging mit der Genovev aus der Stube. Kopfschüttelnd.

›Jetzt, dumm wär' ja der soweit gar nicht!‹ warf der Wastl hämisch hin, schaute auf seinen Vater, verzog sein viereckiges

Gesicht zu einem plumpen Lachen und trottete in die nebenliegende Kammer. Der Steim faßte sich etwas.

›Dummheiten!‹ sagte er milder. Es war ihm anzusehen, daß er verstimmt war. Niedergedrückt, wegen solch einer dummen Geschichte seinen besten Knecht zu verlieren. Er ging einige Male hin und her, schüttelte den Kopf.

›Hans...? Ich weiß gar nicht...! Wie ist dir denn jetzt dies in den Kopf gestiegen...? Das geht doch nicht...! Schlag dir die Dummheiten aus dem Hirn!‹ lenkte er bereits ein. Das schien auch den Hans etwas umzustimmen.

›Der Birtl, Steim... Der Birtl im Moor drüben, der will mir sein Häusl auf Pacht geben, hat er gesagt. Und – und eine Wirtschaft am Weg, die geht doch‹, sagte er stotternd. Einfältig und gutmütig brachte er es heraus. Schon beim Wort ›Birtl‹ war der Steim stehengeblieben und sah den Hans fast geistesabwesend an.

›Was?!‹ schrie er, auf einmal wieder zornrot im Gesicht: ›Was sagst? Zum Birtl? Eine Steimtochter in die Roßschlachter-Kaluppen einheiraten? Ja – ja bist d' denn ganz und gar hirnlahm?‹

Und: ›Gibt's nicht, basta!‹ brüllte er ganz außer Rand und Band: ›Entweder du schlagst dir die Genovev aus'm Kopf, oder du gehst! Aus!‹ Und einen Stuhl packte er und warf ihn krachend auf den Boden, stampfte schnaubend aus der Stube. –

Der Ignaz Birtl ist vor dem Frötthammer-Hans in der Moorhütte gewesen«, erzählte der Pfarrer und setzte hinzu: »Das Haus an der Landstraße, wenn das so erzählen könnte, da käm' so manches an den Tag. Erst war es eine Unterkunft für die Fuhrleute, dann kam eines Tages dieser Landfahrer Birtl und nistete sich ein. Er gab sich als Roßschlachter aus und führte auch eine Zeitlang Flaschenbier. Es ließ sich zwar höchstens einmal ein Fremder bei ihm sehen, aber der Birtl blieb. Landfahrer sind verrufen von jeher. Man unternimmt nichts gegen sie. ›Die bringen Unglück‹, heißt es, und man läßt sie unbehelligt. Freilich, es gibt auch Mutwillige, die gleich immer mit Gewaltsamkeiten da sind.

Auch beim Birtl wurde einmal zum Fenster hineingeschossen. Es lief gut ab. Aber die ganzen Himmelbacher Bauern lebten lange Zeit ob dieses Bubenstreichs in banger Aufregung, und als dann zufällig einmal der Vater vom alten Steim ins Moor fuhr und nicht mehr herauskam – man erzählt es heute noch. Die Pferde kamen mit dem leeren Wagen heim, vom Bauern hat man nichts mehr gefunden –, als dies passierte, da schrieb man es der finsteren Macht Birtls zu.

Freilich, das hat ja der Hans nicht wissen können, als er um die Genovev anhielt, aber vielleicht hat's so sein müssen.« –

Die Kirchenglocken von Oberingelbach erklangen jetzt. Der Geistliche nahm seinen Hut ab, bekreuzigte sich und lispelte unauffällig sein Gebet. Auch ich entblößte mein Haupt und schwieg.

Mit jedem Schritt wurde der Wald lichter. Das Zirpen der Grillen aus den nahen Wiesen wurde vernehmbar, und ein Heuduft füllte mehr und mehr die Luft. Der leichtblaue Himmel, der sich über der breiten Straße hinzog, schwamm wie ein durchsichtiger Märchenfluß dem Waldende zu. Aus undeutlichen, schleierigen Gedankenschwaden meines Zurückerinnerns schälte sich ein erklärendes Bild. Der Weg durch das Moor, der Schreck in der Hütte, das düstere, rüde Verhalten der Bauern im Dorf hinter den Hügeln – alles bekam etwas von der tristen, ungeklärten Sphäre einer Vorhölle, aus der ich langsam, wie von einer unsichtbaren Gnade gelenkt, herausgeführt wurde.

Die Glocken verstummten jetzt. Gemächlich setzte der Pfarrer seinen Hut wieder auf und nahm eine Prise Tabak.

»Ah, schön ist's, so im Schatten bei dieser Hitze«, lächelte er leicht und sah zufrieden umher.

IV

»Von *der* Stunde an, da ihm der Steim die Heirat mit der Genovev abgeschlagen hatte«, fuhr der Gottesmann nunmehr fort, »von da ab war der Frötthammer-Hans ein andrer. Seine Arbeitslust ließ nach, er wurde nachlässig und vergeßlich. Der Steim versuchte es anfänglich mit guten Worten, wurde aber bald unwillig und schimpfte, daß man's im ganzen Dorf hörte. Hans stand stets starrköpfig da, hörte sich alles schweigend an, und selbst als ihn der Bauer gehen hieß, tat er nicht dergleichen und blieb auf dem Hof. Man versuchte es schließlich mit der Verachtung und blieb dabei.

Bald wußte man auch in ganz Himmelbach von Hansens Absichten auf die Genovev und von seiner Abweisung, und weil sein verändertes Wesen so sichtlich zutage trat, kam's öfter vor, daß man hinter ihm herkicherte.

›Bist ein Rindviech, Hans!‹ sagte der und jener listig zu ihm: ›Was grämst dich denn so ab wegen der Genovev? Sind doch noch andre da, die froh sind, wenn sie ein rechtschaffenes Mannsbild kriegen.‹ Man nannte ihm alle möglichen Bauerstöchter und Mägde, die häßlichsten darunter, und machte einen Witz daraus, den Steimknecht zu einer lächerlichen Figur herabzumindern. Aber der kümmerte sich nicht um das dumme Geschwätz, erwiderte nichts auf all das Reden und trottete einfach weiter. Dieses Stummsein aber reizte die Dörfler erst recht. Sie wurden immer dreister mit ihrem Gespött und hießen zuletzt den Hans allgemein den ›ewigen Hochzeiter‹. –

Seit geraumer Zeit ging dieser jeden Abend zum Birtl in die Moorwirtschaft hinüber und kam oft erst tief in der Nacht im Steimhof an.

›Treib dich nicht immer so in der Nacht herum bei dem Zigeuner, sag ich‹, drohte der Steim, beunruhigt darüber, und stellte ihn zur Rede, was er denn dort immer mache. Wie ein Taubstummer glotzte ihn der Hans nur an, ließ ihn zu Ende schimpfen und ging in den Stall hinüber.

›Himmelherrgottsakrament, jetzt wird's mir bald zu dumm!‹ brüllte ihn der Bauer etliche Tage später an: ›Beim Tag bist kreuzlahm und bei der Nacht rennst umeinander! Was machst du denn beim Birtl?‹ Und wieder schwieg der Hans.

Wie das nun zu gehen pflegt, wenn der Spott auf einen Menschen nicht wirkt und die Grobheit zweimal nicht, man versucht es mit der üblen Nachrede. Ein Wort kommt bei solchen Gelegenheiten oft unbesonnen über die Lippen. Man hört kaum hin, aber auf einmal taucht es in der Erinnerung des Hörers wieder auf, der Sinn hat sich verändert und verhäßlicht. Zufälle helfen nach, und aus dem Sumpf der Klatschsucht rinnt das faulige Wasser der Verleumdung. –

›Glaubst denn, umsonst hat der Gendarm Rimminger den alten Frötthammer erstochen?‹ sagte an einem Tag in der guten Stube beim Steim der Kagreder-Silvan, der nunmehrige Werber um die Genovev, zum Bauern: ›Er führt was im Kopf, der Hans, paßts auf! Er ist grad so verdruckt und versteckt, wie der Alte gwesen ist!‹ Der Steim drehte sich herum und zuckte die Achseln.

›Der...? Der Lapp...?‹

Aber der Silvan gab nicht nach.

›Paßts auf!‹ wiederholte er eindringlicher: ›Ich wenn der Herr wär' auf'm Steimhof, bei mir müßt' er auf der Stell' fort!‹

›Er geht doch einfach nicht!‹ mischte sich die Steimin ins Wort. ›Was willst denn machen? – Schimpfen hilft nichts, an die Wand wennst ihn schmeißt, hilft's nicht! Er bleibt einfach!‹

Der Silvan lachte spitzig und zwinkerte vielsagend mit den Augen: ›Er geht nicht...? Ich...? Bei mir müßt' er einfach eine Arbeit machen, daß er im Dreck ersticken tät'. Ich wüßt', wie ich ihn losbrächt'.‹

›Recht hat er! Ganz recht!‹ bekräftigte der Steim-Wastl: ›Nicht sauber ist's mit'm Hans! 'naus muß er!‹

›Wenn er schon so gern drüben ist im Moor, nachher müßt' er mir einfach jeden Tag Torf stechen, daß ihm die Zung' raushängen tät'. Da käm' er bald nimmer!‹ rief der Silvan schnell hinterdrein, und als er nun sah, daß die ganze Steimfamilie geradezu überrascht war von diesem Vorschlag, bekam sein Gesicht einen selbstbewußten Glanz.

›Dies ist eigentlich wahr‹, brummte die Genovev und alle nickten.

Von da ab schickte der Steim den Hans tagtäglich zum Torfstechen ins Moor hinüber. Es war in der Märzmitte. Leute, die auf den Feldern jäteten oder Dünger streuten, schrien dem Hans schon von weitem spöttisch zu: ›Ewiger Hochzeiter! Wo gehst denn hin? Bist noch nicht erstickt im Dreck, ha?‹ Und alles lachte knisternd.

Zu jener Zeit gab es starke Regenfälle.

›Da ersauft er ja doch noch‹, meinten welche, ›wie dem alten Steim geht's ihm.‹ Aber der Hans kam jeden Abend zurück.

An einem solchen Regentag trottete der Silvan einmal mürrisch neben der schwerbeladenen Düngerfuhre und schlug fluchend auf die zwei Pferde ein.

›Mistwetter, verrecktes! Hurenwetter!‹ knurrte er in einem fort und war in der ärgerlichsten Laune. Der Hans kam des Wegs und wollte unauffällig an ihm vorbei, doch der Bauernsohn stellte sich ihm breit in den Weg.

›Laßt *du* so regnen, Dreckfink?‹ schrie er hämisch. Der Hans gab nicht an.

›He! Kannst nicht angeben, Stier? Du!!‹ brüllte der Silvan noch wütender und versetzte ihm einen derben Stoß in die Hüfte, daß er zurücktaumelte. Glucksend lachten die paar Bauern, die hinterdrein schritten. Der Hans setzte schon wieder den Schritt an und wollte Reißaus machen, aber der Silvan hielt ihn am Ärmel. ›Dableiben! Spintisierer, bockiger!‹ schrie er überheblich: ›Ob'st du so regnen läßt, frag' ich.‹ Und drohend schwang er seinen Peitschenstiel über Hans' eingezogenen Kopf: ›Red!‹ Da schrillte ein furchtbarer Schrei in die Luft. Mit einem jähen Satz hatte sich der Hans auf den Grobian geworfen und warf ihn derart an den Düngerwagen, daß dessen Kopf klatschend im Mist aufschlug und darin steckenblieb wie eine kunstgerecht hineingeworfene Kugel.

›Ja! Ja! Schinder! Alles soll ersaufen!‹ verstanden die herankommenden Bauern, und weg war er, der wildgewordene Knecht. Wutrot und schäumend richtete sich der Silvan auf und wischte sich ab. Die Bauern sahen mit verhaltenem Spott auf ihn. –

›*Der* hat dich aber dreckig gemacht, Silvan!‹ sagte der Stich-Christoph trocken und musterte den Tobenden mit boshaftem Wohlgefallen.

›Der hat's faustdick hinten‹, brummte der Hüther ebenso.

›Hinterlistig... Verdruckt!‹ murmelte der alte Ringeldrifter mit unübertrefflichem Ernst.

›Aber wart nur, Bürscherl!‹ knurrte der Silvan und hieb grimmig auf seine Pferde ein.

Mit schadenfrohem, leisem Lachen gingen die Bauern weiter.

Seit dieser Niederlage brannte ein unauslöschlicher Haß im Silvan. Der Hans kam am selben Abend nicht mehr ins Dorf zurück. Einige sahen ihn manchmal tief im Moor Torf stechen und stets beim Birtl aus und ein gehen. Niemand kümmerte sich mehr um ihn. Im großen ganzen war man beim Steim froh, daß man ihn draußen hatte. –

›Da ist was anderes dahinter, sag' ich‹, murrte der Silvan bei jeder Gelegenheit und versuchte hartnäckig, die Sache aufzubauschen.

›Was *tut* denn der Birtl, seit er im Moorhaus ist? Hat schon wer achtgegeben? Von was lebt er denn? Keiner mag mit ihm was zu tun haben... Warum ist denn ausgrechnet der Hans bei ihm so mir nichts, dir nichts aufgnommen?‹ bohrte er in den Steim.

›Meinetwegen! Was geniert mich dies! Soll er beim Birtl hausen, solang er will! Die Hauptsach' ist, daß er beim Teufel ist‹, gab der zurück. Er wollte nichts wissen weiter.

›Beim Teufel! ... Ja, ja! Da hast es!‹ wollte der Silvan herausfordern, aber der Steim verfinsterte jetzt unwillig sein Gesicht: ›Schwamm drüber! Aus!‹

›Recht hat er! ... Mit'm Teufel haben sie's, der Birtl und der Hans!‹ trompetete der Wastl unwillig heraus: ›Ausräuchern! Verbrennen sollt' man die ganze Moorhütten und die zwei damit!‹

›Reds nicht so verwegn!‹ warf die Steimin bestimmt hin und schnitt das Gespräch ab. ›Davon laßts die Händ!‹ rief sie noch resoluter und ging mit der Genovev hinaus. Mißvergnügt standen zuletzt die drei Männer ohne ein Wort am Fenster und schauten ins Regnen hinaus. Weil man nicht recht viel anfangen konnte bei diesem Wetter, so hielt man Silvans Hochzeit mit der Genovev in den nächsten Wochen. Im schärfsten Trab, daß der nasse Kot hoch über die lackierten Dächer flog, polterten die Kutschen der Brautleute und der Schwagersleute an der Moorhütte vorüber. Der Silvan erhob sich schnell vom Sitz und reckte die Faust.

›Dö Hund' helf' ich noch!‹ sagte er zur Genovev kühn. Später, als man nach der Kirche beim Unterwirt in Oberingelbach hockte, beugte er sich über den Tisch und sagte lachend zum Steim: ›Und weißt was, Schwagervater? S' Himmelbacher Moor kannst der Genovev noch als Dreingab mitgeben!‹

›Den Teufelsgrund?!‹ fragte der schon etwas berauschte aufgeräumte Bauer zurück: ›Den willst? ... Meinetwegen! Zehn solcherne Gründ' kannst haben!‹

Und abgemacht war es. Von da ab gehörte das ganze Moorland dem Silvan.

›Weißt du, was der damit macht?‹ fragte wohl die Steimin am anderen Tag ihren Mann: ›Ist ja wahr ... Anfangen kann man ja nichts damit, aber so was der Genovev mit in die Eh' geben ... Dies, dies bringt nichts Gutes!‹

Der Bauer kratzte sich unbehaglich und schwieg. –

›No ja, jetzt ist's schon gschehn‹, brummte er nach einer Weile und tappte hinaus. –

V

Unaufhörlich, durch Tage und Nächte, rauschte der Regen in dieser Zeit auf den Himmelbacher Landstrich nieder. In wenigen Wochen standen alle Wiesen unter Wasser. Mißmutig und beschäftigungslos gingen die Bauern herum und murrten über das Wetter. Vor dem Kagrederhof hielt einmal eine fremde Kutsche, und ein Herr in städtischer Kleidung stieg heraus. Man erzählte, der Silvan wolle das Himmelbacher Moor verkaufen, und ›ein schönes Rindvieh sei er gewesen, der Steim, daß er für ein gutes Wort über den Biertisch weg den ganzen Torfstich hergeschenkt habe‹. Schon einmal, kurz vordem der Birtl die Moorhütte bezog, hatte Steims Vater von irgendeiner staatlichen Seite einen Kaufantrag bekommen, sich aber nicht eingelassen darauf. Jetzt auf einmal, weil eine Mißernte drohte, kam's dem Bauern wieder. Jeden Tag erinnerte ihn die Steimin daran, und jeden Abend brummte er verärgert: ›Was soll ich denn machen? ... Ich kann's ihm doch nicht wieder nehmen! Zurückverlangen geht doch nicht!‹

›Und ein anderer schiebt das Geld ein! *Der* macht sich reich mit unserm Grund, und wir – wenn die ganze Ernt' nichts ist – wir haben 's Nachschaun!‹ belferte die Bäuerin.

›No ja, 's ist ja sowieso ein Unglücksgrund!‹ gab der Steim mürrisch zurück: ›Aber verkaufen, das gibt's nicht. Das laß ich ganz einfach nicht zu!‹ Und damit stand er auf und ging in den Kagrederhof hinauf.

›*Das* überlegst dir! Den Torfstich verkaufst nicht, solang ich leb'!‹ schnaubte er den Silvan dumpf an. Düster blieb er mitten in der Stube stehen und maß seinen stutzenden Schwiegersohn. Die Genovev schlüpfte aus der Kammer, blieb, Unheil ahnend, stehen.

›*Ich* hab' ihn dreißig Jahr ghabt! Mein Vater selig ist drin ersoffen, wie der Birtl herkommen ist ... Ist ein Unglücksboden! Drum laßt ihn stehen, wie er ist!‹ begann der Steim abermals. Der Silvan fand die Antwort nicht gleich. Nach einer kleinen

Pause aber sagte er dreist: ›Du hast ihn mir doch geschenkt bei der Hochzeit, Schwagervater! Dies sollst dir schon eher überlegt haben.‹

›Gibt's nicht! Verkauft wird nicht!‹ polterte der Steim jetzt noch bestimmter und setzte auf einmal hinzu: ›Das gibt Unheil.‹

Aber der Silvan hatte sich schon wieder ganz in der Gewalt, als jetzt die Genovev hinausgegangen war, und sagte keck: ›Was mir ghört, ghört mir!‹

›Nachher fallt's auf dein' Hof!‹ rief der Steim zornrot und schlug massig auf den Tisch. Silvans listiges Augenfunkeln traf ihn. Der verzog auch seine Mundwinkel höhnisch.

›Hm‹, machte er: ›Reut's dich, gell? ... Mich führst nicht hinters Licht mit deinem Schimpfen! Ich mach', was ich will.‹

›So?! ... *Soweit* ist's also schon!‹ gab der Steim nur noch zurück und ging feindlich.

›Kannst mir ja einen Prozeß machen, wenn d' willst!‹ rief ihm der Silvan hämisch nach, aber der Steim drehte sich nicht mehr um und ging festschrittig weiter.

In derselben Nacht, auf der Heimfahrt von Oberingelbach, klopfte er am Birtlfenster. Dann wurde die Moorhüttentür aufgerissen, und der Steim stand auf einmal groß und regentriefend da. Die zwei Hüttler waren von der Bank aufgeschnellt und machten verdutzte Gesichter. Der Birtl hielt seinen kläffenden Hund am Halsband.

›Der Torfstich ghört enk, Birtl! Laßts keinen was machen drauf!‹ sagte der Bauer unvermittelt nach den ersten Sekunden des Schweigens. Und ehe sich der Hans und der Landfahrer fassen konnten, schloß sich die ächzende Tür vor ihnen, und das Rollen des davongaloppierenden Gefährts dumpfte durch die regnerische Nacht.

›*Der* Riegel ist ihm vorgschoben!‹ brummte der Steim seinem Weib zu, als er ins Ehebett stieg. –

Es verrann eine graue Woche. An einem Nachmittag sah man wieder das fremde Gefährt vor dem Kagrederhof. Der

Silvan ging mit dem Herrn den Himmelbacher Hügel hinan, wahrscheinlich, um letztmalig vor dem Kaufabschluß das Moorland zu besichtigen.

›Macht er's also doch?‹ fragte kurz darauf der Steim in der Kagrederstube die Genovev.

›Ja.‹

›*Ich* sag' nichts mehr!‹ war die Antwort.

›Ich weiß nicht – was hast denn?‹ rief die Genovev ratlos und sah auf ihren Vater.

›Halt's Maul, Rindviech! Ein Schlawiner ist er, der Silvan!‹ fuhr ihr der über den Mund: ›Aber da brockt er sich was ein!‹ Und stumm ging er wieder.

Nur wenige Schritte vom Hof war er, als auf einmal der Silvan und der Spekulant laut schreiend und atemlos mit erschreckten Gesichtern den Hügel heruntergestürzt kamen. Mit verborgener Befriedigung blieb der Steim stehen.

›Was ist denn?‹ fragte er finster.

›Der Birtl und der Hans haben uns den Hund nachgehetzt! ... Mein Gwehr her!‹ brüllte der Silvan wutschäumend und wollte ohne Aufhalten ins Haus. In diesem Moment aber trat der Bauer sperrend vor ihn.

›Das machst nicht!‹

Der Silvan stutzte erschrocken.

›Was? ... Warum denn?!‹

›Bleiben laßt es, sag' ich!‹ rief der Steim noch drohender und wandte sich mit einem Ruck an den schlotternden Spekulanten, er hob beide Hände: ›Und *Sie*?! ... Sie!!! ... Machen Sie, daß Sie zum Teufel kommen, Sie Lump! Sonst passiert was! ... 'naus! Weiter! Auf der Stell'!‹

Mit einer solchen Bestimmtheit und Hast geschah all dies, daß der Silvan zu keiner Widerrede mehr anhub und der Spekulant wie ein ertappter Dieb in den Kagrederstall rannte, sein Pferd einschirrte und ohne Verabschiedung zum Dorf hinausfuhr. Der Steim und der Silvan waren beide ins Haus getreten, und lang kam der erstere nicht mehr heraus. Mit ruhigem Gesicht sah man ihn dann durch die Dorfstraße auf seinen Hof zugehen.

Der Spekulant kam nicht mehr. Verbissen, mürrisch lief der Silvan seit diesem Vorfall herum. Grob fuhr er seine Knechte an, öfters hörte man ein lautes Streiten in der Kagrederstube. –

April und Mai vergingen, und immer noch regnete es ohne Unterlaß. Der Unwille der Bauern schwoll zur Unruhe an. Allerhand abergläubische Gerüchte wurden in den verwirrten Hirnen zu Wirklichkeiten. Oft und oft sah man Himmelbacher auf dem Hügel stehen und über den Sumpf blicken. Das Moor saugte das Wasser auf und war nicht überschwemmt. Den Kopf schüttelten die Bauern, und bedrückt, fast vernichtet gingen sie wieder ins Dorf zurück. Ein Wind erhob sich in den letzten Tagen und trug nächtelang ein unheimliches Hundegebell über die Hügel. Einmal sah man in einer häßlichen Frühe den Birtl und den Hans mit dem Hund, anscheinend im eifrigsten Gespräch, die überschwemmten Gaue überblickend, auf dem Himmelbacher Berg. Wahrscheinlich hatte die Neugier die beiden heraufgetrieben, aber die Bauern waren nun schon einmal beunruhigt und gaben sich damit nicht zufrieden.

›Da! Da! Die Teufln!‹ riefen sie alle zugleich und rannten in die Häuser. Eine allgemeine Aufgeregtheit brach aus. Einige wollten bemerkt haben, daß der Hans mit der Hand auf den Kagrederhof und aufs Steimhaus gedeutet und dann eine Faust gemacht habe, andere wieder ließen es sich nicht nehmen und behaupteten steif und fest, daß die beiden teuflisch und schallend vor Schadenfreude gelacht hätten.

Ist's nun, wie es ist«, sagte der Pfarrer: »Jedenfalls hat man das Auftauchen der beiden Moorhüttler in ganz Himmelbach in einen gewissen Zusammenhang mit dem Nachfolgenden gebracht und tut's heute noch.

In dieser Nacht änderte sich der Himmel. Der Mond kam durch die Wolken. Staunend schauten die Bauern empor. Am andern Tag strahlte erstmalig die Sonne wieder über die ganzen Gebreiten von Himmelbach. –

Es war schon Anfang Juni. Und von jetzt ab setzte eine unnatürliche Hitze ein und ließ das Wasser auf allen Feldern überraschend schnell verdunsten. In der Luft aber lag ein fauliger Geruch, der den Atem benahm, und alle Grasflächen hatten eine schmutzbraune, fast glänzende Kruste. Man begann endlich zu mähen, doch die Sensen stumpften auffallend schnell, ihr Schnitt schien gehemmt zu werden durch etwas Holziges, in das er drang. Seltsam abgebleicht und verdorrt standen Gras und Klee, und selbst das Getreide, das sehr zurückgeblieben war, drohte zu mißraten, erholte sich aber im Laufe weniger Wochen und stand schöner denn je.

Mürrisch und keuchend wetzten die Mäher ihre Sensen in einem fort, und noch nie vergossen sie so viel Schweiß bei der Arbeit. Und als man dann zum erstenmal fütterte, fraß das Vieh nichts von dem Futter. Seitdem kennt man den ›Viehschwund‹ in Himmelbach.

Das ist jetzt zwölf Jahre her«, sagte der Geistliche aufatmend, »und ich sehe es wie heute noch, wie die Himmelbacher auf einmal dahergestürzt kommen. Ich sehe ihre erschreckten Gesichter noch ... alles, alles. Ihr Gejammer und ihre Bitten, alles ist mir noch deutlich in Erinnerung ... ›Der Teufel selbst haust in der Moorhüttn, Hochwürden! ... Leibhaftig ist er's!‹ Wie oft hab' ich's anhören müssen von den Himmelbachern! Über Rampfing sind sie gefahren, bloß damit sie nicht vorbei haben müssen beim Birtl. Bittgänge haben sie abgehalten, und Messen hab' ich lesen müssen in einem fort. Und als im zweiten Jahr, obwohl kein Regen diesmal auftrat, wieder das ganze Futtergepflanz mißriet, da ging der Jammer erst recht los. ›Hochwürden! Hochwürden! Helfen S' uns! Alles, alles machen wir! Bloß los von dieser Landplag! Helfen S' uns!‹ schrien sie alle, die Bauern und die Weiber. Es war wirklich etwas Hartes mit ihnen. Ich wußte mir zuletzt nicht mehr anders zu helfen und sagte, die Polizei müsse ins

Moorhaus kommen. Aber da ging das Gejammer erst recht an.

›Nicht, Hochwürden! Um Gottes willen nicht! Nicht! Das bringt erst recht ein Unheil! Dann geht's erst recht an, Hochwürden!‹ klagte und wimmerte alles.

Ich versprach schließlich, ins Birtlhaus zu gehen und dort auszusegnen und den Hans ins Gebet zu nehmen. Schnurstracks marschierte ich ins Moor hinunter. Keiner begleitete mich. Als ich auf die Hütte zuging, sah ich hinter der Hügelwelle die Bauern auftauchen. Angstvoll standen sie dort.

Es war kurz nach Mittag. Ich klopfte fest an die Birtltür. Niemand gab an. Ich hämmerte zuletzt mit beiden Fäusten, rüttelte, ging ums ganze Haus und lugte durch die verstaubten Fensterscheiben. Nichts entdeckte ich, nichts ließ sich hören. Nicht einmal der Hund bellte. Alles war verschlossen und totenstill. Ich wartete eine ganze Stunde, fing wieder zu klopfen an, lief ins Moor hinein. Nicht ein Sterbenslaut ließ sich vernehmen. Selber etwas erschauert, ging ich schließlich mit dem festen Entschluß, am andern oder übernächsten Tag wiederzukommen, nach Oberingelbach weiter.«

VI

Unterdessen hatten wir unvermerkt den Wald verlassen. Die Sonne stand glühend in der Himmelsmitte. Die Felder waren mittagsleer. Es ging ein klein wenig abwärts. Schroff standen die weißen Häuser von Oberingelbach im Licht. Der gedrechselte Kirchturm stach zierlich ins wolkenlose Blau.

»Obwohl ich meinen Entschluß schon in den darauffolgenden Tagen wahr machen wollte«, nahm der geistliche Herr den Faden seiner Erzählung wieder auf, »hielten doch allerhand Arbeiten mich davon ab. Erstens waren die großen Bittgänge grade um diese Zeit, einige Hochzeiten kamen dazwischen, und am achten Tag starb meine Mutter am Schlagfluß.

Ich fuhr nach Hause, und so verzögerte sich alles ohne mein Verschulden. Ich verlor auch etwas die Fühlung mit den Geschehnissen in Himmelbach und im Moor. Ziemlich niedergeschlagen saß ich einige Tage nach meiner Rückkehr in meinem Arbeitszimmer, als auf einmal Marie, meine Köchin, hereinkam und mir sagte, der Steim und der Ringeldrifter warteten im Vorzimmer und möchten mich dringend sprechen. Gleich darauf traten auch die beiden Bauern ein und hatten verstörte Gesichter.

›Hochwürden‹, sagte der Steim unvermittelt und tonlos: ›Es ist was passiert. Es hat in der vorigen Nacht geschossen... zweimal nacheinander... Und – und die Blutspuren gehn über den Himmelbacher Berg auf die Birtlwirtschaft zu.‹

Ich sprang mit einem Satz vom Stuhl auf. ›Wo denn geschossen? Auf wen denn?‹ fragte ich.

›Es heißt auf dem ›Schinder-Anger‹, wo die verreckten Viecher eingescharrt sind, auf zwei Mannsbilder, die sich schon seit längerer Zeit dort herumgetrieben haben und das Fleisch verschleppt haben‹, erwiderte der Steim hastig.

›Allmächtiger!‹ rief ich erschrocken: ›Den Birtl oder den Hans?... Wen hat's denn getroffen?‹

Die zwei Bauern standen bloß da und schauten mich fragend an. Keiner brachte ein Wort heraus.

›Wer hat denn *die* Dummheit gemacht?‹ fragte ich.

›Das weiß keiner, Hochwürden... In der Näh' vom Kagrederhof hat's gekracht, sagt man überall‹, brachte der Steim endlich wieder heraus, und der Ringeldrifter nickte.

Es war für mich so gut wie bestimmt, daß einer von den Moorhüttlern durch diese hinterlistigen Schüsse zum mindesten verwundet worden war, wenn nicht mehr. Und als jetzt gar noch der Ringeldrifter erzählte, daß die große Dogge Birtls auf dem Platz liegengeblieben wäre und die halbe Nacht jämmerlich gewinselt hätte, bis der Kagreder-Silvan sie erschlagen habe, da wußte ich alles. Ich warf eilig meinen Mantel um und fuhr mit den zwei Bauern in schärfstem Trab zur

Birtlhütte. Auf dem ganzen Weg forschte ich in meiner Erinnerung nach, wem denn daran gelegen haben mochte, den zwei Moorhüttlern nach dem Leben zu trachten.

›Das Moor gehört doch dir, Steim?‹ fragte ich so im Dahinfahren. Ich war aber nicht wenig erstaunt, als der Bauer den Kopf schüttelte. Ich wußte bis jetzt nichts anderes.

›Wem denn dann?‹ forschte ich weiter.

›Ich hab's dem Silvan überlassen bei der Hochzeit, Hochwürden... Ich wollt' nichts mehr zu tun haben mit dem Teufelsgrund‹, antwortete der Steim.

›Und was wollte denn der damit?‹ fragte ich.

Der Steim zuckte die Achseln: ›Verkaufen, glaub' ich... Es ist ein paarmal ein Spekulant aus der Stadt dagewesen, aber es ist mir nicht recht gewesen... Ich hab' mich mit dem Silvan verfeind't deswegen...‹

Mir ging ein Licht auf. ›Soso‹, sagte ich nur noch. Wir waren schon ganz nah am Birtlhaus. Die Gesichter der Bauern wurden immer unsicherer. Zögernd nur trieb der Steim die Gäule vorwärts. Ich schwang mich ohne viel Worte vom Wagen herunter und bat sie, hier zu warten, bis ich herauskomme. Deutlich merkte ich, wie die zwei aufschnauften.

Diesmal war die Tür unverschlossen. Ich trat hindurch und blieb erschrocken stehen. Ein Gestank zum Umfallen empfing mich. Überall auf Tisch und Bank lagen große Fleischstücke, und Schwärme schwarzer Fliegen summten herum. Als ich aufsah, bemerkte ich eine offene Tür, aus der ein Röcheln kam. Hastig machte ich einige Schritte und stand plötzlich vor dem Hans. Überrascht, zitternd und totenbleich stand er da und starrte mich stumm an. Offenbar hatte ihn mein unvermutetes Erscheinen so erschreckt, daß er weder aus noch ein wußte. Angewurzelt, wie ein zu Tode gehetztes Reh, das sich von seinen Verfolgern umringt sieht, sah er mich an. Ich mußte mich selber zusammennehmen.

›Hans‹, sagte ich endlich, ›es ist was passiert mit dem Birtl, ich weiß alles... man hat auf euch geschossen...?‹ Und jetzt, als ich das erste Wort über die Lippen hatte, war ich wieder ganz bei mir, schritt ohne Unruhe durch die Tür an ihm vorbei auf das Strohlager des röchelnden Birtl zu. In diesem Augenblick aber geschah etwas, daß ich beinahe vor Grauen umgefallen wäre. Mit einem Aufschrei, wie ich ihn nie wieder aus einer Menschenkehle vernahm, rannte der Hans hinter mir durch die Haustür – ich hörte noch einige Schluchzer, es flog etwas schattend an den niederen Fenstern vorüber, und im Nu war alles wieder still. Die Fliegen summten brummend im Raum. Ich hörte noch das Rattern des davonsausenden Wagens und das dumpfe Traben der Pferde draußen, und als ich mich wieder auf den blutenden Birtl niederbeugte, warf er sich bereits sterbend.«

Tief Atem holend blieb der Geistliche stehen.

»Jetzt aber, da alle Erschütterung jäh abgebrochen war«, begann er wieder mit einer leicht gehobenen Stimme, »jetzt kniete ich mich vor die Lagerstatt des Toten, so leicht und klar und furchtlos wie nie, und betete meine Sterbegebete.«

Klarer und fester begann er sodann wieder: »Ich weiß nicht, Herr, ob Sie schon in eine solche Lage gekommen sind, ob Sie unser Herrgott schon einmal auf eine solche Probe gestellt hat ... Ich muß da aus eigener Erfahrung sprechen. Aber ich kann Ihnen sagen: Wenn ich mein ganzes bisheriges Leben überblicke, wenn ich mich bis in die kleinsten Kleinigkeiten aller guten Stunden zurückerinnere, so weiß ich keinen glücklicheren Zustand mehr als den vor dem Birtlschen Sterbelager. Auf einmal nämlich war mir alles klar und wirklich. *Ich wußte plötzlich, was ich tun mußte.*

Besinnungslos fast verließ ich das Birtlhaus, ging festen Schrittes über die Hügel nach Himmelbach hinunter zum Kagreder und verlangte auf der Stelle den Silvan.

›Du hast den Birtl erschossen, Silvan‹, sagte ich geradeheraus und schaute dem Rohling in die ausweichenden Augen: ›Du gehst auf der Stell' nach Oberingelbach zur Gendarmerie und meld'st dich! Geh!‹

Der Silvan knickte zusammen, nahm schweigend seinen Hut und ging.

›Und du, Genovev, bet‹, wandte ich mich an die jammernde Bäuerin.

Ganz Himmelbach war zusammengelaufen, und als ich jetzt aus dem Haus trat, faßte mich ein aufrichtiger Zorn.

›Gaffts nicht so, alte Weiber!‹ schrie ich wütend. ›Kümmerts euch um *euer* Seelenheil!‹, daß der ganze Trupp erschrocken auseinanderstob. Eilsam ging ich wieder über die Hügel.

Und es war seltsam. Alles lief genauso ab, wie ich es in jenem gehobenen Augenblick am Birtllager vor mir sah. Nachdem ich wieder in die Moorhütte getreten war, hockte der Hans wieder da.

›Hans‹, sprach ich ihn an, ›unser Herrgott hat dich lang büßen lassen ... Das Birtlhaus gehört von jetzt ab dir, und keiner unternimmt mehr etwas gegen dich ... Bring dich rechtschaffen fort ...‹

Bei den letzten Worten schon hob er den Kopf düster und glotzte mich stechend an. Sein Mund schnappte wie von selbst auf. Unheimlich war es.

›Das Moor!! ... Das Moor!! ... Das Moor ghört mir, und jeden bring’ ich um, der rein will!‹ schrie er auf einmal gellend. Und mit einem wilden Ruck wandte er sich herum und stieß mit aller Gewalt den eschenen Tisch um. Es half kein Wort mehr. Störrisch drehte er mir den Rücken zu. So blieb er hocken. –

Am andern Tag hab’ ich den Mesner Pfriem von Oberingelbach mit dem Leichenwagen zur Moorhütte hinausfahren lassen, bin schon in aller Frühe nach Himmelbach hinüber und habe die Bauern zum Totengeleit geholt. Furchtsam und eingeschüchtert sind sie mitgegangen. Der Mesner hatte mit seinem Knecht den Sarg schon aufgeladen gehabt, als wir ankamen, und wartete. Seltsamerweise aber war der Hans wieder verschwunden. Der Sterbezug setzte sich in Bewegung. Langsam begann ich das Vaterunser, und die Himmelbacher Bauern fielen ein. Wir waren kaum zehn Schritte gegangen, da, plötzlich, wie aus dem Boden heraus, tauchte ungefähr eine Wurfweite von uns entfernt, dreckig und schwarz, der Hans auf und blieb zitternd stehen. Von einem wilden Schreck erfaßt, ergriffen die Himmelbacher jäh die Flucht, rannten wie Affen den Hügel hinan und verschwanden. Mein Rufen und Schimpfen half nichts.

Pfriem hielt unschlüssig an, und auch ich stand einige Momente ratlos da und schaute zum Hans hinüber, der sich nicht von der Stelle rührte.

›Geh her, Hans!‹ rief ich schließlich ärgerlich: ›Es tut dir kein Mensch was, dummer Kerl, dummer!‹

Aber er stand und schwieg.

›In Gottes Namen, fahrts zu!‹ sagte ich also mißmutig zum Mesner und ging hinter dem Totenwagen drein.

Am Rand des Oberingelbacher Forstes machten wir halt. Wir wandten uns um und sahen den Hans auf das Haus zugehen. Ich blieb stehen und schaute schärfer.

Da! – Da! Er blieb stehen an der Tür und machte sich an der Tafel zu schaffen. Als ich am andern Tag vorbeikam, war der Name Ignaz Birtl dick mit Kreide durchgestrichen, und *Johann Frötthammer* stand darunter.

Und seit der Zeit sitzt er in der Moorhütte, der Frötthammer-Hans. Man weiß weiter nichts von ihm, als daß er keinen Menschen sehen will und gefürchtet ist in der ganzen Gegend. Ihm gehört eigentlich wahrhaftig das ganze Moorland, denn kein Bauer wagt seitdem mehr einen Schritt in dieses zu setzen«, schloß der Geistliche seine seltsame Erzählung. –

Wir standen an seinem Gartentor. Er lächelte ein wenig.

»Aber sagen Sie, Hochwürden«, warf ich noch ein: »Warum bringen Sie den seltsamen Tod von Hansens Vater mit dem ganzen Schicksal des Sohnes in Verbindung...? Wie meinen Sie denn das: Der Frötthammer hat den Rimminger strafen wollen, und der Bub hat alles auslöffeln müssen?«

33

Der geistliche Herr wandte sich ganz mir zu. Eine große Friedlichkeit war in seinen Zügen. Ein wenig nachdenkend furchte er die hohe Stirn und antwortete ebenso bestimmt wie tiefsinnig: »Unser Herrgott, Herr, will alles ganz. Er kann keinen irdischen Richter neben sich dulden... Wär's denn nicht unsinnig, wäre unser Herrgott nicht selber überflüssig, wenn wir dummen Menschen schon seine Gerechtigkeit ausüben könnten...? Der alte Frötthammer ist gestorben und hat seinen Haß zurückgelassen... Und das ist nun einmal so: Was einer auf dieser Welt zurückläßt, das hat einer von den Seinigen auszutragen, so oder so... Einer muß den Weg zu End' gehen...«

Er hatte wieder sein Lächeln. Dankend drückte ich ihm die Hand. –

Beinahe ein Mord

I

Das kleine Bauerndorf Eiterham gehört in die Pfarrei nach Reinbichl. Dieses erreicht man auf dem schmalen Sträßlein, das hinter dem Dorf gen Süden führt. Aufwärts zieht es sich, eine waldige Lende empor über den hochgelegenen Weiler Freihart, der seit Generationen dem Schmauß gehört. Halbwegs von Eiterham nach Freihart, auf einem kleinen Hügelvorsprung, ist die »schöne Aussicht«. Das ist eine Holzbank, die einstmals der Hauptlehrer Weindl von Reinbichl selig hinsetzen hat lassen. Der nämlich ist ein großer Naturschwärmer gewesen. Von dieser Bank aus sieht man aber auch wirklich wunderbar über die ganze weite, verträumte Mulde und kann den dünnen silbrigen Bach verfolgen, bis er hinter dem sogenannten Reglingerberg verschwindet.

Auf der Bank der »schönen Aussicht« hat sich vor einiger Zeit etwas Schauerliches ereignet. Ganz Eiterham ist darüber in Aufregung geraten. Nämlich der Hirlinger-Bartl, der sich vom Schmauß in Freihart den Rammler zum Belegen seiner Kaninchen holen wollte – es war in aller Frühe, die Sonne hatte noch gar keine Hitze –, der Bartl kam zur Bank und sah einen fremden Menschen in gutem, städtischem Anzug schräg dort hocken, mit einer klaffenden, blutverkrusteten Wunde in der Schläfe, scheinbar schlafend, aber, wie sich sofort herausstellte, maustot, denn die Gestalt war starr zusammengesunken, und auf der Bank lag ein sechsschüssiger Revolver.

Der Bartl schaute eine Zeitlang verdutzt, dann interessierter, nahm den Revolver vorsichtig in die Hand, musterte und beroch ihn, warf wieder etliche Blicke auf den Toten, legte die Waffe hin und rannte ins Dorf hinunter.

»Wos? Wos? A Toter? ... Ah! ... Geh, mach Gspaß!« zweifelte der Bäcker Heininger, als der Bartl erzählte, aber schon kamen die Nachbarn zusammen.

»Ma hot aber doch gor koan Kracher ghärt!« warf der Stemmlinger ein und meinte, wenn so ein Schuß losgehe, da müsse doch das ganze Tal Echo geben.

»Ma hot aa gor koan Menschen gsehng, der wo do 'naufganga waar«, sagte hinwiederum der Feschenbaur und wandte sich ebenso zweiflerisch wie der Heininger an den Bartl: »Is's gwiß wohr? Machst koane Tanz?«

»Wenn i dir's sog! Ganz gwiß! So gehts nur grod weita, gehts!« wurde jetzt der Bartl aufgeregter, und schließlich und endlich also stiegen fast alle Eiterhamer hinauf zur »schönen Aussicht«. Die Sonne stand schon hoch. Der dicke Heininger prustete wie ein Bräuroß, der Wirt Reiser als Beigeordneter forderte in einem fort, man müßte auf der Stelle von Eschenloh herüber den Wachtmeister holen. Der alte Hirlinger grantelte, daß das doch ein Unsinn sei, mitten unter der Arbeit heraufsteigen zu einem fremden Toten, der gar niemanden was angehe.

»Ja, ja, aufwecka tean ma'n deswegn aa nimmer!« brummte der Steim, sein weißhaariger Nachbar mit dem nußbraunen Froschgesicht.

»Werds ös scho sehng, a rechter Durcheinander werd's, wenn erst amoi Gricht und Polizei dazwischenkimmt«, sagte wiederum der alte Hirlinger: »Dö moana womögli no aa, vo üns hot'n wer derschossn, und nacha is d' Sauerei do!«

Grad jetzt – sie waren kaum noch wurfweit weg von der Bank – fuhr der Schmaußknecht, der Reiffler-Toni, mit dem Leiterwagen aus der Waldlichtung und glotzte erstaunt auf die Eiterhamer. Er hielt verschreckt die Rösser an, als ihm der Reiser mit seiner fetten Stimme befehlshaberisch zuschrie:

»Hoit stad, Toni! Bist denn blind? ... Siechst it, daß do a Toter auf der Bank hockt!« Die vom Dorf waren jetzt an Ort und Stelle. Sie umstellten die Bank und starrten.

»Steig oba! Marsch!« wandte sich der Bartl an den Schmaußknecht, welcher noch immer zögernd und betroffen auf dem Leiterwagen hockte. »Do! Schaug! ... Do hockt er! Tot is er!« deutete der Bartl, der sich natürlicherweise als Entdecker hochwichtig vorkam, auf die Bank. Der Reiffler-Toni rührte sich immer noch nicht vom Fleck und glotzte bloß hinüber auf den leblosen Menschen. »Oba steig, sog i! Host eppa glei gor a schlechts Gwissen!« rief der Bartl, und das bewirkte, daß auf einmal etliche sonderbar auf den Schmaußknecht schauten.

»Oba! Doher!« befahl jetzt auch der Beigeordnete Reiser, und endlich rührte sich der Toni, kraxelte vom Wagen herunter und kam schüchtern auf die Leute zu. »Soso, traust dir doch her jetzt!« spöttelte die Reblechner-Genovev, und einige machten hämische Gesichter, als hätten sie einen neuen Spott auf der Zunge. Inzwischen disputierte man vorne heftig.

»Hm, tja ... Ja, ja, er is tot, er is wirkli tot‹, brümmelte der Leizlberger und kratzte sich an den Schläfen: »Hmhm, jetz dös is guat ...«

»Der hot si umbrocht«, sagte der Steim.

»Umbrocht? ... Dös muaß si erst rausstelln ... So ganz gwiß is dös noch net«, meinte der Reiser wichtig: »Dös muaß d' Gendarmerie erst feststelln ...« Er kam sogar ein wenig ins Hochdeutsche, wie es immer der Fall war, wenn er sich als Amtsperson fühlte. Er nahm den Revolver in die Hand und betrachtete ihn eingehend.

»Zwei Schüsse«, sagte er und schaute ahnungsvoll auf die Umstehenden. Er zog die Brauen hoch, seine glänzende Stirn warf krumme Falten.

»Holla ... Zwei Schüsse! Dös is verdächti ...«, sagte er. Die Umstehenden sahen ihn kurz an.

»Hm... Und do, moan i, waar man doch mit oan Schuß hin... Maustot«, sagte der Bäcker Heininger. Man stand und stand unschlüssig da.

»Ausgerechnet zu üns muaß er her, der damisch Kerl, der damisch...«, nörgelte der alte Hirlinger über den Toten: »Ob er jetzt umbrocht worden is oder ob er sich selba wos o'to hot – dös hätt' er doch in der Stodt drin aa macha kinna!« – »Ja mei, dö Stodtleut... Dö hobn so lauter Untugadn«, stimmte ihm der Steim bei.

Der Stemmlinger betastete den graumelierten Anzug des Toten am Ärmel und rieb das Tuch in den Fingern: »Und a guats Zeigl hot er o... Sünd' und schod dafür... Dös muaß, scheint si, a besserer Mensch sei... Hmhm –« Er schüttelte nachdenklich den Kopf und musterte das keineswegs abgehärmte schnurrbärtige Gesicht des Toten: »Es schaugt aa gor it a so her, ois wia wenn er notig dro gwen waar...« Das schnappte der Reiser auf und rief: »Jaja, eben, eben! ... Aus Not und Verdruß is der it in d' Ewigkeit... Dös is verdächtig, sog i...« Und ganz in seiner massigen Größe richtete er sich auf und sagte schier wie ein Feldwebel zu seiner Kompanie: »Da liegt, meiner Schätzung noch, ein Verprechen vor... Ein ganz ein niederträchtiges Verprechen...!«

Es wurde noch viel gesagt. Die Weiber meinten, ein sauberer Mensch wär' er, der Tote, und fanden mitleidige Töne.

»Und gor it oit noch... No, no! Wia oit werd er sei'? Achtundzwanzig oder dreißig Johr! Mehra it... Hmhm, so jung und scho a so furtmüassn von der Welt«, meinte die Jagstin und bekreuzigte sich. Einige Weiber machten es ihr nach.

»Ja, wos tean ma denn jetz? ... Do muaß doch was gschehng!« forderte endlich der Hirlinger mürrisch.

»Ja, ebn, ebn... Mir kinna doch den fremdn Menschn it liegnlossn, bis er 's Stinka o'fangt!« zollte ihm der Steim Beifall. Entschluß kam in die Leute. Alle drangen darauf, daß man etwas mache. »Hansl!« wandte sich der Reiser an seinen Knecht: »Du fahrst auf der Stell' mit'm Radl auf Eschenloh umi und holst an Schandarm! Marsch, tummel di!« Er war in seinem Element.

»Du meldst: Wahrscheinlich ein Verppprechen, verstehst mi? ... Ja? Host mi verstandn? Also guat, mach, daß d' weiterkimmst«, ordnete er an.

»Und auf dem Tatplatz müssn unbedingt etliche Mannsbilder Wach hoitn, bis d' Schandarmerie do is! So einfach liegnlossn kinn' ma den Totn it!« war sein weiterer Befehl.

Niemand hatte bemerkt, daß der Reiffler-Toni insgeheim auf sein Fuhrwerk zugegangen war. Erst jetzt, als er anfuhr, schraken die Leute erstaunt auf, und grimmig plärrte der Reiser: »Nix werd furtfahrn jetzt... Auf der Stell' bleibst do, Bazi, elendiger!« Alle machten ärgerliche Gesichter. Es war zwar nicht einzusehen, warum der Toni eigentlich bleiben sollte, aber es paßte einfach niemandem, daß er sich so einfach mir nichts, dir nichts aus dem Staub machen wollte.

»Do bleibst!« schrie der Bartl ebenso.

»I muaß ja zur Windmui obi... I hob doch koa Zeit it! Der Baur schimpft ja!« wollte sich der Toni, die Rösser halbwegs anhaltend, hinausreden. Er war ganz unsicher. Überhaupt war er weitum bekannt als ein dappiger Tropf, der unter Leuten scheu wurde.

Der Bartl lief auf die Rösser zu und riß an ihren Zügeln. Der Handgaul bäumte sich, die Rösser wurden unruhig durch das Gezerr und Schreien, sprangen und fingen auf einmal zu laufen an. Den Bartl warf es um. Über den Hang hinab jagte das Fuhrwerk, und grad zu tun hatte der Toni, daß er Herr über seine Rösser blieb. Oben fuchtelten und schimpften die Leute, schrien und drohten sogar. Der Knecht vom Reiser lief talwärts und holte schließlich den Toni ein.

»Worum fahrst d' denn einfach davo? ... Host it ghört, daß d' dableibn sollst?« stellte er den Schmaußknecht. Der Toni schaute wieder so verdattert drein und wurde beinahe weinerlich.

»Ja, Herrgott, der Baur schimpft mi ja, wenn i so lang ausbleib'... Wos tua i denn do drobn!« benzte er. »I woaß it, wos's oiwei mit mir hobts! I hob'n doch it umbrocht, den Totn!« Er schnitt eine verstörte Miene.

»Ja, vielleicht host'n gor *du* derschossn!« hänselte ihn der Knecht mit gutgespielter Ernsthaftigkeit: »Wennst aa weiter-fahrst, d' Schandarm derwischen di ja doch... Fahr nur zua, damischer Tropf, damischer!« Und der Toni fuhr also zur Windmühle nach Aching. Immer wieder, wenn die Rösser in den Schritt kamen, trieb er sie zum Trab an. Es war wirk-lich sonderbar, fast ängstlich schaute er um und hin und her, ob ihm keiner nachlaufe.

Zwanzig blanke Jahre war der Reiffler-Toni jetzt alt. Blanke deswegen, weil in ihrem Verlauf nichts vorgekommen ist, was der Rede wert wäre. Vor ungefähr einem Jahrzehnt, als seine Mutter, die alte Reifflerin als Eiterhamer Gemeindearme starb, nahm der Schmauß den Toni zu sich auf den Hof nach Freihart. Zuerst war er Stallbub, jetzt ist er Knecht. Von Kind auf kennt man den Toni überall als den »dappigen Toni«, und das ist nichts Herabminderndes, es bezeichnet bloß die Art des Mannsbilds. Schon in der Schule hat sich der Bub hart ge-tan. Der Lehrer kümmerte sich zu guter Letzt überhaupt nicht mehr um ihn, denn – so pflegte er sich auszudrücken – »in ein Spatzenhirn bringt man einfach nichts hinein«. In der fünf-ten Klasse ist der Toni aus der Reinbichler Werktagsschule mit Schande und Spott gekommen, zweimal hat er sitzen-bleiben müssen. Es läßt sich denken, daß schon die Kinder allerhand argen Unfug mit dem hilflos-dummen Kerl getrie-ben haben, und seither war's nicht anders. Gibt's der Zufall oder die Gelegenheit, so hechelt man ihn gehörig durch.

Das hat den Toni mit der Zeit leutscheu und verschlossen gemacht. Er traut selbst dem nicht mehr, der's ihm gut meint, ewig sitzt in seinen Augen ein unsicherer Argwohn. Nach ei-ner Fopperei dauert es meistens lang, bis der Bursch wieder ins richtige Gleis kommt. Ein hilfloser Mensch, der immer ausgelacht wird, spürt das doppelt und dreifach. Aus diesem

Grund ist's auch schon öfters vorgekommen, daß der Toni in seiner dumpfen Verzweiflung Andeutungen gemacht hat, er tut sich was an. Dieses hinwiederum hat den ersten Knecht vom Schmauß, den langen Hansgirgl, einmal veranlaßt, ihm einen eingeseiften Kalbsstrick zum Aufhängen anzubieten.

»So, Toni, do! Der Strick rutscht! *Den* wennst nimmst, do bist mit oan Rucka maustot! Do!« spottete der Hansgirgl dazumal. Giftig und lauernd und stur und dumm hat ihn der Toni angeschaut und gesagt: »Jaja, spott nur! Amoi häng' mi ja doch auf oder i derschiaß mi! Ös werds schon sehng!«

Seit einiger Zeit war beim Schmauß eine blutjunge zweite Dirn eingestanden, von der der alte Hansgirgl sagte, sie hat Fangaugen, die bloß auf junge Mannsbilder aus sind. Da sonst kein solches da war, fing sie alsbald an, dem verschüchterten Toni zuzusetzen. Und zwar zuzusetzen mit einer Art und Manier, daß sogar einer aus Blei geschmolzen wär'.

Der alte Feinspinner von einem Hansgirgl roch diesen Braten vom ersten Tag an und hatte seine helle Freude dran. Er beredete sich mit der Altdirn, einer groben, eckigen Person, und von da ab, wie gewünscht, sah sich die Liesl, die neue Dirn, oft allein mit dem Toni. Zuerst lächelte sie ihn an, versuchte eine Unterhaltung und musterte den Burschen immer gieriger. Sie ging unvermerkt näher zu ihm hin, zu guter Letzt streiften sie sich, und sie spürte, wie der Toni brandrot wurde, wie er heiß schnaufte und kein Wort mehr herausbrachte – kurzum, gestern auf der Tenne packte sie auf einmal den starren Kerl und busselte ihn ab. Der Toni ächzte und war ganz kraftlos dabei, sie hatte ihn umschlossen – da, patsch, schüttete der Hansgirgl einen Kübel kaltes Wasser vom Heustock auf die zwei herab, daß sie, wie auseinandergepeitscht, pudelnaß auf und davon rannten.

Die Liesl überstand das ganz ungerührt und lachte darüber, der Toni aber – dem war's so, als sei sein ganzes Leben jetzt endgültig verpfuscht. Auch das gute Zureden vom Schmauß selber, der ihn nicht ungern hatte, nützte nichts.

So, und jetzt? Jetzt auch noch das mit dem Toten auf der Bank! Und das dumme Daherreden der Leute!

Der Toni hockte betreten auf seinem Leiterwagen und wurde immer verdrossener. Der Windmüller war baff über sein Gesicht. Er wollte mit ihm ins Reden kommen und ihn ausfragen, aber der Knecht lud bloß die zwei Sack roggenes Mehl auf und fuhr davon. Als er auf dem Buckel des Reglingerbergs auftauchte, lugte er scharf nach der »schönen Aussicht«. Dort standen immer noch viele Dorfleute, und der Toni schien auch so was wie den Wachtmeister zu erkennen.

Sonderbar, er trieb die Rösser scharf an. Sein Gesicht bekam mit der Zeit einen dunkel-verbissenen Ausdruck. Sogar durch Eiterham fuhr er im Trab. Die Leute schauten leicht verwundert nach ihm. Er ließ den Rössern keine Ruhe, und vollends auffällig wurde es, als er sogar, nachdem es bergauf ging, auf sie einhieb.

»Hüa! Hüa! Hüa, Hundling!‹ knurrte und belferte er auf dem Leiterwagen, und das lenkte die Aufmerksamkeit der Leute um den Toten auf den Heranfahrenden. Einige Augenblicke sagten sie gar nichts. Nur der Steim schüttelte den Kopf und meinte: »No, wos hot er denn jetzt, der damische Tropf, der damische... Der schaugt ja drei', ois wia narrisch!«

»Schinder, verreckter, härst it auf!« schrie der Reiser dem heranbrausenden Toni zu und polterte: »A so d' Roß plogn...! Dös is ja doch dengerscht ganz aus!« Auch die anderen Bauern und Weiber waren erbost, und der Wachtmeister machte bereits eine bedrohliche Amtsmiene. Jetzt jedoch ereignete sich etwas Unglaubliches. Der Toni war vor der Bank, hörte das Geschimpf nicht, zog die Zügel stramm, schrie: »Öha! Ö-ö-ha!« und sprang, als die Rösser schweißtriefend standen, vom Leiterwagen. Er sah finster auf den Wachtmeister, schaute die Leute an, bemerkte den Herrn Gerichtsarzt, machte drei, vier Schritte und sagte auf einmal unvermittelt plärrend: »I hob den Herrn derschossn! I bin's gwen! ... Gestern auf d' Nacht hob i's to.« Sekundenlang war alles starr und stumm.

»Nehmts mi nur glei mit...! Jetz is mir oiß gleich«, sagte der Toni abermals so hartnäckig: »Da Revolva is aa vo mir...! Zwoamoi hob i geschossn!«

Das frappierte.

»So a Krippi, ha!« schüttelte der Reiser den Kopf.

»Reiffler Anton, du bist verhaftet!« sagte der Wachtmeister und wandte sich an den Gendarm Heringer: »Nehmen S' ihn fest, den Burschen...« Der Gendarm tat, wie ihm befohlen, und legte dem Toni den sogenannten Achter an.

Ein abermaliges Stocken war eingetreten. Alle hatten die Fassung verloren. Nur der spitzbärtige Gerichtsarzt machte sich wieder am Toten zu schaffen. Ein anderer Herr mit einem Photographenapparat sagte: »Ich bin fertig«, ging auf sein Motorradl zu und bestieg es. Er trat an, die Pferde scheuchten auf und fingen bedrohlich zu trippeln an, der Toni wollte wie aus einem Instinkt heraus hinlaufen, aber der Gendarm riß ihn unsanft zurück.

»Nix mehr! Dobleibn, Bürscherl!« knurrte er höhnisch. Der Bartl war schon bei den Rössern und schrie: »I fahr' scho 'nauf auf Freihart.« – »Also... Abführen!« sagte der Wacht-meister, und hinter dem davonbrausenden, staubaufwirbeln-den Motorradfahrer marschierten Gendarm und Toni talab-wärts. Der Wachtmeister schwang sich auf den Leiterwagen und fuhr zum Schmauß mit, um dort die nötigen Erhebungen zu machen.

II

Wie sich doch unwichtige Kleinigkeiten auf einmal zu einem ursächlichen Spinnwebnetz verdichten, wenn einmal ein Ver-brechen festgestellt ist!

Schon der Bartl erzählte dem Wachtmeister, während die

zwei Freihart zufuhren, allerhand bezeichnende Dinge über den Toni. Zum Beispiel dessen sonderbares Verhalten heute vormittag am Tatort.

»Kasweiß is er wordn, wie er üns gsehng hot«, berichtete er. Und absolut habe er nicht vom Leiterwagen herunterwollen.

»Mir is dö Gschicht scho glei verdächtig vorkemma!« schloß er siebengescheit und wußte immer noch etwas.

»Soso, und alsdann is er einfach auf und davon gefahren, soso«, brummte der Wachtmeister leger und fand das sehr auffällig. Man sah es ihm an, er notierte in seinem Hirn, er merkte sich alles. Immer redseliger wurde der Bartl. Vom Hundertsten kam er ins Tausendste, das ganze Leben vom Reiffler-Toni rollte er auf. Dessen Dummheit, meinte er, sei bloß eine ganz versteckte Böswilligkeit. Nichts am Schmauß-knecht war hell, alles dunkel, schwarz und schlecht auf einmal.

»Hm, hm ... Ja, ja, so verschloffne Burschen, die wo immer tun, als könnten sie nicht bis fünf zähln, das sind meistens die niederträchtigsten Spitzbuben«, bemerkte der Wachtmeister einmal, und der Bartl empfand das als eine Art Belobigung.

»War überhaupt bekannt, daß er einen Revolver gehabt hat?« erkundigte sich der Wachtmeister.

»An Revolva?« geriet da der Bartl ein wenig ins Stocken, wußte aber sofort weiter: »Ja ... Er werd vielleicht koan ghabt hobn, aber z' Freihart – dös liegt doch a so alloa do, und ein-brocha is aa scho oft wordn – der Schmauß, der werd scho an Revolva hobn ... Der Toni hot'n hoit vom Baurn ghabt ...«

»Jajaja, sicher«, nickte der Wachtmeister abermals.

Endlich fuhr man in Freihart ein. Wie ausgestorben lag der Hof da. Mit wahrer Weißglut brannte die Sonne auf die kalk-weiße Hausmauer, die Hühner gackerten, und der Hund riß bissig bellend an der Kette. Auf dem Kühgrashaufen vor der Stalltür schreckten beim Anblick des Wachtmeisters die zwei Kleinsten vom Schmauß auf und rannten wie verscheuchte Wiesel in den Stall. Der Bartl rief ihnen nach, aber sie verkrochen sich im leeren Roßstand und gaben nicht mehr an. Der braunschwarze, zottelhaarige Hund bellte immer heftiger, und endlich kam an der Haustür vorne die alte Schmaußin zum Vorschein.

»Ja, Herrgott, der Baur hot a so gschimpft! Worum bist denn jetz so lang –«, wollte sie auf den Toni losschimpfen, wurde aber plötzlich verdutzt, brach ab und schaute baff auf den Wachtmeister. Sie fand das Wort nicht gleich wieder, und erst als der Bartl halbwegs lachend grüßte, fragte sie dasig: »Jaja, wo hobts denn an Toni? Wos is denn jetz dös...? Is wos passiert oder –«

»An Toni? Den Bazi werst so schnell nimmer sehng, Schmaußin!« sagte der Bartl keck: »Der hot wos Saubers o'troffa...« Er und der Wachtmeister schwangen sich vom Leiterwagen. Wie versteinert glotzte die Alte.

»Der hot oan derschossn!« sagte der Bartl wieder und machte sich daran, die Rösser auszuspannen.

»Wo-wos sogst?« stotterte die Alte: »Wos...? Derschossn?« Blaß wurde sie.

»Ja... Bei der ›schönen Aussicht‹ druntn‹, klärte sie der Wachtmeister auf, fragte nach dem Bauern, und als er erfuhr, alle seien auf dem Feld beim Heuen, befahl er ein wenig barscher: »Der muß gleich her.«

Hinten aus der Stalltür lugten die zwei scheuen Kinder. Das sechsjährige Lenerl wisperte ihrer jüngeren Schwester zu: »Ah, du... Der Toni is hin...« Kurz darauf kam die Schmaußin in den Stall und schickte sie aufs Feld. Sie liefen durch den uneingezäunten abschüssigen Obstgarten, auf die Jägerleite zu, wo alle vom Schmauß auf Hautsdrein werkelten. Grad war wieder ein Fuder aufgeladen.

»Vata! Vata! Der Schandarm is do! Du muaßt glei kemma... Der Toni is hi!« plärrten die zwei Kinder atemlos.

»Wos? Wos...? Der Toni?« sagten fast alle auf einmal, und nicht nur, daß der Bauer auf der Stelle losfuhr, alle kamen mit ihm und redeten erschreckt durcheinander. Auf den Hof kamen sie zurück und in die Stube. Bauer, Bäuerin, der alte Hansgirgl, die junge und die erste Dirn, die drei älteren Buben und die jüngsten zwei Schwestern standen zuletzt vor dem Wachtmeister. Scheue, fast feierliche Gesichter machten sie.

Alsdann, nachdem der Wachtmeister kurz den Sachverhalt geschildert hatte, fing sofort ein großes Hinundherreden an.

»Ah! Ah, geh! Der Toni und an Menschen umbringa! Ah, dös is ja ganz und gor menschenunmögli! Dös is ja ausgeschlossn!« sagte der Schmauß in einem fort. Er konnte es nicht glauben. Auch die andern ließen sich in ähnlicher Weise aus.

»Ob er dazu fähig is oder nicht, das is ja jetzt gleich! Er hat's jedenfalls selber schon zugstandn... Er ist schon verhaft'«, wurde der Wachtmeister ungeduldig und machte sich Notizen in sein plattgedrücktes, aufgeschlagenes Bücherl.

»Hast du an Revolver auf'm Hof, Schmauß?« fragte er den Bauern, und jetzt wurde es stiller.

»An Revolva...? J-j-ja, dös scho! Worum?« erstaunte der Schmauß.

»Zeig'n amal her«, forderte der Wachtmeister. Der Bauer ging in die Ehekammer hinauf, suchte und suchte, aber die Waffe war weg. Bestürzt kam er in die Stube zurück und meldete es.

»Aha! Aha! Hat ihn schon, den MacMahon!« triumphierte der Wachtmeister sichtlich, und jetzt wurde es stockstumm in der Stube.

»Ist's vielleicht der?« fragte der Wachtmeister und zog aus seiner prallen Brusttasche eine ziemlich unförmige Waffe hervor. Noch erschreckter wurden die Augen der Leute.

»Ja – ja, der is's«, gab der Bauer zu.

»So? Na also«, schloß der Wachtmeister überheblich und kritzelte wieder was in das Buch. Alle starrten auf den alten Revolver, der auf dem Tisch lag.

»So«, fing der Wachtmeister wieder an: »Hast du vielleicht in der letzten Zeit amal gschossn damit, Schmauß?«

»Gschossn?« besann sich der Bauer und schüttelte den Kopf: »Nana... I wüßt' scho gor koa Zeit nimmer, daß i'n o'grüahrt hätt', den Revolva...«

»So... Da fehlen zwei Kugeln... Zweimal ist also gschossn wordn«, führte der Wachtmeister fachgerecht die Waffe vor: »Do... die zwei Patronenhülsen sind noch drin!«

»Hm! Hmhm... Scheußli... Hmhmhm«, machte der Schmauß, und seine Leute schüttelten einsilbig den Kopf.

Mit großen Augen und offenen Mäulern hingen die Kinder bis hinauf zum sechzehnjährigen Michl am Wachtmeister und rührten sich nicht vom Fleck. Das Verhör brachte allerhand zur Sprache, und als der alte Hansgirgl das mit der jungen Dirn erzählte, schaffte die Bäuerin die Kinder aus der Stube. Die tappten vor der Tür auf und ab, legten immer wieder das Ohr hin und lauschten atemlos, was da drinnen geredet wurde.

»Hm, i konn bloß oans net versteh... I versteh's ganz einfach net, wia der Toni in mei' Ehekammer kemma sein sollt' und den Revolver derwischt hot«, war das letzte Wort vom Schmauß, als der Wachtmeister endlich mit dem Bartl aufbrach. Die Kinder draußen versteckten sich unter der dunklen Stiege, als die Tür aufging.

Jeder war aufgeregt, jeder machte sich seine Gedanken, keiner konnte glauben, daß der Toni, der »dappige Toni«, so was angestellt haben sollte. Der alte Hansgirgl hatte zuweilen sogar ein finsteres, besorgtes Gesicht, als drücke ihn das schlechte Gewissen.

III

Drüben in Eschenloh, im Amtsgericht, hockte der Toni in seiner Zelle und wurde, nachdem der Wachtmeister aus Freihart kam, sofort wieder verhört. Er machte sonderbarerweise gar keinen reumütigen Eindruck, im Gegenteil, auf seinem Ge-

47

sicht lag fort und fort etwas wie eine verborgene Schaden-
freude. Er leugnete nichts. Er erzählte eingehend, wie er zum
Revolver gekommen sei, wie er in der Nacht hinaus sei ins
Holz und den Fremden gesehen hätte.

»Und einfach so niedergschossn hast'n... Einfach so mir
nix, dir nix niedergschossn?« richtete der Untersuchungsbe-
amte die Frage an ihn.

»Jaja... Er hot mi o'gredt, i bin nachher mit eahm 'naufganga bis zu der ›schönen Aussicht‹, mir hobn üns hing-
hockt, und noch ara Zeit hot er gsogt, ob i denn gor net hoam
muaß... Na, sog i, i geh überhaaps heunt nimmer hoam...
Nachher sogt er auf amoi, i sollt'n doch in Ruah lossn und
sollt macha, daß i weiterkimm, und do hob i gsogt, dös geht
eahm gor nix o, konn macha, wos i mog... Er is oiwei eggl-
hafter wordn, und nachher hobn mir 's Streitn o'gfangt... I
sog, i wer eahm glei hoamleuchtn, wenn er net stad is, und da
werd er kritisch und will auf mi los... Do hob i mi nimmer
kennt und hob gschossn...«

»Hm, einfach gschossn? ... Wie oft denn?« wurde er gefragt.

»Ja... Zwoamoi... Dös erstmoi is's danebnganga, dös
zwoatmoi hob i troffa... Er is glei tot gwen«, gab der Toni
zu.

Der Schreiber kritzelte, die Feder gab ein schnarrendes Geräusch von sich.

»Ist er nicht auf, wie er den Revolver gsehn hat?« forschte
der Richter.

»Nana, er is ja gor nimmer dazuakemma! Wia er auf hot
wolln, hob i'n ja scho troffa ghabt«, sagte der Toni saukalt.

Der Schreiber schaute auf, der Richter machte ein rätsel-
haftes Gesicht, der Gendarm schüttelte den Kopf.

»Und den Revolver«, fing der Richter wieder an, »den host
einfach liegnlassn?«

»J-jaja...«

»So was hätt' dich doch aufbringen können...«

»Jaja, aber wia i amoi gsehng hob, wos i o'gfangt hob, bin i einfach auf und davon!« beichtete der Toni. Er wurde wieder abgeführt.

Am vierten Tag – der Toni sollte am andern Morgen nach München übergeführt werden – am vierten Tag kam der Schmauß nach Eschenloh. Mit seinem sechzehnjährigen, ganz verdatterten Buben Michl meldete er sich zuerst bei der Polizei, alsdann wurde er zum Untersuchungsrichter gebracht. Der Bauer war ganz gestört und machte es äußerst dringlich.

»Nein! ... I hob's ja glei gsogt, der Toni konn's net gwen sei!« redete er fast hastig und deutete auf seinen Buben: »Der Lausbua, der miserablige, der Krippi, der ganz frech'... *Der* hot mein' Revolver raus aus'm Mauerkastl!« Und schon hob er die Hand, und ehe der Richter was machen konnte, gab er seinem aufweinenden Buben zwei wuchtige Watschen.

»Auf der Stell' verzählst es, marsch!« fuhr er den Michl an: »Marsch, sog i!« So, und jetzt kam also folgendes heraus. Der Michl hatte schon lange auf den Revolver ein Aug', holte ihn und lief damit nach Feierabend in das Holz hinüber. Er stellte sich vor einen Baum und probierte das Schießen. Es krachte, und der Revolver flog ihm aus der Hand. Als er so benommen da stand, war auf einmal ein Fremder vor ihm und sagte: »Soso, Büberl, soso... Wart, wart, das –«

»Ja und, was hat er weiter gesagt, was?« fragte jetzt der Richter den flennenden Lausbuben.

»Ni-nix mehr... I woaß net... I bin auf und davon... Der Herr hot ganz wild gschaut... Jaja, mehra woaß i net, ganz gwiß net«, stotterte der Bub.

Nach seiner Beschreibung war es der tote Mann von der »schönen Aussicht«.

»So... also Schmauß, gehn S' da nebenan hinein... Wir werdn einmal den dappigen Toni ins Gebet nehmen, und wann ich... Sie wissen schon, Hirlinger«, sagte der Richter, und Bauer, Bub und Gendarm traten in die leere Amtsstube nebenan. Gleich darauf wurde der Toni vorgeführt. Der Schmauß verstand jedes Wort. Der Knecht erzählte wieder seinen »Mord«. Er log keck und sicher. Der Schmauß schüttelte fort und fort den Kopf.

»Aber... Du bist ja gar nicht aus'm Haus gwesn dieselbe Nacht!« unterbrach der Richter den erzählenden Toni.

»I...? Jawohl!« wurde der Knecht ein wenig bestürzt.

»Und dem Schmauß seinen Revolver hast überhaupts gar nie in der Hand ghabt!« wurde der Richter langsam lustiger.

»*Den*? ... I hob'n ja hoamli raus aus'm...«

»Aufhör jetzt mit dem Roman!« brach ihm der Richter das Wort ab und klopfte vernehmlich mit seinem Siegelring auf den Schreibtisch. Die Tür ging auf. Der Schmauß mit dem Michl und der Gendarm Hirlinger kamen herein.

»Toni! Dappiger Kerl, wos foit dir denn do ei'! Fürchst dir denn net Sündn!« wies der Schmauß seinen Knecht zurecht.

Der blieb stockig und ließ sich lang nicht erweichen. Mit der Zeit aber wurde seine Lügerei immer offenbarer. Er stotterte hin und her, er verhaspelte sich und wurde von Augenblick zu Augenblick finsterer und verlegener. Zuletzt fing er auf einmal wie ein Schulbub zu weinen an und schrie schier verzweifelt: »Und i mog ganz einfach nimmer lebn! I tua mir ja doch noch wos o! ... Mir waar's ganz gleich gwen! ... I hätt's scho auf mi gnomma!«

»So! Ja, warum denn, Toni? Warum jetzt das?« konnte der Richter kaum noch seine Lustigkeit verhalten.

Der Toni schaute ihn durch die nassen Augen an, stockte und jammerte bockig:

»Ja, weil's mir nia a Ruah lossn... Wenn i jetzt köpft wordn waar, nachher hätt' i mir nix mehr o'toa braucha! Nachher waar's glei aus gwen mit mir!«

»Soso! Soso... Tja, do könnt ja jeder daherkommen!« lachte jetzt der Richter offen. »Dappiger Tropf, dappiger!« sagte der Schmauß. Auch er lachte und schloß: »Du waarst ja weiters it gschlecki... Weilst dir du it traust, möchtst, daß di dö andern umbringa! ... Geh, jetzt dös is doch noch nie dogwen!«

Der Toni brümmelte bloß mehr in sich hinein.

Es stellte sich heraus, daß der Tote auf der Bank »Zur schönen Aussicht« ein Selbstmörder gewesen war. Am zweiten Tag wurde der Toni wieder heimgeschickt. Er schaute überhaupt keinen Menschen mehr an, aber wo er auch auftauchte, erhob sich ein massiges Spötteln. Und wenn man schön gemütlich zusammenhockt, alsdann erzählt einer immer wieder die Geschichte. Das wird lang herhalten im Eiterham-Eschenloher Gau, vielleicht – trau, schau, wem! – so lang, bis sich der dappige Toni dennoch was antut ...

Ein alltägliches Wunder

Wissen möchte ich, wie die zwei Kammererleute von Aining zusammen leben und hausen würden, wenn der Kammerer *nicht* stumm wäre. Jaja, stumm. Er kann wirklich seit seinem sechsundzwanzigsten Jahr kein Wort herausbringen, und heute ist er schon über siebzig.

Außer seinen zwei älteren Schwestern, die kurz nacheinander in schöne Anwesen einheirateten, ist der Kammerer-Sepp der einzige Sohn gewesen und hat den Hof bekommen. Nach dem Krieg kam er heim und nahm das Regiment im Haus in die Hand. Der alte Kammerer kränkelte schon längere Zeit, mußte sich schließlich ganz hinlegen und verstarb bald darauf. Mit der alten Mutter weiterzuhausen, das ging auch nicht recht. Die sagte es selber. »Sepp«, sagte sie oft und oft: »Sepp, jetzt werd's Zeit, daß d' a junge Bäurin herbringst... I paß bloß no unters oit Eisn. Mit mir is's nix mehr.«

Der Sepp suchte und fand. Ein halbes Jahr später heiratete er die Gütlerstochter Kreszenz Gmeinwieser von Wimbling. Eine Heirat war das, eigentlich gar nicht nach Bauernbrauch. Ewig gilt die Regel: »Wo was ist, muß noch was dazu.« Die Kreszenz aber brachte bloß eine magere Kuh und eine arg notige Aussteuer mit. Beim Kammerer hingegen war viel da. Zwanzig Stück Vieh im Stall, vier Rösser, achtzig Tagwerk Wiesenland und sechzig an Waldung. Über ein solches Glück konnte die Kreszenz lachen. Und sie lachte auch – das heißt, alle zwei, sie und der Sepp, lachten Tag für Tag. Kreuzfidel fing dieser Zusammenstand an, denn die zwei jungen Leute waren direkt vernarrt ineinander, und so was kommt bei Bauern nur ganz, ganz selten vor. Man kann schon eher sagen: gar nie.

Die Aininger schüttelten den Kopf über eine solch kindische Verliebtheit. Sie waren einfach baff. Mitten in der Feldarbeit oft – ohne sich vor den Knechten und vor der Dirn zu genieren – umhalsten sich die jungen Bauersleute und küßten sich zärtlich. »Geh, geh, geh! ... Dös is doch no nia dogwen!« brummten die Nachbarn auf den anderen Feldern und Äckern: »Geh, jetz do schaugts!« Sie glotzten wie nicht gescheit. »Jaja«, meinte alsdann irgendein spöttisches Maul: »Jetzt brennt's hoit no guat, dös frische Feir... Aba warts no, wenn amoi Kinda daherkemma, nacha werd's gor schnell auslöschn.«

Im Gegenteil aber, als nach einem knappen Jahr das erste Kind zur Welt kam, wurde das verliebte Feuer der zwei Kammererleute schier lodernd. Richtig wie ein Turteltaubenpaar neckten sich die zwei den ganzen Tag, gaben sich Kosenamen, und die Altbäuerin wunderte sich oft und oft: »Na – na, seids dir ös zwoa komische Ehleitln! ... Na, seids ös übermüatig...! Bei mir und mein' Sepp selig hot's dös gor nia gebn.« Dennoch waren ihre Augen dabei mutterglücklich, denn die Kreszenz war nicht nur eine lustige Person, sie wußte auch, was Arbeit heißt, war flink, blitzsauber und grundgut. Sie verstand anzuschaffen, und die Dienstboten folgten ihr willig. Auf die Altbäuerin hielt sie was, auf sich erst recht und am allermeisten auf ihren Mann. Keiner konnte klagen über sie.

Das Allerdrolligste aber war – jeden Samstag nach der Arbeit rasierte die junge Bäuerin ihren Sepp selber. Hinten um den Ecktisch in der geräumigen Küche hockten die zwei Knechte und die Dirn und unterhielten sich. Die Altbäuerin saß unter dem Licht und strickte an einem Strumpf oder paßte auf das schlafende Kind auf, die Penduluhr tickte gemächlich, und vorne am Herd, auf einem Holzschemel,

53

saß der Bauer mit eingeseiftem, zurückgelehntem Kopf und lachte gurgelnd. Die Kreszenz wetzte unterdessen wie der geübteste Bader das blitzende Rasiermesser auf dem straffgezogenen Riemen, lachte genauso glücklich, und zuletzt lachten alle miteinander.

Allerhand Späße flogen hin und her, und weil der lustige Bauer nicht immer still hielt, gab es mitunter leichte Schnitte. Das trug natürlicherweise wiederum zur allgemeinen Belustigung bei. Alsdann fing die Kreszenz gutmütig zu schelten an, und einmal bei so einer Gelegenheit packte sie den Sepp fest am Haarschopf und drohte scherzhaft: »Herrgott, Million! Mannsbild narrisch'! ... Glei schneid i dir d' Gurgel o, wennst jetzt net glei stad hoitst.« Sie wollte gerade noch die eine Halshälfte von unten herauf glattrasieren, hatte das Messer schon angesetzt, aber der junge Kammerer riß auf einmal hell lachend seinen Kopf nach vorne, und da sauste das scharfe Messer tief in seinen Kehlkopf. Der Schnitt war so unglückselig, daß der Bauer überhaupt keinen Laut herausbrachte und bloß stumm nach vorne fiel. Die Kreszenz schrie gräßlich auf und verlor alle Fassung, das Messer glitt auf den Steinboden, und ein dicker Blutstrahl zischte in großem Bogen aus dem Hals des Bauern. Die Knechte sprangen jäh auf, die Dirn drückte mit beiden Händen ihre Augen zu und plärrte, die Altbäuerin starrte eine Zeitlang totenblaß.

»U-u-uh – oh! Sepp! Holts schnell an Dokta!« brachte die Kreszenz gerade noch heraus, und schwarz wurde es ihr vor den Augen, sie brach zusammen. Die Knechte hoben den Bauern auf, die Alte band dicke Tücher um seinen Hals, das Blut rann und rann. Man legte den Verwundeten ins Bett. Ein Knecht radelte sofort nach Wazenhofen hinüber und kam mit dem Doktor im Auto zurück.

Die junge Bäuerin saß auf dem Bett und wimmerte in einem fort: »Sepp, Sepp! Heiliga Herrgott, Sepp, Sepp!« Sie schien den Verstand verloren zu haben.

Mit Gewalt mußte man sie von ihrem Mann losreißen.

Der Doktor verband den Bauern noch einmal notdürftig und nahm ihn gleich mit ins Krankenhaus nach Wazenhofen hinüber.

Jetzt war auf dem Kammererhof auf einmal alles anders. Zuvor war jeder Tag voller Lustigkeit, jetzt nur mehr eine einzige Traurigkeit.

Der Kammerer konnte gerade noch vor dem Verbluten gerettet werden. Lange, lange lag er zwischen Tod und Leben da, und als er endlich gesund war, hatte er die Stimme verloren. Er war, wie man so sagt, nur mehr »ein halberter Mensch«.

»Bittet, so wird euch gegeben werden«, lautet ein Sprichwort aus unserem Katechismus. Von unserem Herrn Jesus Christus selber ist's uns überliefert.

Die junge Kammererin ließ Messen lesen, sie stiftete für das Kloster Ammenbach eine große Summe, sie bat unseren Herrgott so viel, wie nur ein Mensch bitten kann. Man kannte sie nicht mehr. Ein trauriges, zermürbtes, zerstoßenes Geschöpf war aus ihr geworden. Einmal während des Hochamtes, kurz vor der Wandlung – unheimlich klang es durch die fromme Stille –, hörten die Beter die Bäuerin plötzlich laut und einfältig jammern: »Lieber Herrgott im Himmel droben, gib meinem Sepp das Reden wieder! Heiliger Herrgott, hilf uns!« Die Leute sahen erschreckt auf, die heilige Handlung war gestört. Etliche Weiber brachten die Wimmernde vorsichtig aus der Kirche. Es hieß allgemein, sie sei nicht mehr recht im Hirn.

»Bittet, so wird euch gegeben werden«, heißt es doch. Der Kammerer blieb stumm. Der Herrgott war taub. Das Glück war weg auf dem Kammererhof, das Unglück hatte sich gewissermaßen für dauernd eingenistet. Die junge Bäuerin verkümmerte sichtlich. Ihre dralle, gesunde Figur magerte ab, schnell zeigten sich die ersten grauen Strähnen in ihrem Haar, faltig und alt wurde ihr Gesicht, trüb ihre ewig verweinten Augen. Sie ließ nicht nach. Sie machte große Wallfahrten mit ihrem Mann, bestrich mit dem heiligen Wunderwasser solcher Orte seinen Mund. Der Sepp trank dieses Wasser auch.

Sie fuhr mit ihm zu allen möglichen Spezialärzten in die Stadt, sie versuchte es mit der Sympathieheilkunde, sie ließ Gesundbeterinnen für ihren unglücklichen Sepp beten, wieder und wieder mußten die Klosterschwestern von Ammenbach Andachten abhalten. Die Kreszenz betete, wo sie ging und stand. Sie vergaß vor lauter Frommsein fast die Arbeit und sogar ihren Mann selber. Die Leute sagten: »Zuvor is s' narrisch gwen in der Liab, jetzt is s' narrisch mit'n Betn! A so geht's aa net!« Die Bäuerin ließ nichts unversucht.

Am Herrgott läßt sich nicht herumdeuteln. Die Kammererin glaubte an ihn, wie man meistens bei uns auf dem Land an ihn glaubt. Er ist wirklich die letzte Zuflucht. Wenn keiner helfen kann, zu ihm schreit die Kreatur auf: »Hilf mir! Gib mir!«

Irgendeinmal mußte dieses beharrliche Bitten doch erhört werden! Irgendeinmal mußte Hilfe kommen. Wozu wäre denn sonst der Herrgott? Wozu seine Allmacht?

Die Zeit verging. –

Die Bäuerin wird oft insgeheim gedacht haben: »Was, in Gottes Namen, hab' ich denn für Schlechtigkeiten gemacht, daß mir, daß uns ein solches Unglück passieren mußte!?« Und sicher, ganz sicher wird sie auch gefunden haben, daß weder sie noch ihr Sepp unrechte Menschen waren. Es läßt sich denken, daß sie manchmal ganz und gar irr, schier schon verbissen, nicht mehr recht an die himmlische Hilfe glaubte. Ihr Gesicht zeigte das mitunter. Etwas zweiflerisch Böses brannte vielleicht in ihr. So was wie eine regelrechte Wut auf den Allmächtigen.

Aber was half es? Nichts, gar nichts!

Und weil es so war – wie geht es doch einem Menschen, der auf irgendeine Weise in eine rettungslose Lage gerät und nach den ersten, wilden Anstrengungen sieht, es gibt wirklich keinen Ausweg mehr?

Die Bäuerin schaute ihren Sepp an. Der werkelte jeden Tag herum, denn außer seinem Stummsein fehlte ihm ja nichts weiter. Sie schaute ihn wieder an. Er stand vor ihr, stumm und ruhig. Sie bekam zitternde Kiefer, sie wollte reden, brach ab und weinte. Sie schüttelte so, als wenn unaufhörlich unsichtbare Peitschen auf sie einschlügen, den verwirrten Kopf und heulte. Sie wußte nicht mehr weiter.

Der Sepp machte ein gutes, ernstes Gesicht her. Dann strich er mit seiner schweren, derben Hand etliche Male über ihren zuckenden Kopf. Er tat's oft, wenn sie so daherwimmerte. Alsdann machte er sich wieder an die Arbeit. Er hielt wie ehedem das Haus und den Hof, die Äcker und Felder, die Dienstboten und das Vieh zusammen.

Die Bäuerin arbeitete auch wieder. Was blieb denn anderes übrig? Langsam, ganz langsam ließ ihre verstörte, heftige Frömmigkeit nach. –

Schau du einmal hinein zum Kammerer, schau dir jetzt die zwei alten Leute an! Und die vier festen Bengel, die schon groß sind! Wundergemütlich lebt die Familie zusammen. Es hat also gar kein »Gegeben werden« gebraucht.

Oder will unser Herrgott vielleicht das »Gegeben werden« so aufgefaßt wissen, wie sich's beim Kammerer entwickelt hat? Gut also, wenn's einer glauben will, alsdann ist's auch recht.

Der Traumwandler

I

Erstmalig berichtet eine salzburgische Klosterurkunde aus dem Jahre 1554 von einem Hieronymus Gottbreit, der vom Teufel besessen gewesen sein soll.

Das ganze Geschlecht ist nicht in gerader Linie zu deuten. Man muß – wie ein Chronist aus früherer Zeit einmal nicht unrichtig sagt –, »um zum mindesten etwas herauszufinden, Gott walten lassen, und die Namen, die er einem zuträgt, in Reih und Glied stellen«.

Ein Otto Gottbreit, seines Zeichens Stellmacher, wird in einer fichtelgebirgischen Kirchenhandschrift 1702 erwähnt. Von ihm heißt es, er sei Pietist gewesen und habe merkwürdige Sympathie-Heilkünste ausgeübt.

Ungefähr ein Vierteljahrhundert später lebte in Passau der ebenso berüchtigte wie berühmte Roßtäuscher Michael Gottbreit, auf dessen Verschlagenheit und Reichtum ein damaliger Überlieferer das in den Volksmund übergegangene Sprichwort prägte: »Reich wie Gott und schlecht wie Michael.« Ihn soll der Hufschlag eines ungarischen Rappen, eines jener bösen Pferde, von denen der Bauer gemeiniglich zu sagen pflegt, sie hätten den Teufel im Leibe, getötet haben. Und noch heute zeigt man die Stelle, wo der Roßtäuscher so grauenhaft endete.

Es ist schwer zu sagen, ob der Vater Joseph Gottbreits, ein schwarzwäldischer Bildschnitzer und Uhrmacher, dessen Familie und Haus durch einen Bergsturz vernichtet wurden, während der siebenjährige Knabe sich in dem eineinhalb Stunden entfernten Dorf befand, ein Nachkomme Michaels ist. Als ein bezeichnender, wenn auch nur vager Deuter in vielleicht mögliche und weit über solche Abkommenschaft hinaus- und zurückweisende Zusammenhänge kann immerhin die Tatsache gelten, daß man sich von dem Bildschnitzer erzählt, er sei ein religiöser Grübler gewesen und habe sich viel mit Somnambulismus beschäftigt, eine Eigenschaft, die sich in Joseph in unverminderter Stärke fortpflanzte.

Der elternlose Knabe wurde nach dem Unglück vom Stellmacher Johannes Kraider aufgenommen und erlernte das Handwerk seines Pflegevaters. In den Feierstunden schnitzte er Figuren und Köpfe, die den Kreis seiner inneren Vorstellungen seltsam verdeutlichten. Des öfteren, an den Sonntagnachmittagen, kam ein Bauerssohn mit seiner Liebsten in die Stellmacherwerkstätte, drückte Joseph etliche Gulden in die Hand und sagte: »Schnitz uns, daß es die Alten glauben.‹ Und am anderen oder übernächsten Sonntag konnten die Besteller das Stück haben, stellten es heimlich in die Stube des Brautvaters und erhielten die Einwilligung zur Heirat. Beim Hochzeitsmahl saß dann stets der junge Bildschnitzer am Tische der Vermählten, und Kraider war meistens so betrunken, daß er laut und geräuschvoll zu erzählen begann, was er Schnurriges aus Gegenwart und Vergangenheit wußte. Zu guter Letzt lagen nicht selten die Anwesenden haltlos in den breiten Tischen, und ein einziges Gelächter füllte den Raum.

Einmal aber in seiner Trunkenheit redete der gesprächige Stellmacher etwas von Gottbreits wildem Kaspar, der nach wüstem Streit sein Vaterhaus verließ und ins Französische hineinwanderte und von dem man seither nichts mehr wisse. Einige Dörfler entsannen sich noch und nickten schweigend mit den Köpfen; die Mehrzahl der Gäste aber lauschte gespannt und bemerkte nicht, wie Joseph mitten im Gespräch aufstand und verschwand.

Am andern Tag erzählte sich das ganze Dorf vom Verschwinden des Bildschnitzers, und niemand konnte Auskunft geben, wohin er sich gewendet hatte. Später erfuhr man, daß er mit der großen Armee nach Rußland gezogen sei, und von da ab verlor sich jede Spur für die Schwarzwälder. Erst eineinhalb Jahrzehnte später tauchte Joseph im Südbayerischen wieder auf, und niemand wußte, woher er gekommen war. Er fuhr mit seinem Weib und einem Knaben im Planwagen durchs Land und verkaufte auf Dörfern und Gehöften seine Geräte.

Am Abend eines brennenden Augusttages des Jahres 1827 kam er in einem oberbayerischen Weiler an, spannte seine Mähre aus, band sie an einen Baum und ließ sie grasen.

»Will schauen, ob ich Haber krieg'«, rief er in den Wagen, ging breitspurig auf eines der armseligen Bauernhäuser zu und klopfte an die Tür. Als sich niemand sehen ließ, lugte er flüchtig durch die Fenster, umschritt das Haus und rief nach dem Bauern. Aber alles blieb still.

»Müßt' schon da sein! Ist höchstens auf der Tenn'«, rief ein vorbeischlenderndes Bauernmädchen Joseph zu, zeigte auf die Tür und meinte: »Müßts halt in der Kuchi warten.«

Inzwischen war der Stellmacher an der Haustür angelangt, öffnete sie und trat in die niedere, düstere Küche. Fliegen summten in Scharen. Eine Katze sprang vom Herd und schmiegte sich an den Fuß des Eintretenden, miaute gedehnt und streckte sich etliche Male. Joseph wollte sich eben auf die Bank niederlassen, als er auf einmal im Dunkel der Ofennische den erhängten Bauern gewahr wurde. Ruckhaft schnellte er empor, rannte aus dem Haus und meldete seine Entdeckung den Nachbarsleuten. Der Bauer, der ihn empfing, nickte ohne sonderliche Verblüffung und brummte gelassen: »Hab' mir's schon denkt, daß er's macht!« schickte seine Kinder in die anderen Häuser und befahl dem Knecht, den Leiterwagen einzuspannen.

Am selben Abend noch fuhr man den Erhängten zum Pfarrort und begrub ihn ohne priesterliches Geleit. Er war ein Sonderling gewesen und hatte keine Nachkommen. Da keiner das verfemte, unheimliche Haus betreten wollte, erstand es Joseph Gottbreit für siebzig Gulden, richtete sich allmählich eine Werkstatt ein und blieb im Ort. Katharina, seine Frau, gebar ihm außer Markus im Laufe der Zeit noch zwei Kinder, ein Mädchen und einen Knaben. Aber beide starben kurz nach der Geburt, und nur Markus, der damals im sechsten Jahre stand, blieb am Leben. Katharina selber erlag zwölf Jahre vor dem Ableben ihres Mannes einem »hitzigen Gallfieber«, genau vier Tage nachdem eine Zigeunerin im Hause erschienen war, die Joseph als diejenige erkannte, welche der württembergische Somnambulist Gotthilf Breiter in seinem Buche *Reise einer Somnambulen durch den Mond und die schmerzlichen Jahrhunderte* als die »Abgesandte des Todes« bezeichnete.

Von da ab senkten sich die Augen des alten Stellmachers tiefer in die Höhlen, und sein Blick bekam etwas unruhig ins Wesenlose Bohrendes. Sein stets fest geschlossener Mund ward nur noch ein schmaler strenger Strich und ließ selten Worte über die Lippen. Es kam vor, daß er nächtelang über alte Bücher geneigt in der spärlich beleuchteten Stube saß und manchmal laut vor sich hin redete.

Die Tage zwischen Vater und Sohn verliefen lautlos und düster. Markus wuchs zu einem handfesten Burschen heran und leistete ein gutes Stück Mitarbeit. Während er mit jener unverbrauchten, frischen und nur der Jugend innewohnenden Selbstvergessenheit seine Arbeit verrichtete, wurden die Geräte unter den teilnahmslosen Bewegungen der geübten Hände des Vaters fast mechanisch fertig und lagen am Abend hochgehäuft in der dunkelnden Werkstatt.

»Du erinnerst dich, daß sie gesagt hat, sie wird wiederkommen«, sagte an einem der eintönigen Tage der alte Stellmacher zu seinem Sohn, legte plötzlich sein Werkzeug beiseite und starrte abwesend an ihm vorbei ins Leere. Markus, der ganz in sein Schnitzen vertieft war, schrak förmlich zusammen bei den Worten und maß den Alten mit unruhigen Blicken. Ungeheuer gespannt saß dieser auf seinem Hocker. Seine Hände hielten die spitzen Knie krampfhaft umklammert, in steifer Krümmung wölbte sich sein Rücken, und der Kopf war wie witternd vorgestreckt.

»Sie hat den Mond wieder verlassen und ist auf dem Weg zu mir«, hauchte er nunmehr etwas leiser, aber beschwingt von einer grauenhaften Gewißheit in die gefaltete Verschwiegenheit des Raumes. Wie ein Gebet, das er hundert- und aberhundertmal vor sich hin gesprochen hatte, klang's, wie die Stimme eines Beschwörenden aus hoher Sphäre...

Ob nun die durch das viele Schweigen des Vaters beinahe übernatürlich geschärfte Feinhörigkeit des Sohnes der Grund war, der ihm den Sinn dieses merkwürdigen Geredes blitzhaft offenbarte, oder ob er in jäher Ahnung um ein plötzlich hereinbrechendes Unglück mit einem entsetzten Aufschrei zur Türe rannte und diese aufriß, muß dem Nachfühlenden überlassen bleiben.

Wie betäubt hing er am Türgriff und bedeckte mit der einen Hand seine Augen. Einige Minuten verrannen schweigend. Der Alte hockte noch immer regungslos da und stierte verstört in die viereckige Schwärze der Nacht. Schritte wurden mit einem Male hörbar, kamen näher. Eine Mädchengestalt löste sich aus dem Dunkel, trat durch die Tür und sagte in gleichgültigem Ton: »S' Gott! ... Ob die Heurechen schon fertig sind, soll ich fragen!« Markus nahm hastig seine Hand von den Augen und bemerkte die Müller-Agathe nahe beim Alten. Dieser nickte mit einem unbestimmten Ausdruck auf dem Gesicht und sah sie wie gebannt an. Als die Agathe sah, daß er sich nicht von der Stelle bewegte, beugte sie sich über die aufgeschichteten Heurechen und begann zu suchen. Im selben Augenblick aber erhob sich der Körper des hageren Stellmachers und brach ins Knie. Hochauf züngelten seine Arme, und lallende Laute kamen aus seinem weitaufgerissenen schäumenden Mund. Ruckhaft warf sich das Mädchen herum und peitschte mit einem kurzen Schrei durch die Tür.

Am andern Morgen, als Markus aufwachte, saß die alte Weberin am Bett und hielt seine Hand in der ihren, und in einem fort sprach sie leise Gebete. Dann kamen Leute und erzählten ihm, daß sein Vater diese Nacht gestorben sei. Tief am Nachmittag erschien der alte Pfarrer mit zwei Ministranten, ging durch jeden Raum, besprengte die Wände mit Weihwasser, trat endlich an Markus' Bett, breitete segnend seine Hände über ihn aus, beweihräucherte ihn und betete über eine Stunde.

Anderntags begrub man den Verstorbenen, und der Priester schloß ihn am Ende der Seelenmesse ins Gebet.

Aus einem nicht ersichtlichen Grund nannte man von da ab die Stellmacherei »Fallhütte« und mied Markus. Die Bauern kamen nicht mehr und brachten ihre Geräte zum Ausbessern. Markus mußte zu ihnen kommen und sich Arbeitsstoff und Aufträge erbitten, und jedesmal empfingen ihn scheue, fremde Blicke. Die Kinder liefen vor ihm davon und sahen ihn von weitem erschrocken an.

Die erste Zeit nach dem Tode seines Vaters kam Markus oft der Gedanke, das Haus zu verkaufen und hinaus in die Welt zu ziehen. Aber nirgends meldete sich ein Käufer. Die Unruhe und Furcht vor dem Alleinsein in diesen unheimlichen Räumen trieben ihn fort. Tagelang oft wanderte er herum, von Hof zu Hof und in die entlegensten Dörfer. Meistens schlief er nächtens im Freien; er legte sich hin und drückte sogleich die Augen zu, aber er fand keine Ruhe. Selber nicht wissend, warum, drückte er sein Gesicht in die feuchte Erde und weinte bitterlich. Aus einer unbestimmten Schmerzhaftigkeit heraus verschränkte er seine verarbeiteten Hände und rief knirschend Gott an. Wochen vergingen manchmal, bis er wieder mit reicher Arbeitslast in sein verlassenes Haus zurückkehrte. Er arbeitete hastig und ohne Einhalten, so fast, als wolle er damit etwas Ängstigendes wegscheuchen. Und

da er auf solche Weise viel fertigbrachte und für seinen Un-
terhalt sehr wenig brauchte, mehrte sich sein Verdienst sichtlich. Aber er wußte nicht, was er damit anfangen sollte, und er
verschenkte es an Zecher, Landfahrer und Mägde in den Dörfern, durch die ihn sein Weg führte. Diese Seltsamkeit machte
ihn bald bekannt.

Einmal – es war im achten Jahr nach dem Tode seines Vaters – trat er in den Stall eines schwäbischen Dorfes und fand
die Bauersleute um eine verendende Kuh versammelt. Es war
das einzige Stück Vieh, das der Bauer besaß. Laut klagten die
Leute.

»Der Brand hat sie gefangen«, jammerte der Bauer, und
die Tochter stand am Hals des gestreckten Tieres und wimmerte immerzu: »Scheck! Scheck! Wirst uns doch nit ein-
gehen? Scheckle!« Dabei strich sie mit ängstlicher Hast unablässig über das Fell des sterbenden Tieres, als wolle sie den
Tod dadurch aufhalten. Hin und wieder machte der Bauer
einen Schritt nach vorn und fuhr sich dann ins borstige Haar,
blieb wieder hoffnungslos traurig stehen und wimmerte: »Unser einziges Stück! Unser einziges Stück!« Und die Bäuerin
stand die ganze Zeit da und schüttelte manchmal wie abwesend den Kopf.

Eine Zeitlang sah Markus schweigend zu. Als sich jedoch
das Tier zu strecken begann und das Jammern der Tochter und
des Bauern sich immer mehr verstärkte, zog er seinen prallen Guldenbeutel aus der Tasche, trat an den Bauern heran
und sagte, ihm das Säcklein reichend: »Wennst eine neue Kuh
kaufst, Baur, nachher legst dies dazu. Mir nützt's nicht viel,
und du brauchst es!«

Mechanisch umschloß der Bauer den Beutel, und alle wandten sich verblüfft um und sahen Markus in stummer Verwunderung an. Die Tochter hatte sich gerade aufgerichtet. Über
ihr rundes, gesundes Gesicht huschte eine schnelle Röte,
und ein stummer, staunender Blick traf den Stellmacher. Der
aber sagte nur: »Ich hoff', daß der Verdruß weg ist, wenn ich

wieder einkehr'!« und schritt kurzerhand zur Stalltür hinaus.

»Der Herrgott führ dich gut!« hörte er noch und ging schon wanderhaft weiter. Eine Leichtigkeit war in seinem Gang, und seine Brust dehnte sich froh. Als er fast am Dorfende stand, glitt sogar ein schüchternes Lächeln über seine Züge, und etliche Bauern blieben stehen und sahen ihm nach. Sie kannten ihn schon lange und hatten sein beinahe finsteres gefaltetes Gesicht noch nie so gesehen.

Markus kam seit diesem Vorfall öfters in das Bauernhaus und wurde stets gastlich empfangen. Meistens ließ er irgend etwas liegen und holte es am nächsten oder übernächsten Tag. Der Bauer lächelte heimlich in sich und schnalzte mit der Zunge.

»Ist ein feiner Vogel, der Stellmacher!« brümmelte er verkniffen. »Packt's von der pfiffigen Seit'.« Und die beiden Bauersleute sahen sich verständnisinnig an und nickten.

Und Markus kam öfter und öfter, und endlich, beinahe ein Jahr nach all dem Kommen und Gehen, hielt er um die Hand der Tochter an. Im Frühjahr desselben Jahres hielt man Hochzeit im Heimatdorf der Braut. Am anderen Tag verließ das Paar auf einem girlandengezierten Wagen den Ort, und alle Leute winkten freudig mit den Tüchern.

Etwas Lichtes zog nunmehr in die »Fallhütte«, und das Haus war nicht mehr so verfemt. Allmählich kamen auch die Dörfler wieder und brachten ihre Geräte zum Ausbessern oder bestellten neue. Beim Weggehen lugten sie neugierig durch die kleinen Küchenfenster und grüßten nickend die Stellmacherin. Und die erwiderte ebenso mit einem freundlichen Lächeln. Im Laufe der Zeit wurde es lebendiger in den Räumen des Hauses. Kinder kamen zur Welt und wuchsen heran. Elis hieß die Tochter, die aber bald starb, und Kaspar und Hieronymus hießen die beiden Knaben.

Der Stellmacher begann zu bauen. Die vier Guldensäcke, die im Wandschränkchen in der Ehekammer aufbewahrt wa-

ren, erhielt der Maurer, und der Winter stand vor der Tür. Die
Arbeit nahm ab, und die Familie wollte ernährt sein. Markus
zersann die Tage. Sein Gesicht fiel in tiefe Falten, und sein
Haupthaar zeigte die ersten grauen Stellen.

Die Jahre flossen aus der Zeit und wälzten arbeitsreich ins
Vergängliche, und Armut erfüllte das Haus. Die beiden Knaben waren allmählich herangewachsen und begleiteten den
Vater durch die Dörfer. Tief in der Nacht oft kamen die drei
zu Hause an, hatten wenig oder gar nichts auf ihren Wägelchen und waren zerfroren oder hitzlahm, hungrig und müde.

»Nichts«, sagte der Stellmacher, ins Ehebett steigend, zu
seiner erwachenden Frau und grub sich schweigend in die
Kissen, sann und sann. Lange noch hörte er das Gespräch
der Knaben durch die Wände dringen, denn der Hunger ließ
sie nicht schlafen. Schwer legte sich die Dunkelheit auf sein
Gesicht, und oft schlug schon der erste Dämmer durch die
verhängten Fenster, wenn seine brennenden Lider zufielen.

II

Wie es kam, daß Markus Gottbreit nach einigen Jahren vergeblichen Mühens, aus seiner Not herauszukommen, allge-
mach wieder in jenes Grübeln und Beschäftigen mit überirdi-
schen Dingen verfiel, wodurch sein Vater einen so vorschnel-
len Tod gefunden hatte, ist ungeklärt. Mag sein, daß sich bei
ihm das unbestimmte Gefühl, das unruhige Suchen nach der
Ursache, wie es denn komme, daß ein Mensch wie er trotz
Fleiß und Sparsamkeit, trotz Gottesfurcht und aufrichtiger
Rechtlichkeit im Elend zu leben verdammt war, schließlich so
verdichteten, daß er den Zusammenhang mit der Wirklichkeit
verlor und sein Geschick als etwas von einer höheren Macht
Auferlegtes empfand. Als Erklärung einer solchen Wandlung
kann vielleicht auch der tiefsinnige Satz aus dem Buche *Reise
durch den Mond und die schmerzlichen Jahrhunderte* ange-

führt werden, der da lautet: »Und während wir vermeinen, das Leben läge frei vor uns, und wir brauchten nur zu gehen, wie es uns gefällt, wird der Ring immer enger um uns, und wir werden mit einem Male inne, daß wir einer langen Kette Glieder sind und Gefangene des Blutes, das dem ersten der Unsrigen bei Lebzeiten Atem und Kraft gegeben hat.«

Indessen, die Wandlungen einer Menschenseele können nicht mit Worten aufgehellt werden, und dies alles sind Mutmaßungen. Man hat nur in Erfahrung bringen können, daß des Stellmachers Eheleben nicht glücklich war. Nachbarn hörten zwar nie einen lauten Streit aus der Fallhütte dringen, aber es wird erzählt, daß die Gottbreitin andern gegenüber oft und oft geweint, geklagt und gejammert haben soll, wobei sie stets die Redewendung gebrauchte: »Wenn ich *das* gewußt hätt', hätt' ich nie und nimmer geheiratet!« So und so, ob ihr Mann dabei war oder nicht, sie verheimlichte ihre Gefühle nie und vor niemandem, und der Stellmacher wendete nichts dagegen ein. Höchstenfalls verfinsterte er sein Gesicht, wenn – was in der Folgezeit nun öfter vorkam – vom Klagen seines Weibes gerührte Weilerleute und mitleidige Bauern einen Laib Brot, eine Kanne Milch, einen Scheffel Kartoffeln oder ein Stück Butter brachten und ihr schenkten. Während die Stellmacherin bei solchen Anlässen den Gebern fast aufdringlich und mit Tränen in den Augen dankte und das gleiche ihren beiden Söhnen anbefahl, ruckte der Fallhüttenmann beinahe unwirsch mit dem Kopf und brummte so etwas wie: er wolle schon schauen, daß man einig würde, wenn ein Heurechen oder sonstwas zu richten sei. Es kann wohl angenommen werden, daß diese übertriebene Rechtschaffenheit Markus' schuld war an seinem kärglichen Verdienst; denn seit er sah, daß die Leute ihm gaben, brachte er es nicht mehr fertig, für die Arbeiten, die sie ihm auftrugen, ein Entgelt zu fordern, und es kam seitdem manchmal vor, daß sein Weib beiläufig sagte, wenn sie die hochgetürmten ausgebesserten und neu angefertigten Geräte liegen sah: »Was hilft's denn, wenn du dich plagst und abrackerst und nachher alles herschenkst!« Darauf wußte er keine Antwort und schaute sie nur verlegen an. Es war aber in seinem Blick etwas, daß auch die Stellmacherin nichts mehr erwidern konnte und nur schweigend und kopfschüttelnd in die Küche hinausging. Hin und wieder nach einem solchen Auseinandergehen ereignete es sich, daß sie ohne rechten Grund den Kaspar und den Hieronymus scharf anfuhr und bisweilen auch schlug. Die Knaben waren schon ziemlich aufgewachsen und gerade nicht mehr in dem Alter, wo man sich puffen und prügeln läßt; aber sie ertrugen seltsamerweise das Geschimpfe und Hauen ihrer Mutter ohne Widerspruch und kamen auch nie daraufhin in die Werkstatt des Vaters. Sie wußten, daß dieser nur mit einem schweigenden Blick zu ihnen aufsah und dann wieder weiterarbeitete. Mit dem schmerzlichen Instinkt des Verlassenseins, der die Kinder solcher Eltern gewöhnlich auszeichnet, schlossen sie sich immer mehr aneinander an, und wenn man genauer hinsah, konnte man wohl sagen, daß sie ein eigenes Leben inmitten dieser Düsternis führten, sich gegenseitig stützten und durch die Fremde, die sie umlagerte, völlig eins wurden. Dabei waren sie in Wesen und Gestalt grundverschieden. Während Kaspar, der jüngere, klein, schwächlich und ungelenk war, schüchtern und nachdenklich veranlagt, hatte Hieronymus breite Schultern und bereits die Größe seiner Mutter, war geweckt, ja fast übermütig. Er setzte sich schnell über Mißliches hinweg, machte eine kurze Bemerkung und gewann das Gleichgewicht wieder. Bisweilen konnte er offen boshaft sein.

Kaspar hingegen verfing sich sozusagen in allem, was ihn anfiel. Man hatte den Eindruck bei ihm, als käme er mit den Ereignissen und Zufällen nicht mit, als würde er von ihnen, ob sie nun groß oder klein sein mochten, immerwährend aufgerüttelt und verwirrt, als gäbe es kein Ende, wenn er einmal zu denken anfinge, nur ein Mehr und immer Mehr an Verwicklungen. In solchen Augenblicken kam der jüngere zum älteren Bruder und versuchte mit ihm zu reden, und obwohl ihn dieser vielfach auslachte und nicht ohne Überheblichkeit all seine Fragen für Dummheiten erklärte, beruhigte ihn dessen Sicherheit jedesmal. Mit der Zeit wurde es vollends so, daß Kaspar nicht mehr sein konnte ohne Hieronymus. Alle seine Entschlüsse, sein Denken und Handeln wurden vom Gebaren des Bruders bestimmt. Mußte dieser einen Gang machen zu einem Bauern oder in ein entlegenes Dorf, lief er mit. Sprang der Ältere in der Frühe mit großem Gepolter aus dem Bett, tat's auch der Jüngere. Lachte jener, zwang sich auch dieser zu einem Lachen. Auch die Zeit änderte nichts an alledem.

Der Sommer stand hoch über den Feldern. Die Hügel hingen wie steife Nacken in die Täler. Heuduft durchwob die Luft, ungeschlachte Fuhren wälzten sich ächzend auf den Landstraßen dahin.

»Es wird Krieg!« schrie der Gemeindeschreiber den Stellmachersleuten zu, als sie in das Pfarrdorf einfuhren, und hielt ihnen den Passus der Regierung hin. Sie lasen stumm. Bauern kamen heran und fragten den Schreiber.

»Krieg gibt's!« sagte dieser abermals. »Die Franzosen ziehen gegen die Preußen, und unser König macht mit! Alles muß mit!«

»Mit?! Mit wem gehen wir denn?« fragten die Bauern zugleich. »Mit den Preußen gegen die Franzosen!« erwiderte der Schreiber und heftete sein Blatt ans Tor des Feuerwehrhauses. Alle reckten die Hälse und lasen. Etliche redeten etwas von »dummer Zeit, jetzt mitten im Ernten«, und einer drehte sich um und rief den Stellmachersleuten halb spöttisch, halb ärgerlich zu: »Jetzt braucht nur der Teufel noch Rechen! Wir nimmer!«

Der alte Gottbreit musterte seine zwei Söhne. Die schauten auch ihn an, und Hieronymus sagte gleichgültig: »Ist schon so! Da werd' ich mitmüssen!« Der Alte nickte schweigend. Kaspar erbleichte plötzlich bis auf die Lippen und stotterte:

»I-ich geh' auch mit!« Er sah dabei wie hilfesuchend seinen Bruder an.

»Hm! Du? Dich schicken s' ja doch wieder heim!« stieß dieser geringschätzig heraus und maß ihn beiläufig. Dann kehrten die drei um und gingen heim. Die Ernteleute, die ihnen begegneten, riefen manchmal: »Jetzt ist's aus! Jetzt geht's dahin, Stellmachersleut!« Sorglos, mit gleichgültiger Fröhlichkeit riefen sie es, und Hieronymus nickte ab und zu oder antwortete schallend: »Meinetwegn! Mir kann's recht sein!«

Nicht anders als sonst verlief dieser Abend in der Fallhütte. Nur Kaspar schien etwas verwirrt zu sein.

»Hm! Nachher holen s' dich also morgen oder übermorgen?« fragte die Gottbreitin während des Suppenessens über den Tisch hinweg und sah nach Hieronymus. Und der nickte.

Der Stellmacher saß wie gewöhnlich in Gedanken versunken und starrte in die leere Luft. Man summte gemeinsam das Abendgebet herunter und ging zu Bett. Am andern Tag kam der Gemeindeschreiber aus dem Pfarrort, ging von Haus zu Haus und brachte die Botschaft: »Sofort einrücken!« Auf die Frage Hieronymus', ob er gleich mitmüsse, meinte der Mann, morgen früh sei noch eine Messe für die Krieger, da kämen sowieso alle zusammen, und es ginge in einem. Dann ging er. Kaspar hatte zu arbeiten aufgehört und sah ihm wie geistesabwesend nach. Über die Felder stelzte der Mann und verschwand dann im Wald, der sich hügelhinan zog.

Schon sehr früh am andern Tag fanden sich die jungen Leute im Pfarrort ein. Vielfach waren auch ihre Angehörigen dabei. Von den Gottbreits waren Mutter und Kaspar mitgekommen in die Kirche. Der alte Stellmacher hatte sich schon zu Hause von Hieronymus verabschiedet. »Mach's gut! Du kommst ja wieder. Es ist dir ja aufgesetzt!« hatte er gesagt und sich dann an die Arbeit gemacht. Es klang wie selbstverständlich.

Als die Gottbreitin spät am Vormittag vom Pfarrgottesdienst nach Hause kam, war Kaspar nicht mehr da. Trotz allen Dawiderredens, erzählte sie, sei er mit Hieronymus und den Kriegern fort. Dies schien auch den alten Grübler zu stören, und fast ärgerlich fragte er: »Warum denn?«

»*Warum*? Weiß ich's! Warum sollte der Bub anders sein als du!« entgegnete sein Weib ebenso: »Ist der gleiche Hackstock wie du, genau der gleiche!« Und in die Küche hinausgehend, brummte sie wütend: »Eine Schand war's, wie ihn die Leut' verspottet haben! T-hm! Ein richtiges Kind ist er noch! Nicht ums Sterben ist er weggegangen vom Hieronymus!« Sie schimpfte noch eine Zeitlang so halblaut in der Küche draußen.

»*Der* kommt bald wieder!« klang es mit einem Mal tonlos aus der Werkstatt, und dann wurde das Knirschen des Schnitzmessers vernehmbar.

Nach vier Tagen kam Kaspar auch wieder in der Fallhütte an. Was eigentlich mit ihm vorgefallen war, konnte man nicht erfragen. Anscheinend hatte er sich in der Stadt von seinem Bruder trennen müssen und war infolge seiner offensichtlichen körperlichen Schwächlichkeit auch als Freiwilliger zu Kriegsdiensten als untauglich befunden worden. Er war gänzlich gebrochen und verstört, gab auf alle Fragen und erzürnten Vorhaltungen seiner Mutter keine Antwort und tappte nur schwankend durch die Werkstattür, hockte sich auf Hieronymus' Hocker und heftete stumm einen rätselhaft bittenden Blick auf seinen Vater. So offenbar war ihm anzusehen, daß ein großer Schmerz ihn zerrüttet haben mußte, daß selbst der alte Stellmacher ihm sein Gesicht zuwandte und plötzlich mitleidig sagte: »Er kommt ja wieder, Kaspar! *Muß* ja!« Dies gab dem Angesprochenen ein klein wenig seine Fassung. Er nahm eine Rechenbrücke und seines Bruders Werkzeug und arbeitete wie ehedem. Seltsam war es, wie er nun von Tag zu Tag mehr und immer mehr abmagerte. Sein Gesicht bekam etwas von jener ängstlichen, unruhigen und doch verkümmerten Schmerzhaftigkeit, wie man sie auf den Antlitzen Halbirrer beobachten kann. Zeitweilig hob er hastig den Kopf, und in seinen Augen flackerte es unstet und erschreckt, als habe er in diesem Augenblick einen furchtbaren Schrei vernommen, und dessen letzte Schwingungen zitterten noch nach in seinem Innern. Bei solchen Gelegenheiten trug es sich manchmal zu, daß sein Vater Worte halblaut vor sich hin summte, die ihm wahrscheinlich aus seinen merkwürdigen Büchern in der Erinnerung geblieben waren, was den Jungen wieder ins Gleichgewicht zu bringen schien.

Die meiste Zeit aber dämmerte Kaspar wie ein aus allem Zusammenhang herausgerissener Mensch dahin. War er taub? War alles Gefühl in ihm erstorben? Hatte ihn Gott zu einem Schatten gemacht? Er verdorrte gleichsam. – Tief in der Nacht manchmal vermeinte die Stellmacherin ein Stöhnen und Schluchzen zu vernehmen, aber wenn sie genauer aufhorchte, war es nur das Summen und Laut-vor-sich-Hinreden ihres Mannes, der drunten in der Stube seine seltsamen Bücher las.

An einem Morgen, als sie aufwachte, war das Ehebett neben ihr leer, eine öde Stille herrschte im ganzen Hause, und der Stellmacher war nirgends mehr zu finden. Von da ab weiß man nichts mehr von ihm. Alle Anstrengungen, ihn ausfindig zu machen, blieben ohne Erfolg.

Wie so viele Chronisten, die sich um die Aufhellung dieser merkwürdigen Geschichte mühten, habe auch ich vergeblich nach einer Spur des Stellmachers gesucht. Seltsamerweise fand ich dabei unter den Papieren, die der durch seine Familienforschung rühmlichst bekannt gewordene und nunmehr gestorbene Pfarrer Johann Nepomuk Lechner über die Gottbreits zusammengetragen hat, einen Zeitungsausschnitt aus dem Jahre 1870, der nachfolgende Episode berichtet:

»In den erbitterten Straßenkämpfen von Bazeilles, beim dritten Sturm der ›Sechser‹ auf die ›Villa Beurmann‹, wo sich der Feind immer noch hielt, brach ein bayerischer Infanterist, Hieronymus Gottbreit mit Namen, lautlos zusammen und blieb wie tot liegen. Nur seinen rechten Arm streckte er aus, und einer der Vorüberstürmenden faßte seine Hand und fühlte ein Sterbkreuz und einen Zettel, auf dem die Personalien des Gefallenen standen. In der Hast steckte der Kriegskamerad alles zu sich und stürmte weiter. Von links und rechts, von vorn und hinten, aus den Kellerlöchern und Dachgeschossen pfiffen die Kugeln auf unsre Soldaten. Die Luft schien zu bersten und stückweise auf das Häuflein Menschen niederzufallen, das da todesmutig kämpfte. Es sah wirklich aus, als seien alle dem Tode ausgeliefert. Da auf einmal rief eine gellende Stimme: ›Mir nach!‹ und alles rannte darnach. Ein Pionier hatte mit der Axt eine Haustür eingeschlagen und stürzte durch den pulverdampfenden, dunklen Gang ins Krachen der Schüsse. Im Nu folgten die andern. Mit Bajonett, Axt und Kolben wurde alles niedergemacht, was sich zur Wehr setzte, und über die Leichen hinweg stampften, stolperten die Eindringlinge in die Räume. Auf einmal wurde es stiller. Der Feind schien zu weichen und hörte zu feuern auf. Nur der getürmte Leichenhaufen an jenem denkwürdigen rechten Winkel, den hier die Hauptstraße Douzi-Beaumont bildet, regte sich noch, und hin und wieder sah man Verwundete herauskriechen, klagend, schreiend, Hilfe und Deckung suchend. Unter den in das Haus Geflüchteten befand sich ein ungefähr fünfzigjähriger Infanterist, der unablässig und trotz aller Warnungen seiner Kameraden am zerschossenen Fenster stand und wie gebannt auf den Leichenhaufen starrte. Man versichert allgemein, ihn eigentlich erst in Bazeilles gesehen zu haben, keiner konnte seinen Namen angeben oder wußte sonst Näheres von ihm. Die todesmutige Tat, die er aber vollbrachte, wird wohl in allen damaligen Mitkämpfern als eine leuchtende Erinnerung weiterleben.

Als nämlich nunmehr die Franzosen auf den Leichenhaufen schossen und einige der Verwundeten dabei den Tod fanden, stürzte dieser Infanterist plötzlich aus dem Haus und mit Windeseile auf die gefährliche Ecke zu. Seiner ansichtig werdend, verstärkten die versteckten Feinde das Feuer. Die Zurückgebliebenen schrien ihm entsetzt nach, warnten, brüllten, schossen und starrten verwirrt auf den tollkühnen Läufer, der jetzt einen Satz machte, tierhaft aufbrüllte und sich hinter dem Menschenhaufen hinwarf, mit beiden Armen wie ein Schwimmender Verwundete und Tote auseinanderschob und sich in das Gemeng wühlte. Ein furchtbares Brüllen hörte man. Die Kugeln pfiffen und prasselten, der Haufen bewegte sich, Fetzen, Leichenstücke flogen umher. Mit ungeheurer Aufregung verfolgten die Schützen im Hause den Vorgang auf der Straße.

›Da! – Da!! – Er hat einen! Da!!‹ schrie der Feldwebel Römer. Atemlos, für einen Moment alles vergessend, rannte alles an die Fenster.

Aus dem Leichenhaufen kroch ein Mensch, der einen Todwunden umklammert hielt, duckte sich – schnellte auf und rannte mit riesigen Sprüngen auf das Haus zu. ›Ho – ha – ho – hat's!‹ stotterten alle, und die Gesichter leuchteten. Im selben Augenblick aber sank der kühne Retter zusammen. Alles, was man sah, war, daß er seine Last mit letzter Kraft nach vorn geworfen hatte. Im dunklen Hausgang stöhnte der Gerettete und schlug mit der Faust an die Wände. Als ihn einige hereintrugen, erkannten sie Hieronymus Gottbreit. Man bettete ihn, so gut es ging, auf den Boden, der Korporal Loringer flößte ihm Arrak ein und benetzte sein Taschentuch damit: legte es auf die Stirn des Verwundeten. ›Mensch! Ein Wunder, ein Wunder ist geschehen!‹ raunten einige erschüttert, nachdem sie ihren verwundeten Kameraden untersuchten. Mit zwei Schüssen – der eine saß oberhalb des Knies und der andere im Schultergelenk – und leichten Abschürfungen am Kopf war Hieronymus Gottbreit davongekommen.

Als jetzt plötzlich draußen ein neuer ohrenbetäubender Lärm anhub, von allen Seiten wieder Schüsse krachten und die stürmenden ›Neuner Jäger‹ sichtbar wurden, rannte alles auf die Straße und verband sich mit den zu Hilfe Gekommenen. Einige hielten rasch inne, wandten die blutüberströmte Leiche des rätselhaften Infanteristen um und durchsuchten sie in der Eile nach etwaigen Personalien, aber man fand nichts als ein durchschossenes Büchlein über Gespenster. Die unzähligen Schüsse, welche den Mutigen getroffen, hatten ihn bis zur Unkenntlichkeit verstümmelt.

Nach beinahe dreizehnstündigem Kampf war Bazeilles vom Feinde gesäubert, und mit vielen andern wurde der Infanterist Hieronymus Gottbreit ins Blessiertenlager transportiert. Man kann sagen, dies klingt fast wie eine Legende. Jeder aber, der es miterlebt hat, wird es kaum noch vergessen in seinem ganzen Leben.« So schließt der Bericht.

Ob der äußerst gründliche Forscher Lechner dadurch, daß er diese zufällige Zeitungsnachricht zwischen seine Aufzeichnungen über die Gottbreitsche Familie legte, etwa einen Zusammenhang zwischen dem rätselhaften Verschwinden des alten Stellmachers und der immerhin wunderbaren Rettung Hieronymus' ausfindig machen wollte, ist vielleicht nicht ganz von der Hand zu weisen. Hingegen an einen so schwachen, vagen Beleg eine direkte Behauptung zu knüpfen wäre kühn und wenig stichhaltig. Vor allem schon deshalb, weil aus Hieronymus' Briefen aus dem Felde und aus dem Lazarett nichts eine solche Annahme Bekräftigendes hervorgeht.

»Es war ein Mann, liebe Eltern«, heißt es in einem solchen Brief nur, »dem wo ich, wenn ich mich recht erinnere, das Sterbkreuz und meinen letzten Wunsch gegeben habe, wie ich gefallen bin und die andern über mich hinweg sind. Er ist gelaufen mit mir, wie wenn er fliegen täte. Er hat auch die ganze Streck' immer gesagt: ›Heiliger Heiland! Heiliger Heiland, ich komm' schon!‹ Wie ich in das Haus gekommen bin, kann ich mit dem besten Willen nicht sagen...«

Vom Blessiertenlager kam Hieronymus in ein heimatliches Lazarett und wurde nach langwieriger ärztlicher Behandlung mit einem steifen Fuß vom Militärdienst entlassen. Außer dem, daß der alte Stellmacher nicht mehr da war, lief im

Gottbreithaus nunmehr wieder alles wie ehedem. Die beiden Brüder arbeiteten in der Werkstatt, und die Mutter führte den kargen Haushalt.

Der Frieden kam inzwischen ins Land. In die Tage, die in diesem Winkel fast lautlos vergingen, strömte eine noch größere, gedehntere Ruhe...

III

Es hat in vielfacher Hinsicht seine Richtigkeit mit dem Satze, daß eine dauerhafte Liebe meistens lebendig wird, wenn zwei gänzlich verschieden geartete Menschen durch Zufall oder Geschick einander näherkommen. Ein unbekanntes Gesetz fängt damit zu wirken an, das die widerstrebenden Kräfte in den Seelen der Liebenden zu ergänzenden macht, deren Frucht schließlich das rechte Zusammengehören ist.

Manchmal in ihrer ersten Jugend sah es bei den Brüdern Hieronymus und Kaspar Gottbreit so aus, als liebten auch sie sich so. Dem unsicheren, fahrigen und grüblerischen Jüngeren gab die klarere, in sich gefestigte Art des Älteren eine gewisse beruhigende Sicherheit, eine Zuflucht: dieser wieder erhielt von jenem, ohne es zu wissen, das wohltuende Gefühl, daß er nicht ganz allein war zwischen Vater und Mutter.

Indessen, die Zeit verging. Langsam geriet Hieronymus in jenes Alter, in dem sich die jugendlichen Gefühle verflüchtigen, der Charakter härter wird und das Denken sich mehr und mehr dem Wirklichen und Handgreiflichen zuwendet. Und wie es in solchen Lebensphasen vielfach ist, nämlich daß der Mensch allmählich einen eigenen Willen bekommt und seine Wege allein gehen will – so auch hier. Von jetzt ab war der jüngere Bruder für Hieronymus nur noch ein Mensch wie jeder andere. Er war eben da und nicht mehr; man redete mit ihm, man schlief zusammen in ein und derselben Kammer, und es war mitunter ganz drollig, seiner linkischen Hilflosigkeit zuzuschauen. Der Zufall wollte es auch, daß Hieronymus dadurch, daß er Dinge und Geschehnisse nüchterner ansah und aus ihnen die nächstliegenden und einleuchtendsten Schlüsse zog, meistens das Richtige traf. Vieles lief so ab, wie er's sich gedacht hatte, und es wunderte ihn nicht weiter. Er fand es selbstverständlich, ihm selber wurde es kaum bewußt. In Kaspar hingegen verdichtete sich diese Eigenschaft des Bruders mit jedem Tage mehr. Er empfand diese Kraft des andern als etwas Unfehlbares, und mit der ganzen irren, selbstvergessenen Anhänglichkeit eines Knaben klammerte er sich an Hieronymus. Ein dumpfer Glaube an diesen verband ihn wie mit einer Schickung. Die tausend zufälligen kleinen Bemerkungen, die jener machte, bekamen für ihn immer mehr Bedeutung und schlangen sich – jedes ein Glied – ineinander, wurden zu einer unsichtbaren Kette. Nicht aber zu einer, die schleppend und schwer an ihm hing, eher zu einer fast leitenden.

Es kam oft und oft vor, daß die beiden bis tief in die Nacht hinein wach im Bett lagen und miteinander sprachen. Eine gewisse überheblich-ratende Art klebte an den Worten Hieronymus', und: »Ja! – Ja! ... Glaubst du?! Ja, freilich, freilich ...!« hastete Kaspar meistens halblaut heraus. Ein tiefes Gefühl von Geborgensein zitterte in diesen Entgegnungen. Das Herz pochte heftig, und heiß strömte ihm das Blut zu Kopf.

Einige Nachbarsleute erzählten später, daß sie zweimal in jener Winterszeit während des Krieges tief nachts plötzlich aufgeschreckt worden wären. Und als man nachsah, stand Kaspar im Hemd am offenen Fenster seiner Schlafkammer, warf die Arme und schrie traumwandlerisch in die starre Luft. Was er schrie, wußte man nicht. Nur grauenhaft, durch Mark und Bein dringend klang es, so fast, als schreie ein lebendig Begrabener aus letzter Verzweiflung um Hilfe.

Das erstemal, weiß man weiter zu berichten, habe ihn die Gottbreitin gerade noch zur rechten Zeit zu fassen bekommen, sonst wäre er buchstäblich zum Fenster hinausgesprungen, und das andere Mal spritzte man den Nachtwandler mit der Rinderklistierspritze wach. Starr und ausgestreckt auf dem Zimmerboden liegend, fand ihn die Stellmacherin.

Erst nach dem Verschwinden des alten Stellmachers hörten diese rätselhaften Nachtschwärmereien Kaspars auf. In jener Frühe, da sich die Gottbreitin weinend an sein Bett setzte und ihm das Geschehene erzählte, machte er große Augen, dann aber schien es wie eine befreiende Freude über sein Gesicht zu huschen. Er erhob sich gelenkiger als sonst, warf seine Kleider um und arbeitete von da ab frischer. Wütend darüber, daß ihn das düstere Ereignis vollkommen gleichgültig ließ, rannte die Mutter in die Werkstatt und begann auf ihn einzuschimpfen.

Er hob den Kopf nicht. Er hörte nicht.

»Du! ... Du!! ... Du!!! ... Hörst denn nicht?! Du?! ... Dein Vater... unser Vater ist weg?! Du!!« schrie die Stellmacherin zuletzt förmlich verzweifelt, stieß ihn, riß ihn. Er zuckte mit einem Male erschrocken zusammen und hob das Gesicht. Es war, als sähe er durch seine Mutter hindurch in weite leere Fernen und lauschte angestrengt.

»Du!!« bellte ihn seine Mutter an und rüttelte an seiner Schulter. Er schrak abermals wie aus einer Verzückung auf, nickte hölzern, sagte kein Wort und arbeitete wieder weiter. Fassungslos stand die Stellmacherin eine Weile da und tappte endlich kopfschüttelnd in die Küche hinaus.

Als nach einigen Wochen die erste Nachricht von Hieronymus aus dem Lazarett kam, machte Kaspar einen kleinen Sprung und stieß einen unterdrückten Jauchzer aus, ein irres Lächeln verzerrte sein Gesicht, und mit einer seltsamen Hast stotterte er plötzlich: »D-der Vater hat also doch recht gehabt, Herrgott, Herrgott!!« Und überwältigt von einer großen Freude, rannte er in die Werkstatt, hockte sich auf die Schnitzbank und arbeitete wie ein Rasender. So unvermittelt geschah dies alles, daß die Gottbreitin Mund und Augen aufriß, sich wirr ins Haar fuhr und fast ängstlich das Gesicht gen Himmel hob.

Man konnte kein Wort mit Kaspar reden. Eines Tages lief

er fort und kam schweißtriefend und atemlos erst am übernächsten Abend wieder zurück.

»Der Hieronymus! . . . Der Hieronymus!! . . . Fast gesund ist er!« brachte er nur heraus und zitterte am ganzen Körper.

»Ja! . . . Ja! – Freilich, ja! . . . Ja!« antwortete er auf alle Fragen seiner Mutter. »Ja! Ja! Er kommt! Kommt bald, kommt!!« rief er immer wieder. »Ja! Ja! Er kommt!« schrie er oft mitten in der Arbeit auf. Ein ganz anderer Mensch war er mit einem Male. Er redete mit sich selbst und lachte oft jäh auf. Erst als er zum viertenmal so fort gewesen war, gewann er sein Gleichgewicht wieder.

»Wo ist der Vater?« fragte er an jenem Abend schmerzvoll und ängstlich und blieb im Türrahmen stehen. Bittend sah er seiner Mutter in die Augen.

»Der Vater?! . . . Jetzt! . . . Jetzt auf einmal fragst?! . . . Jetzt! Du nichtsnutziger herzloser Lump, du! . . . Du Saukerl!‹ schrie diese böse.

»Jetzt . . . auf einmal geht er dir ab, du Hundsknochen, du bockbeiniger!« bellte sie ihn an und überschüttete ihn mit einer Flut von Schimpfwörtern. Ihre ganze vereinsamte, zurückgedrängte Wut schleuderte sie auf ihn.

»De-der Hieronymus! . . ., de-der will's wissen« – stotterte er hilflos und knickte in sich zusammen. Dann fing er zu weinen an. Von da ab war er wieder wie immer, bedrückt, traurig und vergrübelt.

An dem Tage, da Hieronymus zur Tür hereinkam und sogleich seine Mutter mit Fragen über die Flucht des Vaters bestürmte, stand er wie ein geprügelter Hund im Rahmen der Werkstattür und heftete unablässig seine ängstlichen Blicke auf seinen Bruder.

»Ja, ja . . .! Fort ist er, ja . . .! Du bist wieder da, ja!« das war alles, was er auf die Fragen Hieronymus' antwortete. Dieser wurde wirklich zuletzt wütend über ihn.

»Lapp, bockbeiniger! . . . Narr, verstockter!« schrie er ihn an und maß ihn feindlich.

»Ja, ja! ... Ja, ja, fort ist er ... und – und du bist da jetzt, ja – ja!« hauchte Kaspar immer wieder unergriffen und starrte ins Leere. Nachdem Hieronymus einsah, daß mit ihm nichts anzufangen war, sprach er kein Wort mehr mit ihm. Man gewann, wenn man das Verhalten der beiden zueinander betrachtete, den Eindruck, als keime eine schweigende Fremde, wenn nicht gar Feindschaft, zwischen ihnen auf.

Schon die erste Nachricht von der Flucht seines Vaters hatte Hieronymus in größte Unruhe versetzt. Nun, da er daheim war, setzte er mit der ihm eigenen Resolutheit alles daran, um in dieses Geheimnis Klarheit zu bringen. Er beriet und besprach sich hartnäckig mit seiner Mutter, rastlos wanderte er in der Gegend herum, fragte und forschte auf allen Gehöften, in allen Dörfern nach dem Verschollenen, ging zur nächsten Polizeistation und ließ nach ihm fahnden. Er versuchte es schließlich mit einer Eingabe an ein hohes Amt in der Stadt und ließ in einer Zeitung eine Bekanntmachung veröffentlichen. Aber alles war vergebens. Keine Spur zeigte sich. Die Hoffnungen wurden immer kärglicher und zerbröckelten völlig. Verdrossen kehrte er wieder in die Werkstatt zurück und stürzte sich zerknirscht auf die Arbeit. Verzweifelt stöhnte er manchmal vor sich hin und starrte sekundenlang auf eine Stelle. Nicht die Ergebnislosigkeit seiner Anstrengung, nicht das Angefangene und Ungeendete, nicht eigentlich das düstere Ereignis selber schienen ihn zu martern. Das Grundlose und Rätselhafte daran brachten seinen nüchternen Verstand aus der Fassung. Ein grausames Warum stand auf einmal da, das kein Darum mehr abschloß. Eine dumpfe, schwarze, tobende, endlose Frage furchte unablässig durch sein Inneres, und keine Antwort kam. Alles blieb in der Schwebe. Neben seinem Bruder hockte er nun wieder, dachte stumm, grübelte verbissen und kam zu keinem Ende.

An einem Tage mußte sich die alte Stellmacherin hinlegen. Ihre offenen Füße hatte der Rotlauf erfaßt und drang unerwartet schnell körperaufwärts. Schon nach etlichen Tagen sahen die beiden Brüder, daß das Ende nicht mehr weit war. Schweigend standen sie am Bette der Kranken. Als sie später in die Küche gegangen waren, sah Hieronymus zum erstenmal nach langer Zeit seinem Bruder offen und schmerzlich-versöhnend in die Augen.

»Es wird zu End' gehn, vielleicht schon morgen!« sagte er traurig, und Kaspar nickte. Das erste ruhige Wort war es nach Monaten.

»Bleib du bei ihr, ich geh' zum Doktor«, murmelte Hieronymus abermals, und wieder nickte Kaspar. Der eine ging nach dem Arzt, der andere in die Kammer der Mutter. Nach ungefähr einer Stunde reckte sich die Kranke, zuckte, ihre Augen traten weiß hervor, und zu Ende war es. Kaspar war aufgesprungen und starrte regungslos auf die Tote. Er stand noch immer so, als Hieronymus mit dem alten Doktor in die Kammer trat. Kein Wort brachte er heraus.

»Das Herz hat's erwischt«, murmelte der Doktor nach der Untersuchung und nickte. Steinern sah Kaspar seinen Bruder an, und als dieser die Hände ineinanderfaltete und den Kopf senkte, tat er mechanisch das gleiche.

Am zweiten Tag begrub man die Stellmacherin. Nur einige Nachbarsleute standen mit den Brüdern um das Grab.

Weder Hieronymus noch Kaspar weinte.

IV

Einmal an einem Abend – der Sommer begann, und ein Jahr nach dem Tode der alten Gottbreitin war es – saßen Hieronymus und Kaspar in der Küche. Der eine zählte sein erspartes Geld, der andere las aus einem der dicken Bücher des verschwundenen Stellmachers.

»Du?« unterbrach nach einer Weile Hieronymus das Schweigen und sah seinen Bruder an. Der hob hastig den Kopf.

»Es geht nicht mehr so weiter, Kaspar«, fuhr er fort, »ich will jetzt heiraten.« Und da der Angesprochene völlig abwesend nickte, erzählte er mit einer gewissen herzlichen Befangenheit von der Ehringer-Afra in Rechelberg, von dem Geld, das sie mit in die Ehe bringe, von ihrer Tüchtigkeit und von den Ehringers im allgemeinen. Und zum Schlusse meinte er: »Es ändert sich ja weiter nichts, Kaspar... Es ist bloß, damit jemand den Haushalt führt... So kann's doch auch nicht mehr weitergehen... Und die Afra? – Mit der kommt jeder gut aus.«

So wie man eben schaut, wenn man seine lang zurückgehaltenen Gefühle verrät und nicht recht weiß, wie dies aufgenommen wird, sah er jetzt den Kaspar an. Gespannt und fragend.

Der Kaspar wurde sehr blaß. Ohne Antwort starrte er auf Hieronymus, daß dieser mit leisem Schreck: »Du! Kaspar?! Ist's dir denn nicht recht?« sagte. Kaspar lächelte mit einem Male unbeholfen. So sonderbar dies auch alles war, Hieronymus atmete doch auf dabei. Sein hartes Gesicht belebte sich. Sogar rot wurde er, und mit jener eilfertigen Gesprächigkeit, die einer Freude immer folgt, begann er jetzt wieder zu reden. Von der Afra fing er wieder an, von der Zukunft und von allem möglichen.

Kaspar lächelte wieder und stotterte plötzlich unvermittelt: »Na-nachher muß ich auch heiraten...?«

»Du...?!« Hieronymus blickte betroffen auf ihn.

Kaspar nickte seltsam. Für eine Sekunde verwirrte sich Hieronymus' Gesicht, dann war er wieder wie immer.

»Na ja, wennst eine kriegst? ... Warum nicht?« sagte er nach einer Weile in seiner gewohnten Nüchternheit. Er strich sein Geld vom Tisch in das leinene Säcklein, band es zu und erhob sich schweigend, um ins Bett zu gehen. Stumm und benommen folgte ihm Kaspar.

Während dieser Nacht schreckte Hieronymus ein jäher Schrei aus dem Schlafe. Er richtete sich hastig auf. Der volle

Mond fiel silbern in die niedere Kammer und erhellte sie. Er sah zu seinem Bruder hinüber, dessen Bett an der anderen Wand stand. Kaspar warf sich unruhig hin und her und schluchzte im Traume.

»Hier-Hier-Hieronymus!« stöhnte er auf einmal wieder, und wie aus einem zerrütteten Schmerze kam es. Hieronymus stieg aus dem Bett und weckte den Schlafenden. Ohne Schreck öffnete dieser die Augen und sah mit einem bittenden Lächeln auf seinen Bruder. »Ja ... ja ... ja ... gute Nacht«, plapperte er schlaftrunken, drehte sich rasch um und verstummte.

Die ganzen drei Monate bis zu Hieronymus' Hochzeit verliefen ziemlich einsilbig zwischen den zwei Brüdern. Gegen Herbstanfang kam die Afra ins Haus. Sie war eine stattliche, flinke, ein wenig redselige Person. Sie lachte gern. Aus ihrem runden, rotbackigen Gesicht sahen zwei gutmütige Augen.

»Da rührt sich was ... Die hat Schwung«, sagten die Leute von ihr. Es schienen zwei zueinander passende Leute zusammengefunden zu haben. Der Hieronymus war stets guter Dinge, und auch Kaspar mühte sich, genauso zu sein wie er. Es gab jedoch unbeobachtete Augenblicke, da veränderte sich sein Gesicht fast völlig. Es zerfiel förmlich, und seine Augen starrten wie ausgebrannt auf den flink herumhantierenden Hieronymus.

Das Seltsamste aber war, daß Kaspar jetzt manchmal über Land ging und dabei sehr geheimnisvoll tat. Die beiden Stellmachersleute legten ihm nichts in den Weg und sagten auch weiter kein Wort. Sie sahen einander nur verständnisinnig an und lächelten verschmitzt.

»Paß auf, ob ich nicht recht hab' ... Ob er nicht Hals über Kopf heiratet«, meinte die Afra: »Wirst es sehen!«

»Hm ... mag sein«, murmelte Hieronymus ebenso und lächelte.

»Er stellt sich aber auch schon gar so dumm an! ... Meinst direkt, du mußt ihm helfen«, sagte die Afra belustigt und schüttelte den Kopf.

Und wie das gewöhnlich geht, man fing im Stellmacherhaus ein wenig gutmütig zu spötteln an über Kaspar. Man erging sich in zweideutigen Anspielungen, wenn er am Tische saß und oft so selbstvergessen vor sich hin stierte. Auch hatte es den Anschein, als sähen es die beiden Eheleute gar nicht ungern, daß Kaspar sich so ums Heiraten mühe. Noch mehr sogar – hörte man deutlicher hin, was die Afra und der Hieronymus so um den seltsamen Freiersmann herumredeten, so kam es einem vor, als klänge aus ihren Worten eine fast mitleidige Hilfsbereitschaft. Und so etwas kann auf verschiedene Art und Weise auf einen Menschen wirken.

Kaspar wurde jetzt gesprächiger und lustiger. Aber alles dies sah unruhig, beinahe beängstigend an ihm aus. Sein Lachen, sein hastiges Fragen, seine Fahrigkeit, sein ruheloses Herumsuchen mit den Blicken schien von einem Menschen zu kommen, der mit geräuschvoller, gewaltsamer Absichtlichkeit den Aufruhr in seinem Innern zu verbergen sucht.

Längst hatte er es den Stellmachersleuten verraten, daß seine Besuche der Amschuster-Marie in Rechelberg gälten.

»Du hast ja die deine auch von Rechelberg, hahaha«, sagte er bei dieser Gelegenheit zu seinem Bruder und warf dabei seinen Blick von Afra zu ihm.

»Ist kein schlechter Griff, die Marie«, ermunterte ihn Hieronymus, und die Afra wußte noch mehr von der Amschuster-Marie zu erzählen. Dies ließ Kaspar plötzlich aufspringen. Er warf eilig seinen langen guten Rock um und knöpfte ihn zu.

»Hm, ja..., also dann glaubts, daß so was richtig ist?« plapperte er überschnell heraus. »... Und daß sie das gern hat, wenn ich schön beieinander bin...?« Er stockte. »Ja, ja..., schier kann's sein, daß sie's gern hat... Dies – dies hab' ich auch schon gemerkt..., dies, dies hat sie gern«, stotterte er weiter und stieß sein abgehacktes Lachen heraus. Er strich fort und fort mit der flachen Hand von der Brust bis zur Hüfte, stellte sich stramm, drückte die Brust heraus, immer wieder, immer wieder. Ein beständiges Zucken, ein immer-

währendes Wechseln der Farbe verhäßlichte sein Gesicht. Bis
dann Hieronymus endlich rief: »So geh nur jetzt!« Dann gab
er sich einen Ruck und rannte zur Tür hinaus. Die beiden
Stellmachersleute lachten und lachten.

Nach einiger Zeit – niemand dachte auch nur im Traume
daran –, brachte Kaspar die Marie mit ins Stellmacherhaus,
und wirklich kam die Heirat zustande. Am Abend vor seiner
Hochzeit, plötzlich, sagte er flehend über den Tisch hinweg:
»Ich hab's doch recht gemacht, Hieronymus, nicht?« Und er
sah dabei so verlassen auf seinen Bruder, daß dieser fast die
Fassung verlor. Auch die Afra hielt jäh im Essen inne, und
beide betrachteten Kaspar. Diese Verwunderung, dieses Erschrecken machte ihn völlig ohnmächtig.

»I-i-ich hab's ja bloß gemacht, weilst es du gesagt hast, Hieronymus!« wimmerte er, ließ den Löffel fallen und fing wie
ein kleines Kind zu weinen an. Da hockte er, das Gesicht in
die Arme vergraben, in den Tisch gefläzt, und weinte herzzer-
reißend.

»Aber Kaspar! Was hast denn, Kaspar? ... Jetzt so was?!
... Was hast denn, du?« riefen die beiden Eheleute zugleich
und sahen einander in die Augen. Mit Gewalt mühte sich Hieronymus, seine Ruhe wiederzugewinnen, faßte endlich Kaspars Arm und sagte ein wenig ungeduldig: »So sei doch nicht
so...! Freilich hast es richtig gemacht... Siehst doch, daß's
uns alle zwei freut, dummer Kerl, dummer! ... Was weinst
denn jetzt? ... Geh weiter, iß...!«

Kaspar verbarg beschämt sein Gesicht und lief aus der
Stube. Als man zu Bett ging, lag er unausgezogen ausgestreckt auf den geblähten Decken und schlief anscheinend
schon. Am andern Tag war er wieder wie immer. In aller
Frühe richtete er sich sehr sorgfältig für die Hochzeitsfeier
her und entfernte sich, Rechelberg zu.

Umsonst ängstigten sich die Stellmachersleute. Die Hochzeit verlief sehr fidel. Der Kaspar trank und trank und war in
der übermütigsten Laune.

»Jetzt – ha! – Jetzt bin ich auch so weit wie du – haha! – Jetzt hab' ich auch ein Weib, Hieronymus! ... Und genau so ist sie wie die deine! Auch eine Schwarze!« rief er lallend über den Tisch hinweg und lachte betrunken auf, und alle lachten mit.

»Eins gefällt mir nicht – er hat was im Geschau – ich weiß nicht – und hast nicht gesehen – oft mitten in der Lustigkeit reißt er Maul und Augen auf, und – ich weiß nicht – er schaut einen an, daß es einem durch und durch geht«, sagte tief in der Nacht, als sie sich zu Bett legten, die Afra zu ihrem Mann.

»No ja... die Marie ist ein handfestes Weib! Die kuriert ihn schon«, meinte Hieronymus und gähnte. »Hmhmhm... lustig war's, wirklich lustig..., hätt' nicht geglaubt, daß alles so gut abläuft, nachdem er gestern so komisch war... Lustig war's, wirklich lustig«, sagte er nachdenklich lächelnd und legte sich zu Bett.

Es ereignete sich in der Folgezeit fast nichts mehr. Nur einmal war der Kaspar noch dagewesen und hatte sich die Bücher des alten Gottbreit geholt. Man war immerhin eine Stunde voneinander entfernt und hörte nur hin und wieder etwas von den Amschusterleuten. »Gut«, sagte der Ehringer stets, wenn er ins Stellmacherhaus zu Besuch kam, »gut hausen s' zusammen. Es läßt sich nicht anders sagen.« Man gab sich zufrieden damit. Man verlor auch mehr und mehr das Interesse an den Schwagersleuten. Die Afra erwartete jede Woche ihre Niederkunft. Zweimal meinte man, es sei schon soweit. Sie mußte sich hinlegen, die Hebamme kam, und immer wieder war es nichts mit der Geburt. Der Stellmacher machte ein bedrücktes Gesicht und ging einsilbig herum. Kaspar und Marie kamen an einem Sonntag und besuchten die Wöchnerin. »Schwager... gefallen tut sie mir gar nicht! Ich ließ' den Doktor kommen«, sagte die junge Amschusterin zu Hieronymus, als sie aus der Kammer trat, und der sah sie ratlos und traurig an und fand nicht gleich eine Antwort darauf.

»Besser ist besser... Man nimmt ja nicht gleich das Schlimmste an, aber, wie gesagt, ich holet den Doktor«, wiederholte die Amschusterin.

»Ja, ja, Hieronymusl, hol ihn, hol ihn«, sagte jetzt auch der Kaspar hastig, und sein Bruder nickte.

Dann machte er sich auf nach Oberstaufenbach, der Hieronymus Gottbreit. Er ging eilig, ohne aufzublicken. Unruhe und Schmerzlichkeit trieben ihn dahin. Er hörte und sah nichts als den staubigen Weg unter seinen Füßen. Als er aus dem Walde trat, der kurz vor Oberstaufenbach endete, vernahm er Schritte hinter sich und drehte sich – von einer unerklärlichen Angst erfaßt – plötzlich ruckhaft um. Ein Schauer durchrieselte ihn. Sein ganzer Körper erzitterte, starr blieb er stehen. Der Kaspar kam keuchend an ihn heran. »Vater bist! ... 's Kind ist da, Hieronymusl... aber hol den Doktor... arg ist sie dran, die Afra!« sagte er. Hieronymus schloß fest die Lippen. Für einen Augenblick schien alles aus ihm gewichen, Gedanke, Entschluß und Kraft; dann riß er sich herum und rannte, was er konnte, nach Oberstaufenbach hinein. Kaspar wußte nicht gleich, was er mit sich anfangen sollte, stand und stand und bewegte seine Lippen, zog auf einmal, als schlüge eine unsichtbare Hand auf ihn ein, die Schultern furchtsam hoch, blickte hastig nach rechts, nach links, nach vorn und hinten und jagte waldeinwärts. Knapp vor dem Weiler kam ihm der alte Ehringer entgegen und schrie schon von weitem, wo denn der Hieronymus bleibe.

»Jaja! Gleich kommt er!« keuchte Kaspar heraus und ließ sich nicht aufhalten. Zerhetzt, schweißtriefend kam er im Stellmacherhaus an.

»Da bist...? Herrgott!« fuhr ihn Marie erschrocken an. »Was ist's denn mit'm Doktor...?«

»Gleich – gleich ko-ommt er, gleich – gleich!« hastete Kaspar heraus und blieb schlotternd stehen.

»Weiß's, ob sie's übersteht... Heiliger Herrgott, arg ist's, arg«, murmelte Marie. »Geh nicht 'nauf... Schnauf dich

87

aus!« Bekümmert hielt sie ihren Mann am Ärmel. Aber Kaspar stieß sie beiseite, und ehe sie aufsehen konnte, war er droben in der Kammer der Wöchnerin.

»Bs-s-s-st! Bs-s-st!« machte die Hebamme, als er mit aufgerissenen Augen und offenem Munde vor ihr stand. Wie ein häßlicher, bläulicher Klumpen lag das Kind in den Kissen und gab keinen Laut von sich. Die Hebamme beugte sich über die reglose Mutter. Mit gefalteten Händen blieb Kaspar stehen, bis Hieronymus mit dem Doktor zur Kammer hereinkam. Die Hebamme schob ihn endlich hinaus, und er wehrte sich nicht. Er tappte die Stiege hinunter, kam in die Küche und blieb wieder stehen, verwirrt und wortlos, als warte er auf etwas Schreckliches. Marie und der alte Ehringer knieten hin und fingen murmelnd zu beten an, und erst dies brachte ihn gewissermaßen wieder in die Wirklichkeit zurück. Nach einer Weile kniete auch er hin und plapperte mit...

Tief in der Nacht, als die Hebamme herunterkam und meldete, daß die Blutung nachgelassen habe, machten sich die Amschusterleute und der Ehringer auf den Weg. Auf der ganzen Strecke sagte man nicht ein Wort. Mit gefalteten Händen ging die Marie dahin. Hin und wieder wisperte sie etwas vernehmbarer, holte tief Atem und schien wieder von vorn anzufangen. Neben ihr ging der Ehringer. Der Kaspar kratzte sich bald rechts, bald links an der Schläfe und kam nicht zur Ruhe.

Auf der Rechelberger Anhöhe, kurz vor dem Dorfe, blieb der Ehringer stehen und sah in den sternenvollen Himmel.

»Hm... Vollmond? So was ist gefährlich für eine Kindbetterin«, brummelte er vor sich hin und nickte einige Male nachdenklich mit dem Kopfe. Schweigend hielt auch Marie inne, und Kaspar stand vorgereckt wie ein witternder Hund da. Sein Atem stockte und jagte dann wieder.

»Ja – ja! – Vollmond! Vollmond!!« schrie er plötzlich gell in die bleiche Nachtluft, daß Marie und der alte Bauer zusammenzuckten.

»Da – da – da!! Die sieben Hirten! Vorbei ist's – vorbei!!«

brüllte er noch lauter und brach mit einem dumpfen Hall steif auf die Erde nieder. Gespenstisch, mit ausgestreckten Armen blieb er liegen wie ein verendendes Tier fast.

»Kaspar! Was hast denn – Kaspar!« schrien Marie und der alte Ehringer und blickten schrecklahm aufeinander: »Was ist denn?«

Reglos lag Kaspar da. Die beiden fanden kein Wort mehr. Es verliefen einige Minuten.

»Dies – dies ist's Hinfallert... Der alt' Stellmacher hat's schon gehabt«, brachte endlich der Ehringer heraus. »Dies – dies vergeht schon wieder...«

Dann trugen die beiden den Ohnmächtigen ins nächtliche Dorf. Einige Leute aus der Nachbarschaft kamen in die Amschusterstube. Der Mesner Liebreder rieb den Kaspar mit Arnika ein, und man fing an, einen Rosenkranz laut zu beten.

Mitten im Gemurmel erhob sich der Erwachende und sah leer auf die Menschen, denen das Wort auf den Lippen erstarb. »Die – die Afra ist gestorben«, plapperte er tonlos heraus und richtete sich völlig auf. Und während noch alle nicht recht wußten, was sie tun sollten, bekreuzigte er sich und fing laut zu beten an. So selbstverständlich und ruhig klang jetzt seine Stimme wieder, daß die Leute nacheinander einfielen. Es wurde schon dämmerig vor den Fenstern, als man auseinanderging.

Am andern Vormittag kam ein Bauernbub vom Weiler herüber und meldete, daß die Stellmacherin und das Kind gestern um Mitternacht herum gestorben seien.

»Was...?!« hastete die Marie betroffen heraus und sah mit weitoffenem, entgeistertem Blick auf den Boden: »Gestorben...?!«

»Ja...«

»Herr, gib ihr die ewige Ruh'«, sagte in diesem Augenblick Kaspar und bekreuzigte sich. Zerknickt stand er da. Die Marie hielt seinen Blick nicht aus.

Weiber und Männer aus der Nachbarschaft des Stellmachers und die meisten Rechelberger kamen zur Beerdigung. Nachdem alles vorüber war und die Leute sich verlaufen hatten, tauchte endlich der Ehringer den Finger in den stehengelassenen Weihwasserkessel und sprenkelte aufs Grab. »Hm...«, seufzte er schwer, »schad um die Afra... Wer hätt' so was glaubt..., mit dreiunddreißig Jahr hat sie fortmüssen...« Schmerzlich sah er dem Hieronymus in die Augen, hart atmeten die beiden.

»Und wenn eine Kindbetterin fortmuß, da stirbt bald wieder eine drauf...«, brummte der alte Bauer so ins Ungefähre hinein.

Beiläufig klang es. Der Hieronymus nickte. Der Kaspar sah schnell auf den runden Leib der Marie, die sich in einem fort die Tränen von den Backen wischte. Dann sah er wieder auf Hieronymus.

Langsam ging man aus dem Gottesacker...

V

Das mit dem »Hinfallert« Kaspars, wie der alte Ehringer damals nachts auf der Rechelberger Anhöhe gemeint hatte, traf nicht zu. Der Amschusterbauer war wieder wie immer. Es ereignete sich nichts dergleichen mehr.

Die Ehe zwischen Kaspar und Marie war nicht anders als alle Ehen. Wie eben so ein Verheiratetsein ist –: Man stand in der Frühe auf, arbeitete den ganzen Tag, redete so das Gewöhnliche, ging abends zu Bett und sonntags in die Kirche. Und Maries gesegneter Leib wurde augenfälliger von Tag zu Tag.

Trotzdem aber schienen die beiden Eheleute seit jenem merkwürdigen Vorfall ein wenig verändert. Es war, als verfolge Marie seit dieser Zeit Kaspars Handeln und Wandeln mit einem gewissen furchtsamen Argwohn. Es kam eine gewisse Gespanntheit in das Zusammenleben der beiden.

Seit dem Tode der Stellmacherin ging Kaspar wieder öfters abends zu seinem Bruder hinüber. Spätnachts wurde es mitunter, bis er zur hinteren Haustür hereinkam. Jedesmal schreckte die Marie vom Schlafe auf, sammelte sich aber sogleich wieder und fragte in gewohntem Ton: »Wie geht's ihm denn...?« Nichts weiter.

Und jedesmal sah der Kaspar mit dem verstörten Blick des Ertappten auf sie und brummte dann einsilbig: »No ja... wie's halt geht!... Ein'n schön'n Gruß, sagt er.« Dann glitten seine unruhigen Blicke über die gewölbte Decke, worunter ihr Leib lag. Er entkleidete sich rasch, stieg schweigend ins Bett, schlief schweigend ein.

Es war mitten in der Erntezeit. Um zwei Uhr früh erhoben sich die Amschusterleute täglich und gingen zum Mähen hinaus. Dumpf, mit einer grüblerischen Versunkenheit, völlig mechanisch schien Kaspar zu arbeiten. Ununterbrochen schwang er die Sense, als gälte es, recht schnell fertig zu werden, als sei das nur eine Arbeit, die außer einer andern, zu der man erst käme, noch zu bezwingen wäre. Und das Merkwürdigste daran war, daß er jetzt alle Augenblicke lang: »Mach nur! Mach nur!« zur Marie sagte. Kaum zum Atmen kam die Bäuerin oft. »J-ja! J-ja!« keuchte sie hinter ihm, und eines Tages wurde sie zornig.

»Ich kann doch nimmer schneller... Es geht doch nicht!« fuhr sie wütend auf. »Geht mir ans Kind, du Narr, unsinniger!« Und inne hielt sie und schimpfte weiter: »Ich weiß gar nicht!... Was ist denn jetzt mit dir...? Hast denn ganz und gar den Verstand verloren?« Mit der aufgestützten Sense stand sie da, dampfend vor Schweiß, und war dem Weinen nahe. Jetzt, da sie die Wut hereinbrechen fühlte, verließ sie die Kraft. Die Lahmheit all ihrer Gelenke wurde ihr inne und den Schmerz der Überanstrengung. Ihr Rücken wollte nicht mehr grade werden. Ihre Arme hingen wie Bleigewichte an ihr herab, und ihre Knie trugen sie kaum noch.

»Na!... Da hast es jetzt, du Stier!« brachte sie gerade noch

heraus und brach auf das nasse Gras nieder. »Da hast es…!«
Und zerrüttet fing sie zu weinen an. Mit einem Ruck rannte
der Kaspar zu ihr, nahm sie auf die Arme und schleppte sie
nach Hause.

»Marie – Marie – Marie!« das war alles, was er herausbrachte, während er ihr half, die Kleider abzulegen.

»Marie – Marie – Marie?!« wimmerte er immer ängstlicher
und rannte auf einmal zur Tür hinaus. Er lief, was er konnte,
über den Hügel von Rechelberg, über die Felder, auf den Weiler zu und kam schweißtriefend im Stellmacherhaus an.

»Was ist denn…? Kaspar – Kaspar!« schnellte Hieronymus
auf und hielt den Keuchenden. Jetzt erst, da er die Arme seines
Bruders fühlte, kam Ruhe über ihn. Ermattet sank er auf die
hölzerne Bank.

»Kasperl… um Gottes willen… Ist denn was passiert?«
drang Hieronymus beängstigter in ihn. »So red doch…! Kasperl…?!«

»Die Marie – die Marie – jetzt geht's ihr wie der Afra«,
keuchte Kaspar auf einmal heraus und sah durchdringend auf
seinen Bruder. »Jetzt ist's… Hieronymusl…? … Es laßt uns
nicht aus – du hast es –«

Er brach ab. Er sank in sich zusammen und weinte grauenhaft.

»Ja, Herrgott, beim Teifl…, was ist's denn?! Red doch ein
vernünftiges Wort!« fuhr Hieronymus ihn verärgert an und
riß sich mit aller Gewalt in die Fassung. Er ging heran und
faßte den Zerknirschten an der Schulter: »Hast denn die Hebamm' oder den Doktor g'holt…?«

Keine Antwort; nur ein mechanisches Kopfschütteln. Da
packte den Hieronymus die Wut gänzlich.

»Jetzt gehst auf der Stell' zum Doktor oder auf Rechelberg…, nachher hol' ich Hebamm' und Doktor, Kreizherr-
gottsapperment…!« schimpfte er, und das half unerwartet.
Mit einem Mal verstummte Kaspar, hob erst scheu den Kopf
und blickte geduckt auf seinen Bruder.

»Na-na-nachher gehst du zum Doktor..., ich geh'... zur Marie...«, stotterte er zaghaft und hatte im Blick wieder jenes Unschlüssige, Fragende und völlig Verstörte, das ihm von Kind auf eigen war. »I-i-ich geh' schon, gell..., ich geh'...«, wiederholte er und tappte wie ein geschlagener Hund zur Tür hinaus. Eine Zeitlang blieb Hieronymus stehen und sah ihm durchs Fenster nach. Zögernd, wankend, als wüßte er nicht, wo aus und wohin, trottete Kaspar über die Felder. Von Zeit zu Zeit war es, als wolle er innehalten und sich umschauen. Er machte schüchtern eine halbe Wendung, riß sich aber sogleich wieder herum und ging dann etliche Schritte schneller, bis er im Gehölz verschwand.

»Hm – hm – hm«, machte der Stellmacher, warf sich endlich in seinen guten Rock und verließ das Haus. Erst nach einer guten Stunde fuhr er auf dem Gefährt des Doktors nach Rechelberg hinein, auf das Amschusterhaus zu.

Unten in der Stube saß der Kaspar und las aus einem der Bücher des Vaters, als Doktor und Stellmacher hereinkamen. Die Leute hatten schon die Hebamme geholt, die droben in der Ehekammer am Bette der Marie war.

»Wie geht's ihr denn...?« fragte der Stellmacher seinen Bruder mürrisch, während der Doktor stehenblieb.

Kaspar sah die beiden mit großen Augen an, sperrte weit den Mund auf und umkrampfte sein Buch fester, ohne eine Antwort zu geben.

»Wie's geht...? Liegt sie droben?« wiederholte Hieronymus finster. »Was gaffst denn so saudumm...?!«

»Ja – ja! ... Ja, dro-droben ist sie... D' Hebamm' ist auch droben«, antwortete endlich Kaspar und deutete mit dem Finger nach der Tür. »Ja! ... Ja... da...!« Ohne ein weiteres Wort verließ der Doktor die niedere Stube und ging zur Kindbetterin hinauf. Hinterdrein stapfte der Stellmacher. Die Stiege ächzte unter den schweren Schritten der beiden Männer.

Kaspar erhob sich plötzlich, rannte zur Tür und lauschte angestrengt. Dann, nachdem er droben die Tür gehen hörte, trat

93

er auf den dunklen Gang und schlich auf den Zehenspitzen über die Stiege hinauf, blieb eine Weile vor der Ehekammer stehen und lauschte wieder atemlos. Deutlich vernahm er das röchelnde Schnaufen der Marie und ihr stöhnendes Klagen.

»Im siebten Monat erst, so?« sagte jetzt der Doktor, »... na ja, so was tut man aber doch nimmer..., so schwer arbeiten, wenn man so dran ist.«

Eine ziemliche Weile war es still. Mit einem Satze schwang sich Kaspar in eine dunkle Nische, als der Stellmacher und die Hebamme zur Tür herauskamen. Eng preßte er seinen zitternden Körper an die Wände. Hieronymus und die Hebamme tappten murmelnd die Stiege hinunter, sie sahen nichts.

»Dies kann recht dumm gehen... Ist ja schon, wie wenn's jeden Augenblick losgeht«, sagte die Hebamme ernst. »Ich bin bloß froh, daß der Doktor da ist...«

Dumpf schüttelte Hieronymus den Kopf. Als die beiden in die Küche traten, stand plötzlich Kaspar hinter ihnen.

»Na-nachher stirbt sie, glaubts...?« fragte er unvermittelt mit tonloser Stimme und rührte sich nicht vom Platze. Für eine Sekunde standen sich die drei wie gelähmt gegenüber. Totenbleich war der Stellmacher, totenbleich auch der Kaspar.

»Von dem sagt man doch nicht..., arg ist's schon, Amschuster«, fand die Hebamme zum Wort zurück. »Ihr sollt' sie nimmer mähen lassen haben...«

»Ja, gell... d' Afra hat auch noch gwaschen, ehvor sie sich niedergelegt hat, gell...?« plapperte jetzt der Kaspar unbeholfen und heftete seine Blicke auf seinen Bruder. So grauenhaft klang es, so seltsam beharrlich, daß Hieronymus nicht antworten konnte. Die Hebamme ging hastig mit dem warmen Wasser aus der Küche. Fast ängstlich zog sie die Tür zu.

Als sie jetzt allein waren, kam dem Stellmacher der Atem wieder. Sein Gesicht bekam etwas Väterliches. Alle Erschütterung schien er zurückzudrängen, und mit erzwungener Herzlichkeit sagte er: »Kasperl...?«

Es war Trauer und Wehmut in diesem einen Wort. Eine ratlose Liebe klang daraus. »Was hast denn in Gottes Namen in einem fort mit der Afra selig, Kasperl...? Setz dich her zu mir, geh weiter...«, wiederholte der Stellmacher ebenso, und mechanisch gehorchte Kaspar. Steif ließ er sich auf die Bank nieder. Einige stumme Minuten verliefen. Die beiden sahen einander an, als versuchte jeder des andern Gedanken aus dem Blicke zu lesen. Aller Widerstand, alle männliche Härte waren aus Hieronymus' Gesicht gewichen. Weich wurden seine Züge. Da war etwas, was man manchmal bei gänzlich nüchternen Menschen beobachten kann, wenn sie das Unbegreifliche anrührt und durchrieselt, etwas, das sich dem andern auslieferte...

»Hm... Hieronymus... Hj-hjetz ist's doch recht, h-h-ha? So ist's aufgesetzt im Vater sein'm Büchl«, plapperte jetzt Kaspar beharrlich. Fremdartig, wie von weitem klang seine Stimme. Er hatte das Gesicht aufgerichtet. Er blickte geradeaus in irgendeine Leere. Der Stellmacher wurde auf einmal wieder finster.

»Geh, Kasperl...! So red doch kein so dumm's Zeug daher! ... Bist denn gar kein Mannsbild nimmer?« knurrte er ärgerlich wie aus einer Abwehr heraus. Aber er brachte dennoch den Blick nicht los von seinem Bruder, der immer noch unberührt dasaß. Der Doktor trat jetzt in die Küche und ging an den Kaspar heran. Dies schien dem Stellmacher gelegen zu kommen. Er erhob sich.

»Na, ist nicht so schlimm, Amschuster... So lang arbeiten sollt' Ihr sie halt nicht lassen haben«, meinte der beleibte, bärtige Arzt. »Ich komm' dann morgen wieder und bringe die Medizin mit.«

Hölzern streckte ihm Kaspar die Hand hin und nickte. Ohne sich umzusehen, verließ der Stellmacher mit dem Doktor die Küche. Unbeweglich blieb Kaspar sitzen: dann griff er nach dem aufgeschlagenen Buch, das am Rande des Tisches lag. Draußen knirschten die Hufe des Pferdes. Etliche

Hunde schlugen an, und langsam entfernte sich das Rollen des Gefährts. Dunkler und dunkler wurde es, und Stille war wieder. Ein dünnes Wimmern sickerte durch die Wände. Kaspar hob lauschend den Kopf. Ein Zittern faßte ihn. Jetzt ging droben die Tür der Ehekammer, und rasche Tritte wurden vernehmbar. Kaspar stand auf..

»Amschuster!« rief die Hebamme gedämpft zur Stiege hinunter; »Amschuster!« Rasch ging Kaspar zur Tür und öffnete.

»Schnell! Gehts weiter . . . Es passiert was! Schnell!« rief die Hebamme hastiger und hielt inne, als sie drunten im Dunkeln Tritte hörte. Aus der Ehekammer drang ein Wimmern. Zitternd vor sich hertastend schob sich Kaspar am Stiegengeländer vorbei, schwang sich zur hinteren Tür, riß sie jäh auf und lief in die Dunkelheit hinaus. »Amschuster! Am-schuster!« rief die Hebamme ängstlicher. Niemand antwortete. Still war es. Nur das Stöhnen erfüllte die Dunkelheit. Erschreckt richtete sich die Hebamme auf, horchte angestrengt, rief noch einmal und lief verwirrt in die Ehekammer zurück. Die Kindbetterin wand sich. Das Weiße ihrer Augen schimmerte häßlich im Schein der schwach leuchtenden Petroleumlampe. »Ö – ö! Helfts! – U – uh – uhch!« keuchte die Amschusterin und begann verzweifelt mit den ausgereckten Armen herumzuschlagen. »A-a-a-ahchchl« machte sie plötzlich, sank in sich zusammen und blieb regungslos liegen.

Von einem furchtbaren Schreck erfaßt, rannte die Hebamme ans Fenster, riß es auf und schrie gellend in die weite Nacht um Hilfe. Nach einigen Minuten flammten in den Nachbarhäusern Lichter auf, Fenster und Türen hörte man gehen, Stimmen wurden vernehmbar, und Leute kamen von da und dort und sammelten sich im Amschusterhaus. Der Mesner läutete das Zinnglöcklein.

Wie eine zusammengepferchte Herde Schafe standen die Leute unschlüssig in der niedern Amschusterstube. Erst nachdem man erfuhr, daß der Bauer fortgelaufen war, hob ein dumpf murmelndes Fragen an.

»Der ist zum Stellmacher 'num, da wett' ich«, sagte endlich der alte Ehringer und verließ mit dem Rendelampfinger und dem Lochbichler den Amschusterhof. Als sie draußen waren, fing die Lermerin den Rosenkranz an. Die andern wollten eben einfallen, als auf einmal die Lochbichlerin breit im Türrahmen der Küche auftauchte, sich bekreuzigte und aufatmend sagte: »Gott sei Dank! Rum ist's ... 's Kind ist da und lebt, und d' Amschusterin hat's auch überstanden!«

»Lebt also ...?« riefen alle zugleich, und als die Lochbichlerin bejahte, lösten sich alle Gesichter von der Bedrückung.

»Der Herr war ihr gnädig ... Vater unser, der Du bist«, begann die Lermerin von neuem mit ihrer monotonen Stimme, und alle fielen erleichtert ein.

Um dieselbe Zeit ungefähr klopfte Kaspar an die Tür des Stellmacherhauses im Weiler drüben. Hieronymus schreckte jäh vom Schlafe auf und öffnete das Fenster. »Ich bin's, der Kasperl, Hieronymus!« antwortete es gedämpft von unten herauf, und kurz darauf standen sich die Brüder wortlos gegenüber. Mit vorgehaltener Lampe ging der Stellmacher in die niedere Küche.

»Ist sie gstorben?« fragte Hieronymus einsilbig und zitterte unmerklich.

»Ja – hj-hjetz ist sie schon gstorben, hjetz ist's vorbei ...; so ist's aufgesetzt gwen ..., und – und träumt hat's mir schon etlichs Mal«, stotterte Kaspar und sah seinen Bruder an. Er stand da wie ein verdorrter Baumstumpf. Lautlos bewegten sich seine Lippen, und wieder war das leise zuckende Lächeln auf seinen Zügen.

»Gstorben? ... D' Marie auch? ... Ja, was ist denn das ...?« stieß Hieronymus heraus. Seine Brust wurde eng. Der Atem stockte ihm. Etwas Grauenhaftes schien ihn zu fassen. Der sonst so starke Mann zitterte wie ein furchtsames Kind und sah unbeschreiblich hilflos auf seinen Bruder.

»Hjö-a«, hauchte der Kaspar. Dann rutschte seine Unterlippe kraftlos herunter. Ein gähnendes Loch war sein Mund.

»Die Wie-hie-iederholung heißt's...«, stotterte er abge-hackt; »u-und na-nachher trifft's uns...«

In diesem Augenblick ereignete sich etwas völlig Unge-wohntes mit dem Stellmacher. Er begann, einige Sekunden mit großen, entsetzten Blicken herumzusuchen, reckte den Hals und schnappte hörbar nach Luft. Er streckte hastig die beiden Arme auseinander, drückte den Kopf in die Brust und jagte mit einem tierähnlichen Schrei durch das Dunkel der Werkstattür. Es krachte etwas, knatterte. Es mußten die auf-gehäuften Rechenstiele sein. Es knirschte und ächzte. Dann hallte es dumpf, als falle ein Sack auf die harte Erde. Und still war es wieder.

Kaspar stand bei alledem regungslos da, und als er sich jetzt allein sah, trat etwas wie eine Verwunderung in sein Gesicht. Er wurde ruhig. Ohne Ergriffenheit nahm er die blakende Pe-troleumlampe, stapfte geradeaus in die Werkstatt, über die Rechenstiele, auf die Wand zu. Da lag, zusammengekauert, mit ängstlich über dem Gesicht verschränkten Armen, Hie-ronymus auf dem Boden. Er mußte mit dem Kopf an die Wand gerannt sein.

Kaspar erschrak nicht. Er stellte die Lampe hin, ließ sich auf die Knie nieder, beugte sich über den Kauernden und strei-chelte ihm langsam und mit großer Innigkeit immerzu über die Haare.

»Sei stad, Hieronymus... Du mußt dich nicht fürchten, Hieronymusl... sei stad, sei stad!« murmelte er fort und fort. »Sei stad..., es ist ja noch nicht soweit, Hieronymusl; sei stad...!« Eine große, schmerzliche Geduld klebte an den Worten. Wie ein Gebet summten sie sich in die Stille hin-ein. Gleich nachdem Kaspars Hand das Haar Hieronymus' berührt hatte, zitterte dieser noch. Langsam aber beruhigte er sich und begann sich mühsam aufzurichten. Wehrlos ließ er sich das Helfen Kaspars gefallen. Alle Kraft war aus ihm. Traumhaft wankte er an der Seite seines Bruders in die Kü-che und brach auf die Bank nieder. Er saß noch immer so da, als es jetzt draußen an die Türe schlug. »Rechenmacher! He, Rechenmacher!« schrie es. Er schien das Gepolter und Lärmen nicht zu hören. Er griff nur nach Kaspars Hand und hielt sie fest, als dieser tonlos sagte: »Jetz richten sie's uns aus.«

Tritte tappten schwer im Haus, Stimmen redeten ineinander und kamen näher. Der Rendelampfinger stieß die Küchentür auf. Der alte Ehringer und der Lochbichler drangen nach, und alle drei blieben wie angewurzelt stehen, als sie jetzt die beiden Brüder gewahr wurden. Zusammengeschrumpft wie zwei uralte Greise saßen sie nebeneinander und rührten sich nicht.

»Ja – ja... gstorben is s', gell? ... Ich bin bloß rumgangen und hab's ausgricht«, redete Kaspar in die Stille hinein, und ehe noch wer zu Wort kam, fing der Stellmacher laut zu weinen an. Sein Kopf fiel auf die Brust herab und schaukelte etliche Male hin und her.

Benommen standen die drei Bauern da und nahmen nacheinander die Hüte ab. Keiner wußte, was er anfangen sollte. Jeder faltete verlegen die Hände.

»Gehts nur! ... Gehts wieder 'num..., ich richt's scho; ... und – und erster Klass' muß sie eingraben werden... Gehts nur, gehts!« hastete auf einmal mit einer wegweisenden Geste Kaspar heraus, und ohne ein Wort stapften die Männer aus der Küche und gingen wieder nach Rechelberg zurück. Milchig bleicher Morgen hing bereits über den Feldern, als sie über den gekrümmten Hügelrücken ins Dorf hinuntergingen.

»Hmhm, seltsam! Seltsame Leut', die Stellmacher«; das war alles, was der alte Ehringer sagte.

Leute vom Weiler sahen die beiden Brüder ungefähr eine Stunde nach diesen Vorfällen aus dem Stellmacherhaus treten. Sie schlugen den Weg nach Hohenstaufenberg ein.

Anfänglich ging der Hieronymus schwer und willenlos neben Kaspar. Die frische Luft erst flößte ihm wieder Kraft ein. Hin und wieder griff er nach seinem Kopf. »Ich tät' doch erst nachschaun«, sagte er nach einer Weile zögernd zu Kaspar und wandte ihm das Gesicht zu. Dieser aber schritt und gab nicht an.

»Kasperl...?«

Keine Antwort.

»Kasperl...?« wiederholte der Stellmacher und faßte seinen Bruder am Arm: »Du...?« – »Ja, ja... Ist doch besser, wir machen gleich all's zusamm' beim Pfarrer ab«, hastete der Angesprochene wie abwehrend heraus und ging noch schneller. Wie in ganz bestimmte Gedanken verbissen schritt er. Hieronymus sagte nichts mehr. Breit glänzte die Sonne am Himmel, als sie das Pfarrhaus erreichten.

»Der Herr hat's gewollt«, schloß der beleibte Geistliche seinen Trost und gab Kaspar die Hand. »Also nachher... erster Klass', ein Hochamt mit feierlichem Requiem...?«

Beide Brüder nickten stumm. Dann machten sie sich auf den Weg nach Rechelberg. Während des ganzen Dahingehens redeten sie nicht ein Wort. Niemand begegnete ihnen. Unangesprochen kamen sie auf dem Amschusterhof an.

»Ja – ja! Endlich!... Ja – ja, wo seids denn, Amschuster?« empfing die Hebamme die beiden, als sie in die Küche traten. »Angst und bang ist mir worden so alleins...l« Sie lächelte und schaute auf die beiden. »Vater seids, Amschuster!... Gut ist's rumgangen..., durchgrissen hat sie's, d' Bäuerin... A Madl ist's...«

Sie bekam jäh ein todernstes Gesicht, als sie jetzt Hieronymus ansah. Er wankte und blieb dann wie angewurzelt stehen.

»W-w-was?! Sie ist nicht gestorben...?« stotterte er heraus und furchte finster die Stirn.

Beide sahen zugleich auf Kaspar. Der stand verdorrt da und bewegte seine Lippen. »Dies – dies... dies – dies ist... jaja so steht's drin... Anfechtung...«, stotterte er abwesend.

»Was hat er denn?... Um Gottes willen!« fragte die Hebamme erschreckt und sah auf den Stellmacher. »Der – der ist ja nimmer recht...!« Und furchtsam zwängte sie sich an Kaspar vorüber. »Ich geh'«, sagte sie schnell noch und schlüpfte

aus der Küche. »Kasperl! ... Herrgott noch mal! Kasperl!«
fuhr der Stellmacher seinen Bruder wütend an und packte ihn
fest am Arm. Vielleicht kam ihm jetzt erst die Gewißheit über
das Geschehen dieser Nacht. Man wußte nicht, war es Scham
oder Wut ob seiner Schwäche, was ihn auf einmal so heftig
werden ließ. Beide Fäuste ballte er.

»Rindviech, narrisch'! ... Geh weiter jetzt! Schwatz nicht
so saudumm daher! ... Ist doch alles in der Ordnung, beim
Teifl nei'!« polterte er und schob Kaspar zur offenen Tür hinaus. »Geh weiter!« Ohne Widerstand tappte dieser vorwärts;
steif hob er jedesmal den Fuß, zögerte und schwang sich erst
wieder auf die andere Stufe, wenn das befehlende »Geh!« hinter ihm erscholl. Unschlüssig blieb er oben auf der Stiege stehen und schaute auf Hieronymus.

»Nu weiter! Geh!« rief dieser von neuem und schob ihn an
die Tür der Ehekammer, und geräuschvoll drangen die beiden
in dieselbe.

Die Amschusterin hatte sich schreckhaft aufgerichtet. Das
Kind keuchte gurgelnd. Die Hebamme war zur Wand zurück-
gewichen.

»Um Gottes willen, was ist denn? ... Kasperl?!« stöhnte
die Kindbetterin stockend, wurde totenbleich und sah weh
auf ihren Mann, der wie ein Klotz stehenblieb. »Was hat er
denn?« fragte sie angstvoll den Stellmacher.

»Ah, nichts hat er! ... Verruckt ist er!« stieß dieser ingrim-
mig heraus und schrie den Kaspar an: »Siehgst es denn jetz
noch net, daß nichts passiert ist, traumhapperter Narr, traumhapperter?! Da, sie leben doch! ... 's Kind ist gsund und dein
Weib! ... Du!«

»Ja – ja, sei nur stad, sei stad, Hieronymusl! Sei stad, sei
nur stad...; jaja«, plapperte Kaspar zerstreut und richtete
seine Augen glotzend auf die junge Mutter: »Ja – ja, ... wie
d' Afra... jaja...« Seine Unterlippe rutschte wieder herab.
Einen völlig leblosen Ausdruck bekam sein ganzes Gesicht.
Mechanisch begann er sich zu bekreuzigen.

»U-u-uhch«, schrie die Kindbetterin gellend und warf sich schluchzend in das Kissen zurück, hielt beide Hände krampfhaft über das Gesicht.

»Er ist net recht!« hastete die Hebamme entsetzt; »bringts ihn 'naus!«

Erschauern ließ den Stellmacher verstummen.

Vorsichtig fast sagte er: »Geh weiter, Kasperl, geh!«, faßte seinen Bruder unterm Arm und führte ihn aus der Kammer...

Der alte Ehringer spannte ein und brachte mit dem Stellmacher den Irren nach Hohenstaufenberg hinüber.

»Einen – einen schönen Sarg, Hieronymusl! ... Einen – einen ganz schönen Sarg müssn mir holn für d' Marie... Und – und neben die Afra legn mir sie, gell? ... Danebn hin«, murmelte der Kaspar auf dem ganzen Weg in einem fort. Und: »Ja – ja, freili, freili... freili, Kasperl«, antwortete der Stellmacher jedesmal erschüttert.

Erst beim Anbruch der Nacht kamen der Stellmacher und der Ehringer wieder nach Rechelberg zurück. Der Doktor hatte nichts weiter gesagt als: »Gleich weiter ins Krankenhaus nach Straußberg. Dort bringen sie ihn schon weiter.« Und weiter waren die beiden gefahren nach Straußberg zum Krankenhaus. Dort behielt man Kaspar bis zur Überführung ins Irrenhaus. –

Gebrochen kam der Stellmacher auf dem Amschusterhof an. Er antwortete nichts auf die Fragen der Hebamme. Er fiel auf die harte Holzbank und weinte. Am Tischrand lag noch immer das aufgeschlagene Buch Gotthilf Breiters: *Reise einer Somnambulen durch den Mond und die schmerzlichen Jahrhunderte.*

Gedankenlos griff er danach, zog es heran und las eine Stelle, die etliche Male dick angestrichen war und also lautete: »Es aber legte sich wie eine Kette um die Kreatur und gab ihm einen dunklen Weg auf. Und sintemalen es kein Loslösen von dieser Kette gibt, geschahe all die Gräßlichkeit. Und der also wandelt in der Finsternis und sich Erlösung schaffen will, fallet so in Irrtum und Sünde. Und Verderb ist sein Lohn, denn Gott ist erzürnet überall da, wo keine Geduld ist.«

Er hob den Blick. Er sah in die erhellte Leere. Ohne sich weiter um die Leute auf dem Amschusterhof zu kümmern, ging er. –

Er kam nicht mehr wieder nach Rechelberg. Man sah ihn oft tagelang nicht aus dem Haus treten. An einem Wintertag, nachdem man schon lange keinen Rauch mehr aus der »Fallhütte« steigen sah, klopften einige Weilerleute an die Tür und riefen. Und als niemand antwortete, öffneten sie und suchten nach dem Stellmacher. Sie fanden ihn erhängt auf der Tenne...

Seitdem wohnt niemand mehr in dem verfemten Haus. Erst vor kurzem hat man es abgebrochen. –

Kaspar Gottbreit starb nach elfjähriger Irrenhauszeit im Jahre 1895. Die Amschusterin heiratete noch einmal. Alles ging in andere Hände über. Ihre Tochter soll – fünf Jahre alt – am Scharlach gestorben sein.

Seit dieser Zeit weiß man von den Gottbreits nichts mehr...

Die verfehlte Handelschaft

Zwischen Kergertshausen und Wimbach, zwischen – rechter Hand – Werfelberg und – linker Hand – Irschenbach liegt der ungefähr hundert Tagwerk umfassende Graf Teißsche Forst. Eine Waldung und ein Jagdgehege ist das, wie man's so leicht nicht wieder findet. Noch schöner wäre es freilich, wenn die vierzig Tagwerk Hochwald, die scharf daran grenzen und zwischen Wimbach und Werfelberg einen Triangel machen, noch dazugehörten. Schon oft war der Graf Teiß deswegen auf dem Einödhof vom Johann Hernlochner gewesen, aber umsonst.

Nicht, daß der Hans etwa grob, unfreundlich oder abweisend gewesen wäre, nein, das gar nicht. Er empfing den Grafen jedesmal mit der nötigen Freundlichkeit, mitunter sogar devot. Und der feine Herr versuchte es mit bestrickender, herablassender Leutseligkeit, obgleich ihm das keine kleinen Schwierigkeiten machte. Erstens nämlich war der Graf Rittmeister a. D. und zweitens Norddeutscher. Immerhin aber war er schon jahrzehntelang hier ansässig.

Graf Teiß wollte unter allen Umständen die vierzig Tagwerk Waldung und ließ nicht locker.

»Hernlochner? ... Äh, ich meine, ich meine, es macht Ihnen doch nichts aus! Sie haben doch Waldung da drüben in Lieberach auch noch? Hauptsächlich beschränkt sich Ihre Tätigkeit doch auf Vieh- und Feldwirtschaft, was?« fing er stets an.

»I konn's net, Herr Graf! ... I möcht net«, meinte der Hans:

»Noja, es waar ja natürlicherweis schön, wenn Sie oiß beinander hättn, Herr Graf! Wenn oiß Eahna ghörert!« Er lugte blinzelnd irgendwohin und meinte fast ein bißl höhnisch: »Jaja, es zwängt sich ja aa grod recht dumm eini in Eahnern Forst, mei' Hoiz... Aba, wia gsogt, i möcht' net, Herr Graf... I konn's net macha! Na – na, dös geht absolut net...« Dem Grafen gab es schier einen Stich.

»Oder machen wir's so, Sie können dazu meine Wimbacher Weizenäcker haben«, versuchte er es abermals und bot dem Hans eine von seinen dicken Havannas an.

»Hmhm, mit Verlaub«, brummte der Hans untertänigst und langte mit seiner Riesenhand in das hingereichte Lederetui: »Dö werd' i am Sunnta raucha... Hmhm... Dös is, moan i, ganz wos Feins, wos? Wos kost jetz a so a Zigarrn?«

Graf Teiß ging schnell drüber hinweg: »Nehmen Sie sich noch eine, Hernlochner, und lassen Sie sich's gut schmecken.« Und verbissen, wie solche Norddeutsche sind, wollte er absolut bei der Sache bleiben und benützte die freundlichere Stirnmung, die er durch diese kleine Liebenswürdigkeit hervorgerufen hatte.

»Also, Hernlochner, ich bin doch schließlich nicht der Nächstbeste!« rief er weit leutseliger: »Ich bin doch kein Spekulant! Ich bin doch Ihr Nachbar! Wir haben uns doch immer gut verstanden! Sie sollen auf keinen Fall zu kurz kommen, wenn ich die Waldung kriege.« Schon fing er wieder mit der Hochwaldung an.

»Ja no, dös sogt ja aa koa Mensch, Herr Graf... Von dem is ja aa koa Red«, brümmelte der Hernlochner immer wieder heraus. Unverrichteter Dinge mußte der Graf den Einödhof verlassen. Oft und oft versuchte er es wieder. Stets war's das gleiche. Der Hernlochner zeigte sich außerordentlich erbaut von den geschenkten Zigarren, die er bei solchen Gelegenheiten über alles lobte, aber für den Verkauf des Hochholzes war er nicht zu haben. Graf Teiß verzweifelte schier über dieses hartnäckige Kopfschütteln, über die fortwährenden Zwischengespräche des Hernlochner, über die listigen Ablenkungen, wenn man im schönsten Zuge war. Der hohe Herr machte zwar stets eine gute Miene dazu, indessen als er erkannte, daß dieses Zigarrenschenken eine solch verhängnisvolle Wirkung hatte, überlegte er sich's anders und kam eines Tages ohne Zigarren.

»Ach Gott, hm, Donnerwetter noch mal! Jetzt hab' ich meine Zigarren vergessen!« sagte er mit geschickt gespielter Verblüffung zum Hernlochner und griff in alle seine Taschen. »Aber hören Sie, Hernlochner, wie ist's? Sie trinken doch gewiß mal gern ein gutes Glas Wein und essen richtig dazu, was?«

»Wei'...? T-ja, ja, hm, wenn i'n kriag, scho... Hm, eigentli – Wei'? Den ja weniger... Aber wenn der Herr Graf gern wollen... Mit Verlaub, mit Verlaub«, stotterte der Einödbauer mit einer wunderschönen Bescheidenheit aus sich heraus und stellte sich rührend dumm. Das nimmt immer ein.

»Na, ist mal was anderes! Sie können natürlich auch Bier haben, Hernlochner! Und hernach vielleicht Wein?« redete ihm der Graf zu und lud ihn für den nächsten Tag zur Mittagstafel ein. Er streifte auch diesmal die Sache mit dem Hochholz, bot mehr, als er je geboten hatte; und erwähnte wiederum seine Wimbacher Weizenäcker.

»Jaja! Schön steht er dösmoi, der Woaz! Schön steht er auf'm Herrn Graf seine Äcker... Dös werd' dösmoi a guate Arnt«, meinte der Hernlochner, und merkwürdigerweise schöpfte der Graf aus diesen Andeutungen einige Hoffnungen. Beim Auseinandergehen sagte er bereits zuversichtlich: »Na, über kurz oder lang werden wir ja schließlich doch noch einig, nicht wahr, Hernlochner? Setzen wir uns erst einmal gemütlich zusammen, da läßt sich auch besser reden drüber...«

Und der Hernlochner nickt beiläufig. – –

Am andern Tag kam er im Sonntagsgewand aufs Schloß

zur Tafel. Graf Teiß, ein alter Junggeselle, speiste ganz allein mit seinem Gast und ließ gegen seine sonstige Gewohnheit sehr reichlich auftragen. Der Hernlochner machte ein recht beschenktes Gesicht und griff anfangs nur zögernd zu. Jeden Teller, jede Gabel, jedes Messer, alles musterte er ausnehmend interessiert, lächelte hin und wieder etwas verwirrt und nachdenklich und schaute unablässig, wie der Herr Graf das Einnehmen der Mahlzeit bewerkstelligte.

»So wos is natürlicherweis ünseroans net gwöhnt«, suchte er sich manchmal bescheiden zu entschuldigen. Aber bald hatte der Graf diese Schüchternheit verscheucht, und sein munteres Zureden richtete den Hernlochner derart auf, daß er nicht eine einzige Scheibe Fleisch auf der porzellanenen Platte ließ. Er wurde mit der Zeit auch lebendiger.

»Dös is ja scho auffallend, ganz auffällig guat kocht! Dös is scho a direkte Delikateß, so wos, Herr Graf«, lobte er, als er das zweite Glas Wein in einem Zug geleert hatte: »Do, moan i, hättn der Herr Graf scho a ganz a ausgezeichnete Köchin? Dös muaß scho a richtiges Weibsbild seiü? A ganz a tüchtigs Leutl... hmhmhm.« Rote Backen hatte er, glänzende Augen.

Graf Teiß lächelte allereinnehmendst über diese Beifallsbezeigungen und sagte ebenfalls in bester Stimmung: »Na, und was sagen Sie zu diesem guten Tropfen? Zu dem Wein? Der schmeckt, nicht wahr? Trinken Sie nur, Hernlochnerl Nur nicht genieren, bitte!« Und er goß von neuem ein. »Hja-hja, wenn's derlaub is! ... I möcht' aber an Herrn Graf nix wegtrinka«, antwortete der Hernlochner und warf einen Blick auf die leere Flasche.

»Aber bitte! Bitte! Ist noch mehr da! Soviel Sie wollen!« warf der Graf jovial hin und läutete dem Diener. Bei der zweiten Flasche rülpste der Hernlochner bereits und lächelte in einem fort. Der Graf hielt es für angemessen, ins nebenanliegende Rauchzimmer zugehen, und als man dort behaglich bei Zigarren und starkem Kaffee saß, fing er vom Hochwald an.

Der Hernlochner linste zweideutig aus seinen halbgeschlossenen Augendeckeln und ruckte ein paarmal mit dem schweren Kopf auf und nieder.

»Jaja, freili! So mog man ja nachher aa net sei'! Natürli, natürli! I hob's oiwei gsogt – recht dumm zwängt's sich nei in Herrn Graf sein' Forscht, mei' Hoiz«, meinte er, »i hob's oiwei gsogt...«

»Kurz und gut, die Sache bleibt also dabei, Hernlochner? Ich hol' Sie morgen ab, und wir fahren zusammen zum Notar nach Kergertshausen hinüber!« schloß der Graf aufgekratzt und siegessicher: »Dann ist alles gleich erledigt und macht nicht viel Umstände. Einverstanden?«

»Noja, es is ja wohr, an Herrn Graf sei ganzer Forscht is verschandelt durch mei Hoiz... Dös sell hob i scho oiwei denkt«, nickte der Hernlochner abermals.

»Na also!« Sichtlich neubelebt atmete Graf Teiß auf und fragte wieder mit geradezu bestrickender Jovialität: »Schmeckt die Zigarre?«

»Jaja, hmhm... Dös – dös is schon ganz wos Feins! ... Dös, moanert i, is schon direkt vom Ausland«, brummte der Bauer und schaute mit bescheidener Absichtlichkeit auf die offene, prunkvolle Schachtel: »Do wenn i a so dö Sunntags oane hätt'? ... Hmhm, wos kost jetzt a so a Zigarrn?«

Das letzte überhörte der Graf kulanterweise und erhob sich auffallend bereitwillig: »Na, Hernlochner, Ihre Sonntagszigarren sollen Sie haben! Der Wunsch kann erfüllt werden, bitte!« Er ging rasch an den Schreibtisch, nahm aus der obersten Schublade eine neue Schachtel und gab sie dem Hernlochner. Dieser erhob sich mit gelassener Devotion: »Aber i möcht an Herrn Graf fei nix wegnehmal Nana, dös sell möcht i net...« Dabei hielt er die Zigarrenschachtel fest in einer Hand und rülpste dem Grafen ins Gesicht: »J-jüpp-ujüpp! ... Do kostert, moan i, schon d'Verpackung an Haufa Geld, wos?« –

Tief am Nachmittag kam der Hans auf seinem Einödhof an. Er lachte übers ganze Gesicht. Alert zeigte er der Bäuerin die

Zigarrenschachtel und berichtete, was der Graf für ein ausnehmend legerer, freigebiger Mensch sei.

»Und nachher erst dö Pracht! *Dö* Pracht in dem Schloß druntn! ... Dös is ja ganz und gor aus, wos dös schön is!« schilderte er in der besten Laune.

Gegen Abend fing es zu regnen an. Die ganze Nacht goß es, und in der Frühe war es noch immer das gleiche. Der Hernlochner tappte wie der gemütlichste Privatier in der Stube herum und brümmelte fort und fort: »A so a Regn is wos ganz wos Guats!« Er tat nicht im mindesten dergleichen, als ob er heute mit dem Grafen Teiß nach Kergertshausen fahren würde. Als das gräfliche Gespann von weitem sichtbar wurde, ging der Bauer in den Stall hinüber und machte den Kühen – rein so, um halt was zu tun – eine neue Einstreu. Ganz erstaunt kam der Graf aus der Stube zu ihm hinüber: »Na, Hernlochner? Machen Sie sich fertig! Wie ist's?«

Der Hans kratzte sich bloß an der Schläfe und schaute durch die dreckigen Stallfenster ins Regnen hinaus: »Ah! Es regnt gor so arg, Herr Graf! Es is gor a so a Dreckwetter heunt...!«

»Aber Donnerwetter, Hernlochner, es ist doch abgemacht! Da-das geht doch nicht!« stotterte der Graf denn doch etwas konsterniert und bekam ein trostlos-langes Gesicht. Atemlos wartete er einige Augenblicke. Bald wurde er rot, dann wieder blaß. Der Hernlochner drückte sich ums Reden herum und kratzte sich ewig an der Schläfe.

»Also, Herr Graf«, lenkte er ab: »Also dös is scho a ganz a feine Bewirtung gwen gestern! Do – do muaß i mi scho noch extra bedanka...«

»Ja, kriege ich denn nun endlich das Holz oder nicht?« fuhr der Graf ungeduldig aus sich heraus und war drauf und dran, loszudonnern. Doch der Hernlochner schüttelte nur den Kopf bedächtig.

»Ah, i konn's net macha, Herr Graf... Nana, dös geht net... Es regnt aa gor a so! I möcht net«, lehnte er beharr-

109

lich ab und blieb dabei. Schimpfend und fluchend stürzte schließlich der Graf zum Stall hinaus, in seinen Wagen hinein. Der Hernlochner trat durch die offengelassene Türe und schaute dem umkehrenden Gefährt nach. Er hatte ein verhalten-zufriedenes Gesicht.

Es regnete noch immer. Der Bauer hob seinen Kopf und lugte in den grauen Himmel.

»Jaja«, brummte er in sich hinein, »jaja, a so a Regn is wos Guats! Wos ganz wos Guats!« Er tappte in den Stall zurück und ergänzte: »Und a so a Haus is wos Praktisch's.« Verkniffen lachte er in sich hinein.

Seit dieser Zeit ist der Graf Teiß bitterfeind mit ihm.

Der Rächer

I

Der Joseph Hirneis, oder wie er später geheißen wurde, der »Ferkelsepp«, kannte seinen Vater nicht. Von seiner Mutter, die mit ihm schon Jahr und Tag als Dorfarme im Gemeindehaus lebte, erfuhr er nur, daß derselbe durch einen Unglücksfall umgekommen sei. »Der Herr gib ihm die ewige Ruh'«, sagte sie dabei und setzte sich mit dem Buben an den Tisch, zündete ein geweihtes Wachs an, wickelte den beinernen Rosenkranz um die Finger, faltete die Hände und betete einen Rosenkranz. Nachdem sie damit fertig war, hielt sie eine Weile ein, schaute den Buben fast schmerzhaft an und seufzte schließlich: »Jaja, so ist's halt auf der Welt, so geht's halt, Sepp!« Dann richtete sie sich auf und arbeitete wieder. Dieses Rosenkranzbeten wiederholte sich in jedem Jahr an einem bestimmten Tag. Sogar die gleichen Worte sagte sie beim Abschluß jedesmal. Als der Bub einmal Genaueres über den Unglücksfall und Tod seines Vaters wissen wollte, sagte sie kurzerhand: »Besser ist's, du erfahrst es nie, basta!« Ungewohnt bestimmt, beinahe gereizt sagte sie das, und der Sepp fragte nicht mehr. Einmal aber – er mochte damals sieben oder acht Jahre alt sein –, als er beim Heimgang von der Pfarrschule im Söllingerholz Schwammen brockte, stieß die alte Beilhammer-Marie auf ihn, und die sagte weiberherzlich: »Soso, brockst Schwammen, Sepperl? Schwammen für d' Mutter? Soso!« Und weil die anderen Schulkinder den schwächlichen »Bettlmannsbuben« nicht mochten und er auch sonst nie etwas Gutes von den Leuten zu hören bekam, schaute sie der Sepp dankbar-zutraulich an. Da strich das alte Weib über seinen Kopf und sagte: »Armer Kerl, armer! Was kannst denn du dafür!« Und sie deutete hinüber aufs Dorf und erzählte ihm, daß sein seliger Vater leider Gottes ein arger Luftikus gewesen sei und daß ihm einmal der Söllingerhof gehört habe, und »no ja, er hat halt 's Bier gar gern mögen und an keinem Wirtshaus vorbeigehn können, Sepperl, und da ist ihm im Rausch halt was passiert... Hmhm, ganz arg ist's gwesen...«

»Arg? ... Was denn?« fragte der Bub. Die Alte drückte herum, aber so viel kam schließlich doch heraus, daß der Hirneis selig beim Heimgehn in der stockdunklen Nacht in den Bach gefallen und ertrunken sei. Offenbar merkte sie, daß sie zu weit gegangen sei, und milderte ab: »Nana, Sepperl, unrecht ist dein Vater nicht gewesen, durchaus nicht! Ein Lump wie sein Bruder Hans ist er nicht gwesen, durchaus nicht... Der Hallodri ist ins Amerika, und wissen tut man seitdem nichts mehr, aber dein Vater – mein Gott, er hat halt's Bier zu gern gehabt... Und haufenweise Schulden hat er ghabt, und wie er im Gottesacker gelegen ist, hat der Söllinger deiner Mutter den Hof abghandelt... Seitdem sitzt s' mit dir im Gemeindehaus, Sepperl...« Der Bub hockte neben ihr und schaute sie fort und fort staunend und stumm an, und da sagte sie auf einmal: »Aber, gell, Sepperl, sag nicht, wer dir das gsagt hat... Gell!« Der Bub versprach es, und er hielt auch noch Wort, als viel später Dorfleute Andeutungen darüber machten. Sein Leben lang blieb er ein wortkarger, verschlossener Mensch mit seltsam bösen Augen, aus denen nichts als Abweisung und Mißtrauen schauten. Sogar seine Mutter schien er nicht zu mögen, und es sah stets aus, als seien ihm Weiberleute tief zuwider. Ob sie spöttelten oder schmeichelhaft zutraulich wurden, nichts wirkte auf ihn. Das einzige, was er einmal zu einer sagte, war: »Mit einem Weiberts einlassen macht bloß Umständ... Ein Notschnapper wie ich ist besser dran, wenn er allein bleibt...« Das traf ja auch zu, und sonst irgend etwas Einnehmendes hatte er auch nicht. Schon als Heranwachsender sah sein hageres, derbknochiges Gesicht alt aus.

Nach seiner Schulentlassung kam der Sepp als Knecht in den Reinalterhof. Es waren vier Knechte und zwei Mägde da. Fünf Jahre stählten den wachsenden Körper und ergossen offenen und versteckten Hohn auf den »Bettlmannsbubn«. Als er zwanzig Jahre alt war, auf Maria Lichtmeß, wechselte der Sepp seinen Dienstplatz und trat beim Söllinger ein, dessen Gehöft auf der runden Anhöhe vor dem Dorfe lag.

Rechts vom Söllingerhof, nah am Waldrand, hockte die baufällige Hütte des Gütlers Johann Pfremdinger, den man im ganzen Umkreis »den letzten Mensch« hieß, weil er die bigotte alte Pfanningerin zur Haushälterin hatte und im allgemeinen sehr schlecht auf die Weiber zu sprechen war. Wenn man ihn ärgern wollte, brauchte man bloß eine junge Dorfmagd oder Bauerstochter des Sonntags an seinem Haus vorbeigehen lassen. –

Rundherum lagen die Felder Söllingers, weit verstreut die zwei Tagwerk Pfremdingers, und oft, wenn der alte Häusler zur Erntezeit schwerfällig und mühsam auf den Fußwegen durch die Wiesen des Bauern ging, um auf seine Grundstücke zu gelangen, sagte der letztere mürrisch zu ihm: »Bist saudumm, Hans! – Wennst tauschen tät'st mit meinem Rainacker, hätt'st alles ums Haus... aber mit dir kann man ja nicht reden!«

»Auf'm Rainacker wachst das nicht wie bei mir«, gab ihm der »Letzte Mensch« stets mit der gleichen Beharrlichkeit zurück und trottete weiter. –

Die Jahre vergingen, der Peter Söllinger wurde unterdessen zum Bürgermeister gewählt und kam eines Tages in den Stall zum Sepp, sagte: »Das geht jetzt nimmer, daß die Gemeinde deine Mutter aushält. Du bist ein mordsstramms Mannsbild geworden und kannst selber für sie aufkommen. Der ›Letzte

Mensch‹ wird sterben. Alsdann kommt die Pfanningerin ins Gemeindehaus.«

Der Sepp nickte ohne ein Wort.

»Da draußen kann s' nicht bleiben, die Pfanningerin«, fuhr der Bauer fort, indem er eine verächtliche Geste in die Gegend des Pfremdingerhauses machte, »die alte Kalupp' paßt grad noch für einen Heustadel.«

Und wieder nickte der Sepp.

»Herrgott, bist dir du ein Hackstock!« stieß der Bauer heraus und ging kopfschüttelnd und brummend aus dem Stall. Die Knechte lachten.

Der Sepp ging nach Feierabend zu seiner Mutter ins Gemeindehaus und brachte ihr die Nachricht. Die Alte sah ihm nur in die Augen. Dann sagte sie: »Jaja, ist auch wahr, die alte Pfanningerin ist ja auch älter wie ich.« Spät, nachdem seine Mutter längst schlief, zählte Sepp sein erspartes Geld. Zählte, zählte, dachte, dachte, berechnete, berechnete.

Am andern Tag, während der Arbeit, hielt er manchmal ein und schaute ins Leere, öfters sah man ihn jetzt nach Feierabend in die Pfremdingerhütte gehen. »Was er nur immer beim ›Letzten Mensch‹ anfängt, der verschloffene Kerl!? Er möcht' wohl gar Häusler werden?« munkelten die Knechte, und der Söllinger schaute dem fast furchtsam Davonschleichenden mit finsterem Blick nach. –

Die Sterbeglocken klangen dünn durch die Luft. Mit dem alten Pfremdinger ging es zu Ende. Die Pfanningerin, der Pfarrer, die Hirneisin und ihr Sepp standen in der niederen Kammer um das Bett. Ganz zuletzt wälzte sich der Häusler nochmal herum. Schon drehten sich seine Augen.

»Er soll's haben, Hochwürden! Aber die Hälft' gehört der Kirch«, hauchte er röchelnd heraus.

»In Ewigkeit, Amen«, murmelte, sich bekreuzigend, die alte Pfanningerin. Der Pfarrer sah den Sepp an und nickte. –

»Hab's denkt, daß er's kriegt, wenn er fleißig in die Kirch rennt und um den Pfarrer herumschlieft... So was tragt im-

114

mer was ein«, hieß es im Dorf, als verlautbarte, daß der Hirneis-Sepp das Pfremdingeranwesen von »Herrn Hochwürden zudiktiert« bekommen habe.

Acht Tage nach dem Begräbnis fuhr der Sepp auf einem Schubkarren die spärliche Habschaft seiner Mutter ins Pfremdingerhaus und am darauffolgenden Tag die Sachen der alten Pfanningerin ins Gemeindehaus. Hinter manchem Fenster stand ein Gesicht, das ungefähr ausdrückte: »*Der* hat's leicht. Der kann sein Zeug auf dem Schubkarren fahren.«

Gut ein Vierteljahr war Stille. Wenn die Mäher beim Morgendämmern auf die Felder gingen, sang immer schon die Sense Sepps unter dem flinken Wetzstein. –

Dann kam das Unglück. Die einzige Kuh im Hirneisstall ging ein. Notschlachtung mußte vorgenommen werden. Die Bauern kamen, musterten das Fleisch mißtrauisch, kauften, schimpften: »Weißt vielleicht nicht, narrischer Betbruder, daß d' Suppenbeiner Zuwaag sind!« und einige wieder sagten in beinahe mitleidigem Tonfall: »Ja, mein Gott, Bauer sein ist nicht so einfach! Sonst tät's ja jeder machen.«

Drei Wochen nachher begrub man die alte Hirneisin.

»Wärst Knecht blieben, wär' gscheiter gewesen«, sagte der Söllinger zu seinem ehemaligen Knecht. »Wenn's einmal angeht, hört's so schnell nicht mehr auf.« –

Der Sepp stürzte sich in die Arbeit. Der Pfarrer kam ein paarmal ins Haus und sah nach.

»Eine Kuh halt, eine Kuh, Herr Hochwürden!« murmelte der Sepp hin und wieder dumpf.

»Der Herr hat's gegeben – der Herr hat's wieder genommen«, antwortete der Geistliche nur. –

Und der Sepp verkaufte Heu und die letzten zwei Säcke Korn. Droben auf dem schmalen Streifen über den Söllinger-Feldern hatte er das im letzten Jahr noch angebaut. Vom Rainalter lieh er sich damals den Fuchsen und den Pflug und ackerte. Seine Mutter humpelte hinterdrein und säte. –

Es war Ferkelmarkt in Greinau. Die ganzen Bauern aus

der Umgegend standen gruppenweise auf dem Platz vor der Gastwirtschaft *Zur Post,* handelten hartnäckig herum mit den Händlern und kauften endlich. Die eingepferchten jungen Ferkel machten einen Heidenlärm, die Pferde scharrten ungeduldig und wurden grob zurückgerissen. Die Wirtsstube war voll besetzt. Aus und ein ging man, redete, schmauste, und knarrend und knirschend, in scharfem Trab, rollten die Wägelchen davon.

Schüchtern kam tief am Nachmittag der Sepp an. Die Bauern stießen einander, als sie ihn sahen, zwinkerten, tuschelten spöttisch.

›Jessers! Jessers! Jetzt wird's besser, der Bettelmann-Sepp kauft Ferkel!« lachte der pralle Postwirt aus einer Gruppe, und alle richteten geringschätzige Blicke auf den Häusler. Schweigsam und scheu umschritt der die Ferkelsteigen. Es wurde schon leerer auf dem Platz.

»Paß fei auf, daß sie dir nicht im Sack dersticken, Sepp!« warf der Söllinger vom Wagen herab dem Sepp zu, als er sah, daß dieser zwei laut grunzende Ferkel in seinen Sack zog. Sein hämisches Lachen schnitt die Luft auseinander. –

Dämmer stieg schon von den Feldern auf. Nacht sickerte gelassen vom Himmel. Der Sepp schritt beschwerlich aus. Die Ferkel rumorten immerzu im Sack auf seinem Rücken. Er mußte fest zuhalten, daß ein Krampf langsam in seine Arme rieselte. Aber die bogen sich wie aus Eisen von der Brust über die Schultern. Die Schritte hallten vereinsamt. Es war weitherum still.

Jetzt waren auch die Ferkel still geworden, ganz still. Auf einmal merkte es der Sepp. Ein Schreck durchfuhr ihn. Jähe Mattigkeit fiel bleischwer in seine Kniegelenke. Er rüttelte den Sack vorsichtig, fast wie einer, der zwischen Hoffnung und Angst vor der Gewißheit schwankt und nicht mehr aus noch ein weiß.

Nichts.

Er rüttelte stärker.

Nichts. –

Inzwischen war er an der schmalen Brücke nahe vor dem Hügel angelangt, auf dem das Söllingergehöft mit gelben Augen hockte.

Der Bach murmelte gleichmäßig.

Schweißtriefend zerrte der Sepp den Sack auf die Brücke, wollte – in unseliger Verzweiflung an den Spott Söllingers denkend – nachsehen. Da – da – wupp! – fiel der Sack in die Tiefe. Es platschte. Breite Ringe warf das Wasser, und jetzt plärrten plötzlich die Ferkel heulend auf. Es gurgelte etliche Male und war jäh still.

Mit einem furchtbaren Aufschrei sprang der Sepp ins Wasser, tappte wie ein schwimmender Hund ungelenk auf der Oberfläche herum, weinte, hustete, tauchte, schrie, brüllte. – Am andern Tag fischten die zwei Bürgermeisterknechte den leeren, zerrissenen Sack mit den Heugabeln aus dem Wasser und spießten ihn auf einen Zaunpfahl vor dem Sepp seinem Häuschen. Dann klopften sie, aber niemand gab an.

Das ganze Dorf lachte knisternd.

Als man drei Tage niemanden aus und ein gehen sah beim Hirneis, schickte der Söllinger den Nachtwächter und Gemeindediener Peter Gsott hinaus. Der klopfte wieder und wieder, drohte mit wütenden Flüchen, als niemand angab, und holte dann den Schmied zum Türöffnen.

Die beiden fanden den Sepp in der Schlafkammer auf dem Bettrand hockend und wie irr ins Leere glotzend. Einen Augenblick zwang ihnen dieser Zustand Schweigen ab. Endlich sagte der Schmied: »Was hast denn, Sepp, daß du dich einsperrst?«

Aber der Angesprochene gab keine Antwort und machte nur mit der Hand einige lahme, wegwerfende Gesten.

»Dein' leern Sack haben die Bürgermeisterknechte gfunden! Die Ferkel selber sind ersoffen!« sagte alsdann der Peter Gsott im konstatierenden Gemeindedienerton. Als die beiden Männer endlich sahen, daß Sepp beharrlich mit der gleichen

Apathie antwortete, gingen sie und meldeten dem Bürgermeister, daß der »spinnerte Kerl« schon noch lebe. Er sei, meinten sie, bloß ein wenig irr noch. –

Im Dorf ging daraufhin die Rede: »Der Sepp hat 's Spinnen angfangen wegen seiner ersoffenen Ferkln!« Von da ab bekam er den Spitznamen »der Ferkelsepp«.

Man sah ihn nur ganz selten nach diesem Vorfall. Er bog nur manchmal scheu ums Hauseck und ging einsam dem Wald zu.

Um diese Zeit kam einmal zum Bürgermeister Söllinger eine seltsame Nachricht aus Amerika, betreffend die Familie Hirneis oder deren Nachkommen. Der Bauer, der sich nicht recht auskannte, schickte zum Pfarrer, und dieser wiederum entzifferte, daß die Familie Hirneis (Oberlebende oder Nachkommen) infolge des Todes eines Bruders des seligen Vaters vom Sepp zur Generalerbin einer außerordentlichen Hinterlassenschaft in barem Geld eingesetzt sei und den Betrag von einer Bank in Hamburg einverlangen könnte, sobald der Nachweis der Erbberechtigung erbracht sei. –

Als der Pfarrer dies dem Söllinger auseinandersetzte, erbleichte der Bauer sichtlich und blieb eine ganze Weile stumm.

»Ruhig beibringen ist 's beste... Ich geh' selber 'naus zum Sepp«, sagte der Geistliche nach einigem Schweigen, nahm seinen Hut, steckte das Papier zu sich und begab sich zum Hirneis-Sepp.

Ins Haus getreten, bemerkte er diesen dösig neben dem Herd hockend, und als der geistliche Herr in vorsichtigem Tonfall seinen Namen rief, sprang er plötzlich auf, schlüpfte, so schnell es nur ging, furchtgepackt in das rußige Holzloch unter dem Ofen und gab keinen Laut von sich. Eine Zeitlang stand der Geistliche ratlos da. Endlich fand er wieder zum Entschluß zurück.

»Geh raus, Sepp!« sagte er sanft: »Wir wollen wieder eine Kuh kaufen und Ferkel.« Der Sepp räkelte sich erst und schlüpfte dann vollends aus dem Loch. Seine Blicke waren mit einer schmerzvollen Bitthaftigkeit auf den Pfarrer gerichtet. »Und dein Häusl, Sepp, das werden wir auch wieder richten lassen. Es ist arg baufällig«, ermunterte dieser den Zögernden. Und als der Sepp endlich aufrecht stand, nahm ihn der Geistliche am Arm und zog ihn sacht hinaus ins Freie.

Frische Frühe lag über den Feldern. Die Wiesen dufteten schwer. Die Sonne stieg langsam in die Mittagshöhe.

Wie zwei Kranke schritten die beiden dahin. Der Söllinger wagte nicht herauszutreten, als sie vorbeikamen. Er lugte nur mißmutig durchs Fenster.

Im Pfarrhaus angekommen, sagte der Geistliche zum Sepp: »Du mußt jetzt eine Zeitlang bei mir bleiben... Die Marie wird dir ein Zimmer einrichten, bis dein Häusl fertig ist. Bis dahin ist auch wieder Viehmarkt in Greinau.«

Als verstehe er von alledem nichts, als höre er nur einen erleichternden Ton aus den Worten, stand der Sepp da und schwieg. Allmählich glättete sich sein Gesicht.

Drei stille Wochen glitten dahin. Jeden Tag saßen die zwei zusammen in der Pfarrstube oder gingen manchmal im Garten umher. Langsam wurde der Sepp ruhiger. Aber von Zeit zu Zeit konnte man ein tückisches Aufblitzen in seinem knöcherigen, schweigend gefalteten Gesicht wahrnehmen. Doch die väterliche Arglosigkeit seines Pflegers machte ihn nach und nach etwas zutraulicher und offener. Manchmal des Abends, wenn der Geistliche aus einem Gebetbuch laut einige Stellen vorlas, hob der Häusler den Kopf und lauschte aufmerksam. Es schien, als falle Stück für Stück von dem Feindseligen ab, das hinter seinen frühen Falten brütete, und lebhafter kreisten seine Augen.

Endlich, nach einem Monat, eröffnete der Pfarrer seinem Pflegling die Nachricht aus Amerika.

Der Sepp begriff anfänglich nicht. Dies erkennend, legte der Geistliche das Papier auf den Tisch.

»Du bist jetzt ein reicher Mann geworden, Sepp... Ein sehr reicher Mann«, sagte er. »Du kannst dir hundert Kühe kaufen, ein Haus und so viel Ferkel, wie du willst. Es ist von jetzt ab keiner mehr im ganzen Umkreis, der nur ein Drittel so viel Geld hat wie du... Begreifst du? ... Unser Hergott hat dir geholfen... Es geht alles seinen gerechten Gang, wenn er es will.«

Der Sepp schien die letzten Worte nicht mehr zu hören. Eine Gier flackerte in seinen Augen, und der ganze Ausdruck seines Gesichtes war plötzlich völlig verändert.

»Ich... ich kann also auch das Söllingerhaus... und das vom Rainalter kaufen?« fragte er hastig und gedämpft.

»Das kannst du, wenn sie wollen«, nickte der Geistliche. »Du kannst zehn solche Häuser kaufen, wenn du willst.«

»Zehn?!« stieß der Sepp lauernd heraus und bohrte seine Blicke in die Augen des Pfarrers.

»Es ist sehr viel Geld«, gab der zurück.

»Und«, fuhr der Sepp fort, fiebernd vor Unruhe, aber scheu, als lausche an den Wänden irgendein ungebetener Gast, »und ich krieg' das ganze Geld in die Hand... Ich brauch' nur schreiben lassen?«

»Ja, wenn du willst«, war die Antwort.

»Ja!! ... Ja, gleich! ... Gleich! ... Ich will!« keuchte der Sepp verhalten.

»Gut«, sagte der Pfarrer und ging an den Tisch, »ich schreibe.«

»Und – und die Häuser vom Söllinger... Und – und vom Rainalter?« fragte der Sepp wiederum beharrlich.

»Die...? Die werden kaum feil sein«, antwortete der Geistliche und stutzte kurz: »Was willst du denn mit so viel Häusern?« Scheinbar arglos schaute er dem Sepp in die unruhigen Augen, und der sagte nichts mehr. Mild lächelte der Pfarrer und schloß: »Jetzt schreiben wir erst einmal, daß du zu deinem Geld kommst.«

Stumm und verschlossen saß der Sepp da. Zitternd setzte er seinen Namen unter das Schreiben, das ihm der Geistliche vorgelesen und an manchen Stellen mit einfachen Erläuterungen verdeutlicht hatte.

II

Schnell wurde die Riesenerbschaft vom Ferkelsepp im Dorf und in der Pfarrei bekannt. Betroffen erzählten die Bauern davon, und seltsamerweise beschlich manchen eine unbehagliche Angst, ja fast eine dunkle Furcht. –

Der Baumeister von Greinau, Michael Lindinger mit Namen, wurde ins Pfarrhaus geladen. Der Sepp lächelte schräg, als der Mann eintrat, und beauftragte ihn, einen Plan für ein neues Haus zu bringen. Trotz der Einwendungen des Pfarrers wurde der Umbau des alten Anwesens abgelehnt.

Dem Sepp seine Rede war jetzt sicher geworden, fast bestimmt. »Ein neues Haus muß her!« sagte er beharrlich.

Und der Baumeister erwiderte pfiffig: »Ja – schon lieber was Neues als Flickwerk... Das taugt ein paar Jahre, dann geht's wieder von vorn an.«

Das entwaffnete den Geistlichen. Der Plan wurde gefertigt, der Auftrag gegeben. Die ehemalige Pfremdingerhütte krachte zusammen mit allem, was sie barg. So hatte der Ferkelsepp es gewünscht, steif und fest. Alles Dawider des Pfarrers nützte nichts.

Krachte zusammen.

Und die Dörfler standen herum, schwiegen, staunten, starrten. Vom Pfarrhausfenster aus überschaute der Sepp den Vorgang.

Auf einmal begann der Hausfirst zu wanken, bröckelte, krachte. Die Herumstehenden rannten auseinander, und zuletzt war minutenlang eine ungeheure Staubwolke. Dann, als es wieder lichter geworden war, lag ein riesiger Trümmerhaufen da.

»Das ist nicht recht!« rief der Pfarrer hinter ihm. Der Sepp hatte ihn nicht eintreten hören und riß sich erschrocken herum. Reglos standen sich die zwei gegenüber. Seitdem begegnete der Sepp seinem Pfleger mit verstocktem Schweigen. Er mied ihn.–

121

Der Bau wurde begonnen. Ein ganz seltsames, unpassend protziges Haus mit einem breiten, vier Stockwerk hohen Turm mitten in der Vorderfront zeigte der Plan. Der Pfarrer schüttelte den Kopf und wurde verstimmt, als sich der Sepp diese Schrulle nicht ausreden ließ. Gegen dessen Hartnäckigkeit war nicht mehr aufzukommen.

»Es ist dein Haus und dein Geld, Sepp... Ich wünsch' dir bloß, daß unser Herrgott dir Glück und Segen bringt«, sagte er schließlich zu seinem ehemaligen Pflegling und vermied es seitdem, sich einzumischen. Er überließ den Sepp sich selber und kam kaum mehr in sein Zimmer. Jeden Abend kam Lindinger ins Pfarrhaus und berichtete über den Stand, machte Vorschläge, legte Rechnungen vor. Sein fast beteuerndes, sich immer wiederholendes: »Sie ist narrisch teuer, die...... narrisch teuer!« ließ den Sepp lächeln.

»Macht nichts... macht gar nichts«, versicherte er stets darauf.

»Tja... Es ist gut, daß es wieder Arbeit gibt«, meinte dann der Maurermeister meistens und ging.

Kaum war er draußen, schrumpfte der Sepp im Lehnstuhl zusammen. Das Kinn schob sich vor, nur die Pupillen kreisten im Raum.

An einem der Abende, als eben der Lindinger das Zimmer Sepps verlassen hatte, trat der Pfarrer ein. Der Sepp stand auf und wandte ihm den Rücken zu. –

»Gelobt sei Jesus Christus«, brachte der Geistliche nach einigem Schweigen heraus.

Ohne sich umzuwenden, nickte der Sepp. Dann ging er ans Fenster, deutete in die Talmulde, die der erste Mond silbern bestrich.

»Hähähä – hä – hä, wird hoch, der Turm, hoch!« keuchte er, reckte den Kopf störrisch vor, nah an die Fensterscheibe: »Wenn man ganz droben ist, kann ich über jeden Hof schauen.«

Unschlüssig stand der Geistliche da und schwieg.

»Zum Söllinger kann ich Snunterschaugn und aufs ganze Dorf«, redete der Sepp weiter, ohne ihn zu beachten.

»Die zwei Kirchenfenster?« fragte endlich der Pfarrer verschüchtert und hielt plötzlich im Wort inne, als sich jetzt der Sepp hastig umwandte.

»Zwei? ... Sechs!! ... Sechs Fenster! ... Und neue Glocken. damit ich's hör' in der Früh!« überflügelte dieser ihn. »Da muß die Luft zittern, wenn *die* läuten! Schafft sie an! ... Morgen! Gleich ...! Gleich! ... Und drei neue Meßgewänder! ... Müssen fertig sein zum Jahrtag meiner Mutter! ... Bestellts auch gleich! ... Gleich!«

Wie von einem wilden Strudel hochgetrieben, stürzten die Worte aus ihm.

Mit ernstem Gesicht verließ der Pfarrer das Zimmer. Lange noch hörte ihn die Marie im Zimmer auf und ab gehen und laut beten. –

Klare, kalte Märztage zeigten das hereinbrechende Frühjahr an.

Der Sepp ging manchmal aus. Selten suchte er den Bau auf. Nie beschritt er ihn. Immer bog er scheu ums Dorf. Und stapfte auf die Sandgrube zu, aus der man den Kies für das Haus holte. Es schien ihn dort etwas zu interessieren. Er stand meistens oben auf dem Rand und überschaute die zackige Mulde.

Böhmen und Italiener arbeiteten auf Taglohn dort und sprengten hin und wieder einen Felsen, wenn an einer Stelle der Kies ausging.

Eben lud man wieder. Der Sepp war ganz nah herangekommen, stand wie witternd, mit spähendem, vorgebeugtem Kopf da und sah aufmerksam auf jede Bewegung des Lademeisters.

»Und das – das reißt alles ein? Mit *einem* Krach?« fragte er den Sprengmeister gespannt. Der Mann nickte und murmelte ein paar unverständliche Worte. Dann entzündete er ein Streichholz und steckte die Zündschnur an. Alles rannte aus der Grube, wartete, bis es knallte.

Als das geschehen war und die Leute wieder in die Grube zurückgingen, sah man den Sepp im Türrahmen des Werkmeisterhauses stehen. Er ließ sich das Pulver zeigen, rieb es merkwürdig lange auf seiner flachen Hand und sagte harmlos zum Werkmeister: »Und so ein Staub hat's drin, daß alles in die Luft fliegt? ... Hm-hmhm!« Er ging wieder. –

Der Nachtwächter Peter Gsott glaubte bemerkt zu haben, daß eine männliche Gestalt am Rand der Sandgrube auftauchte, sich schwarz vom bleichen Mondhimmel abhob, dann aber plötzlich, wie in den Erdboden gesunken, verschwand.

Der Werkmeister schimpfte die Sprenger, daß sie soviel Pulver brauchten. Es entstand ein Streit. Ein Italiener brüllte, daß die ganze Grube hallte. Auf einmal kam man ins Handgemenge. Ein furchtbares Raufen entstand. Der Werkmeister bekam einen Schlag auf den Kopf und mußte ins Krankenhaus gebracht werden. Am anderen Tag verhafteten die Gendarmen von Greinau zwei Böhmen und einen Italiener, der beim Söllinger auf der Tenne logierte. Er hatte sich im Taubenschlag verkrochen, und als man ihn herunterholte, stieß er furchtbare Drohungen auf den Bürgermeister aus, die aber niemand verstand. Anscheinend glaubte er, die Leute hätten ihn verraten.

Der Sepp begegnete der Haftkolonne und musterte die drei Burschen sehr genau, auffallend genau. Später kam er ins Dorf, ging ins Bürgermeisterhaus und riß hastig die Stubentür auf. Der Söllinger war so verdutzt, daß er nicht gleich ein Wort herausbrachte. Ehe er sich's versah, stand der Sepp ganz nahe vor ihm und schaute ihn funkelnd an.

»Ich möcht' deinen Hof, Söllinger. Gibst ihn net her?« fragte er unvermittelt. Das erst weckte den Bauern aus seiner Bestürzung auf.

»Wos? ... Ich? ... Ich dir meinen Hof? ... Dir? ... Du spinnst wohl noch ärger, seitdem d' stinkst vor Geld?« höhnte er giftig zurück und wollte weiterschimpfen. Doch der Sepp grinste bloß und winkte so wegwerfend ab, daß ihm für den Augenblick das Wort abbrach.

»Also net? ... Er ist dir net feil, oder?« fragte er und ließ den gereizten Bauern nicht aus den Augen. Der kam jetzt völlig in die Wut und bellte ihn sackgrob an: »Was willst du denn auf amal bei mir? Ich hab' net gschickt nach dir! ... Geh mir schon aus'm Gesicht, sag' ich!« Drohend maß er den Ferkelsepp, aber der ging schon zur Tür und sagte nur noch hämisch: »Er paßt mir nämlich net vor meinen Turm, dein Hof ...«

Als er draußen war, hörte er den Söllinger noch laut fluchen. –

III

Richtig, der eine von den Böhmen hatte damals den Felsen geladen, erinnerte sich der Sepp, und der Italiener, der aus Söllingers Taubenschlag geholt worden war, stand neben ihm, als es krachte. *Dem* konnte man nichts nachweisen und mußte ihn nach vier Tagen wieder aus dem Amtsgerichtsgefängnis entlassen. Nun strolchte er mit finsterem Gesicht umher, und da bei den Bauern von alther der Aberglaube herrschte, daß solche Kerle mit ihren Verwünschungen, kraft einer ihnen innewohnenden dämonischen Macht, Schaden und Unglück anrichten könnten, wagte keiner etwas gegen sein Kampieren in Heustadeln und Tennen einzuwenden. –

An einem Aprilnachmittag traf ihn der Sepp auf der Waldstraße, ging entschieden auf ihn zu und redete ihn an.

»Habts keine Arbeit nimmer kriegt?«

Offenbar verstand der Angesprochene halbwegs, denn er nickte finster.

»Gehts zu meinem Bau ... Verlangts den Lindinger und sagts, ich hab' Enk gschickt«, sagte der Sepp.

Am andern Tag schleppte der Italiener auf dem Bau Mörtel. Das Haus wuchs. Der Turm der Vorderfront bedurfte nur noch des Dachstuhis. Beim Söllinger wurde eingebrochen. Man nahm wieder den Italiener fest, obwohl ihn niemand angezeigt hatte. Da man ihm aber auch diesmal nichts nachweisen konnte, entließ man ihn wiederum. Der Sepp traf ihn im Pfarrhaus, nickte schon von weitem grüßend und hatte ein Lächeln wie ungefähr: gut so!

Und wieder arbeitete der Italiener auf dem Bau, finster gegen jedermann, verschlossen und wortkarg, nur etwas aufgeräumter zum Ferkelsepp. –

Die Kirche war nun jeden Sonntag drückend voll. Die sechs Fenster strahlten ihren vielfarbigen Prunk über die Köpfe der Betenden. Einen Monat später erschollen die neuen Glocken erstmalig. Und in der Luft schwang ein summendes Surren weithin.

Wenn man jetzt den Sepp sah, lag über seinem Gesicht etwas wie Sicherheit und Triumph.

Der April zerging in Regen, Schneegestöber und flüchtigen Sonnentagen. Die ersten Maitage ließen die grauweißen Wände des Neubaues sehr schroff leuchten. Man konnte den Sepp ab und zu mit dem Lindinger durch die Räume schreiten sehen. Die Schreiner brachten Möbel. Es ging auf das Fertigwerden zu. –

Es war wahr, was der erste Knecht vom Rainalter sagte, einen solchen Stall trifft man so schnell nicht mehr. Und: eine Lust muß es sein, dort zu arbeiten.

Aber der Söllinger warf verächtlich hin: »Was hilft ihm das schöne Haus und alles, wenn er kein Grundstück hat!«

Und aus dem Reden der Dörfler am Biertisch konnte man deutlich heraushören, daß keiner bereit war, auch nur ein Tagwerk von seinen Gründen abzugeben.

»Unser Heu bleibt unser Heu!« sagte der Gleim-Hans. Und alle nickten.

»*Der* kommt schon und will einen Grund! Aber da bleibt ihm der Schnabel sauber«, brummte der Rainalter.

Der Söllinger blickte düster drein und schwieg. –

126

Pfarrer und Ministrant gingen mit dem Sepp durch die Räume des neuen Hauses, beweihräucherten und besprenkelten alles. Eine Woche später trieben drei Viehtreiber wohl an die zwanzig Kühe auf der Straße von Greinau daher ins Dorf und lieferten sie beim Ferkelsepp ab. Zwei fremde Mägde, ein Knecht und jener fremde Italiener, den man von der Sandgrube davongetrieben und verhaftet hatte, waren da. Und große Heufuhren kamen an, ganz fremde Gesichter blickten von den leeren Wagen herunter, die nachher durchs Dorf ratterten.

»Wenn er jeden Pfifferling kaufen muß, der Ferkelsepp, wird die Herrlichkeit bald ein End' haben«, brummten die Bauern. »Mit den paar lumpigen Wiesen kann er grad etliche Küh' füttern...«

Nach etlichen Wochen kam eine Magd vom Sepp zum Rainalter und zum Gleim-Hans und richtete ihnen aus, die Bauern sollten zu ihm kommen.

»So – sonst nichts?« rief der Rainalter und schaute das dralle Weibsbild verächtlich an. »Sagts, er soll sich einen anderen Dummen suchen...«

Und: »Der hat grad so weit zu mir her!« fertigte der Gleim-Hans die Botin ab. –

Gleichsam, als hätte man sie ohne jeden Grund persönlich beleidigt, kam die Dirn zurück und berichtete dem Sepp das Verhalten der beiden Bauern.

»Geh! Ist schon gut!« schnitt dieser ihr das Wort ab, als sie gesprächiger werden wollte. Seine Züge veränderten sich nicht. Nur seine Augen glommen einmal funkelnd auf. –

In der Wirtsstube von Simon Lechl herrschte an diesem Abend ein belebteres Gespräch.

»Jetzt kommt er langsam gekrochen und will Grund«, brummte der Rainalter. »Da kann er alt werden«, erwiderte der Gleim-Hans. Und alle nickten.

»Mit seinem Geldhaufen ist's gar nichts!... Gründ' machen den Bauern!« sagte der Lechlwirt.

»So ist's«, bestätigte der Söllinger. Und wieder nickten
alle. –

IV

Einige Jahre verstrichen. Das kahle, grell-leuchtende Turm-
haus am Waldrand nahm mehr und mehr eine verwitterte
Farbe an. Bisweilen, wenn die Scheune leer war, sah man die
schwarze Kutsche vom Ferkelsepp in scharfem Trab aus dem
Dorf rollen, Greinau zu. Vorne auf dem Bock saß der Italiener
mit finster gefaltetem Gesicht und schaute nicht nach links
und nicht nach rechts. –

An den darauffolgenden Tagen knarrten dann meistens
schwerbeladene Heufuhren auf der Greinauer Straße daher
und fuhren durchs Hoftor vom Hirneis, in die »Ferkelburg‹,
wie die Leute den protzigen Bau nannten.

»Nette Wirtschaft!« brummten die Bauern: »Jeden Büschl
Futter muß er kaufen!« Halb war es Mißmut, halb Schadenfreude, was auf ihren Gesichtern stand. Die Ernten in dieser
Gegend waren überreichlich. Die Aufkäufer, welche aus der
Stadt kamen, hatten es leicht und konnten anmaßend sein. Sie
minderten die Preise, wo und wie es immer ging. Die Trans-
portkosten bis zum Bestimmungsort mußten die Bauern tragen. Es kostete stets einen ganzen Tag Zeit, wenn ein Dörfler
seinen verkauften Hafer, sein Korn oder Heu nach Greinau
auf den Bahnhof fuhr und dort in den Waggon lud. In die »Ferkelburg« aber – wie man Sepps Haus nannte – fuhren fremde
Heuwagen.

Der Sepp war fast nie zu sehen. Er saß in seiner Turmkam-
mer und sann. Grübelte, als warte er auf etwas. Gleichmäßig
und ereignislos verlief die Zeit. –

Durch irgendeinen findigen Kopf angeregt, waren die
ganzen Dörfler um Greinau darauf gekommen, daß eine
Eisenbahnlinie gerade in diese Gegend notwendig sei.

Eine Vereinigung bildete sich, wurde »Lokalverband der Eisenbahn-Interessenten« genannt. Eine Eingabe um die andere bestürmte das Ministerium. Die Regierung nahm endlich Kenntnis davon, der Landtag sprach sich befürwortend aus. Die Eisenbahnlinie wurde genehmigt.

Der Ferkelsepp verfolgte die Berichte im *Greinauer Wochenblatt* eifrig. Man sah ihn jetzt öfters am Gemeindekasten vor dem Bürgermeisterhaus stehen und die Anschläge lesen. Vom Söllingerhügel aus konnte man das ganze hingebreitete Land übersehen.

Da stand er auch.

Und nicht selten. Oft sogar lange. –

An jenem Tag, als die amtliche Bekanntmachung von der Genehmigung der Eisenbahnlinie angeschlagen war, wandte er sich behend und überblickte die Weiten. –

»Hm! – Jetzt!« stieß er plötzlich heraus, nickte etliche Male und ging zuversichtlich von dannen.

Erst nachdem er in der Tür der »Ferkelburg« verschwunden war, trat der Bürgermeister aus seinem Haus und heftete die Bekanntmachung der großen Versammlung im Gasthaus *Zur Post* in Greinau in den Kasten.

Am darauffolgenden Sonntag war der Tanzsaal der Postwirtschaft zum Bersten voll. Die Bauern aus der ganzen Umgebung waren zusammengeströmt. Die bejahende Entschließung der Regierung wurde bekanntgegeben. Die ganze Versammlung brüllte und klatschte begeistert. »Eine Bahn muß her!« erscholl es von allen Seiten. Es gab schwere Räusche. –

Schon nach einer knappen Woche erschienen die Vermessungsbeamten im Dorf und wurden mit ehrwürdiger Neugier empfangen. Sie durchschritten die Felder, steckten weißrote Fahnen auf, kamen immer näher an die Häuser heran, zogen eine Linie durch Rainalters Garten, über das Gehöft Söllingers hinweg.

Die Hände in den Hosentaschen, schweigend und gewichtig sahen ihnen die Bauern erst zu.

»Also, so ging's?« fragte der Gleim-Hans einen Vermesser.

»Jawohl, ganz so«, erwiderte dieser und war schon wieder weiter.

»Hm«, brummte der Gleim-Hans, hob den Kopf und sah den Rainalter verwundert an. »Müßt' also mein halber Garten weg?« sagte dieser und sah den Geometern nach. Die entfernten sich mehr und mehr. Weiter ging es. Über das Gehöft Söllingers hinweg.

»Hoho! Da wär' demnach das ganze Bürgermeisterhaus im Weg!« stieß jetzt der Rainalter fast entsetzt heraus und sah betroffen, mit offenem Maul, auf den Gleim-Hans: »Das wird sauber! Gibt's nicht!«

»Gibt's nicht!« schrie auch der Gleim-Hans.

»Und – schau nur – durch meine schönsten Gründ' ging's!« rief der Rainalter, als eben die Vermesser die Linie durch seine Weizenlende zogen, fäustete seine Hände drohend und polterte abermals: »Gibt's nicht!«

Und auf der Stelle gingen die beiden zum Söllinger hinauf und erhoben lebhaften Einspruch gegen dieses Vermessen.

»Dein Haus soll weg! ... Dein Anwesen, Söllinger! Und unsere schönsten Gründ' wollen s'«, schrie der Rainalter aufgebracht. Und der Gleim-Hans, der sich schon wieder ermannt hatte, sagte drohend: »Sollen nur kommen und mir durch meinen Acker bauen!«

Der Bürgermeister war wutrot bis hinter die Ohren, schlug gewaltig in den Tisch und rief ebenfalls: »Gibt's nicht! ... Gleich morgen fahren wir zum Bezirksamtmann!« Als die beiden Bauern aus dem Bürgermeisterhaus traten, stand der Sepp am Rand des Hügelrückens und sah den Vermessern gespannt nach.

»Hm! – Der Ferkelsepp ...?« brummte erstaunt der Rainalter.

»*Den* freut's, weil sie ihm keine Gründ' nehmen können!« rief der Gleim-Hans wütend und so laut, daß es der Sepp bestimmt hören mußte.

Das ganze Dorf war am nächsten Tag in Aufruhr. Man riß überall die weißroten Stangen heraus, zerbrach sie. In aller Frühe fuhren der Söllinger, der Gleim-Hans und der Rainalter nach Greinau zum Bezirksamtmann und verlangten schimpfend eine sofortige befriedigende Regelung der Angelegenheit. Sie schrien, fluchten und drohten zuletzt auf das gefährlichste. Der Bezirksamtmann rannte erregt in seinem Arbeitszimmer auf und ab, gewann aber dann die Ruhe wieder und zuckte mit den Schultern: »Ja, meine Herren, wenn keiner durch seinen Acker die Linie laufen läßt, dann gibt es eben keine Bahnstrecke!«

»Wir pfeifen auf eine!« riefen die drei Bauern zugleich.

Der Bezirksamtmann machte ihnen klar, daß der Beschluß der Regierung nicht rückgängig gemacht werden könne, daß doch angemessen entschädigt werde und daß die Herren der betreffenden Instanzen doch keine Kindsköpfe seien und doch –

»Das ist ganz gleich! ... Uns ist's schon ganz gleich! ... Die Bahn kommt nicht! ... So nicht!« fuhr ihm der Söllinger völlig respektlos ins Wort. Und vertrat starrköpfig den Standpunkt seiner Begleiter.

Schließlich, nach langem Hin und Her, wurde beschlossen, eine Versammlung der Eisenbahninteressenten einzuberufen.

Bis auf die Straße heraus standen am nächsten Sonntag die Bauern, die sich beim Postwirt in Greinau zusammengefunden hatten. Zeitweilig entstand ein gefährliches Gedränge vor der Saaltüre. Stürmisch ging es zu. Ein Regierungsvertreter war erschienen. Er wurde niedergeschrien, als er betonte, daß – wenn die Abgabe der Gründe nicht gutwillig geschehe – einfach abgeschätzt werde.

»Einfach abgeschätzt! Einfach abgeschätzt! ... Was soll denn das heißen? ... Etwa gar, daß einem einfach die Äcker abgenommen werden?« hieß es.

Die Bauern wurden wild, standen auf, richteten sich drohend gegen die Tribüne. Die auf der Straße Stehenden zwängten sich gewaltsam herein.

»Gibt's nicht!« schrie der ganze Chor. Ein ungeheurer Lärm erhob sich. Alles machte Miene anzugreifen. Der Bezirksamtmann fuchtelte völlig ratlos mit den Armen. Der Assessor schwang wehrlos die Glocke. Es half alles nichts. Der Lärm wurde noch ärger.

»'naus! – 'naus! 'naus aus unserm Gau!« brüllte der ganze Saal. Saftige Grobheiten flogen den Herren da droben an den Kopf.

Als nichts mehr auf die tobende Schar einwirken konnte, schrie der Bezirksamtmann heiser: »Die Versammlung ist geschlossen!« und verschwand eiligst mit dem Herrn von der Regierung. Die rebellischen Bauern wurden allmählich wieder ruhig, betranken sich weidlich und hielten die Sache für gewonnen.

Ohne besonderen Zwischenfall verliefen die nächsten Tage.

In seinem Turmzimmer ging der Ferkelsepp auf und ab, blieb hie und da stehen, hob rasch den Kopf und lächelte schmal. Und früh am Morgen, hin und wieder, schritt er über die nebligen Felder.

Inzwischen wurde der Bau der Eisenbahn im Landtag zum Beschluß erhoben. So weit ließ man sich noch ein, daß man Söllingers Haus umkreiste. Dafür lief jetzt die Linie durch seine besten Getreideäcker. Und war beschlossene Sache!

Nächstes Frühjahr sollte die Strecke in Angriff genommen werden. Beim Söllinger liefen die amtlichen Schriftstücke über die abzutretenden Äcker und Felder ein. Die Bauern standen vor den Anschlägen mit verbissenen Gesichtern, brummten und fluchten. Eine furchtbare Erbitterung hatte das ganze Dorf ergriffen. Aber es half alles nichts. Alles nichts!

Und die Schätzpreise waren spottniedrig.

Es gab kein Zurück mehr. Mißmutig grollten die Bauern.

»Eine Bahn! ... Eine Bahn! hat alles geschrien! ... Jetzt haben wir's!« polterte der Gleim-Hans beim Lechl: »Ich habe

132

immer schon gesagt, es kommt nichts Besseres nach. Wo man mit der Regierung zu tun hat, ist Schwindel.«

Und die anderen, die am Tisch saßen, sahen ihn finster an. Finster und besiegt, überlistet und ratlos.

»Müssen ja doch! ... Hilft uns alles nichts!« brummte der Rainalter und spuckte wütend aus. Und manchmal sagte ein Verärgerter: »Ach was – ich verkauf' mein ganzes Zeug dem Ferkelsepp und mach' ihm einen saftigen Preis! ... Der ist froh drum... Und nachher kann der sich mit der Regierung rumstreiten!«

Kaum einer – so schien es – hörte darauf. Aber dann wiederholte es sich des öfteren. Schüchtern klang es erst. Allmählich erzeugte es nachdenkliche Gesichter, und dann – dann sah man eines Tages den Rämnalter aus der »Ferkelburg« herausgehen. Keiner fragte nach dem Grund dieses Besuches. Zwei- oder dreimal wiederholte er sich, und wieder einmal fuhr die schwarze Kutsche aus dem Tor der »Ferkelburg«. Rainalter und der Ferkelsepp saßen hinten drinnen, der Italiener auf dem Bock. Es ging Greinau zu.

»Warum hast deine Alte nicht mitgenommen?« fragte der Sepp im Dahinfahren.

»Brummt und brummt bloß! ... Hat keinen Verstand für so was!« antwortete der Bauer mit leichtem Ärger.

»Hat's doch schön jetzt! ... Kann sich in d' Stubn hocken und privatisieren«, meinte der Sepp.

»Freilich! ... Das hab' ich ihr doch schon hundertmal gesagt! ... Aber sie meint halt immer: Der Feschl! Der Feschl – wenn er von der Fremd' kommt – könnt' er eine schöne Metzgerei aufmachen... Und hat jetzt auf einmal keine Heimat mehr!« redete der Rainalter in die Luft, als spräche er mit sich selbst.

»Aber Geld hat er! ... Einen Batzen Geld!« erwiderte der Sepp darauf, und der Bauer nickte: »Das mein' ich eben auch!«

Nachdem sie das Notariat verlassen hatten, lag auf dem

Sepp seinem Gesicht eine freudig erregte Farbe. Er lud den Rainalter sogar zu einem richtigen Schmaus ein, und der Bauer wurde schon nach dem zweiten Krug gesprächig.

»Wär'n noch andre im Dorf, Sepp, die ihr Zeug anbringen möchten, sag' ich dir... Sind froh, wennst kommst... Brauchst dich bloß dranmachen«, schwatzte er vertraulich über den Tisch. –

»Brauchen bloß zu mir kommen... Alle nehm' ich!« gab ihm der Sepp zurück. Über Rainalters Gesicht huschte eine wohlige Röte. Offen und freundschaftlich betrachtete er seinen ehemaligen Knecht.

»Weiß dich noch, wie d' mein Knecht warst, Sepp«, erzählte er: »Hätt'st dir auch den Buckl krummgearbeitet, wenn dein Amerikaner nicht ins Gras bissen hätt'!«

Und der Sepp nickte und schloß mit einem: »Jaja... so ist's auf der Welt hie und da!« Dann fuhren sie wieder ins Dorf zurück.

Der Rainalter durfte in seinem Haus bleiben und saß von jetzt ab Tag für Tag beim Simon Lechl in der Wirtsstube. Oft kam er angeheitert heim. Dann brummte sein Weib: »Wirst noch grad so wie der der suffne Hirneis.«

»Haben's doch, Alte! ... Haben's doch!« grölte dann der Bauer bierselig heraus. –

V

Wie immer bei solchen Gelegenheiten griff die Veränderung der Sachlage mehr und mehr in das Leben der Dörfler ein. Die Kleinhäusler fristeten hierzulande ein hartes Dasein. Ihre kärglichen Feldstreifen trugen nicht genug. Jeder von diesen Leuten war gezwungen, zur Erntezeit und während des Winters beim Holzen bei den Bauern auf Taglohn zu arbeiten. Dieser Verdienst war, wie man sich auszudrücken pflegte, »zum Leben zuwenig und zum Sterben zuviel«.

Diesen Häuslern kam der Bahnbau gelegen. Es gab erträgliche Löhne dort. »Da hab' ich mein'n Batzen Geld und brauch' nicht bitten und betteln bei den Bauern«, äußerte sich der Fendt, dessen baufällige Hütte am Dorfausgang stand. »Ich bleib' überhaupt nicht mehr da«, sagte der Rieminger, »ich verkauf' mein Häusl dem Ferkelsepp und mache eine Wäscherei in der Stadt drin auf... Da hab' ich auf keinen aufz'passen.« Und so geschah's auch. Kaum ein halbes Jahr rann hin, da hatte der Sepp auch das Fendthäusl und den baufälligen Reishof gekauft. Die beiden Häusler bekamen eine beträchtliche Summe und konnten in ihren Häusern bleiben. Der Sepp verlangte nicht einmal Mietzins von ihnen. Das trug sich umher von Ohr zu Ohr. Mit einer gewissen Achtung sprach man davon. –

Der Bahnbau war in vollem Gange. Durch dem Gleim-Hans seine Äcker trampelten die Arbeiter. Dicht hinter dem Söllingergehöft, in den Weizenlenden, wühlten sie den schwarzen Kot aus der Erde. Mit verbissenen Gesichtern schauten die Bauern auf ihre verwüsteten Äcker. Viel Fremdvolk war unter den Arbeitern. Italiener und Böhmen. Es gab Einbrüche, nächtliche Raufereien und Messerstechereien. –

Die Söllingerin bekam die Letzte Ölung. Nach einigen Tagen starb sie. Das ganze Dorf und viele Bauern aus der Umgebung standen um das Grab. Die Glocken trugen ihr Läuten durch die Luft.

Der Rainalter sagte beim Leichenschmaus: »Was hast von deinem Leben, Bürgermeister? ... Deine zwei Söhn' sind ja doch schon städtisch, da will keiner mehr an den Pflug und an die Mistgabl!«

Finster sah der Söllinger ins Leere und erwiderte kein Wort. Seine zwei Söhne, der Martl und der Sepp, saßen da und schwiegen gleichfalls. Zwei flotte Burschen waren sie, sahen gar nicht mehr bäuerisch aus, studierten in der Stadt und hatten runde, selbstbewußte, überhebliche Gesichter.

Der Bürgermeister stand auf und ging.

Es war Erntezeit. Die Straße führte an den ehemaligen Rainalterfeldern vorüber und an der Breite des Ignaz Reis. Da arbeiteten die Knechte vom Ferkelsepp, und der Italiener beaufsichtigte sie. Er war ein schweigsamer, finsterer Geselle mit unheimlich tiefglimmenden Augen. Wenn er auftauchte, griffen alle hastiger zu.

Der Söllinger blieb einen Augenblick stehen, biß die Zähne aufeinander und schlug, weitergehend, den Hirschgriffstock fester auf den Boden. –

Den Sepp sah man jetzt tagsüber fast nie. Nur am Abend stelzte er über den Söllingerhügel, blieb manchmal stehen und sah prüfend der Bahnlinie nach. Gebückt ging er. Er trug meistens einen weiten Mantel und hielt einen Stock in der Rechten.

Manchmal, wenn ein Heimkehrender an ihm vorüberging, lag ein kleines, böses Lächeln auf seinen faltigen Zügen. Plötzlich aber verfinsterten sie sich, sein Kopf senkte sich, und hastig trottete er weiter.

Einmal traf es sich, daß er dem Söllinger begegnete. Er blieb stehen und sah dem Bauern lauernd in die Augen. Es war an der Stelle, wo der Bahndamm sich hob, nah am Bachbrücklein.

»Grad deine besten Äcker haben sie hergenommen«, sagte der Sepp.

»Hm!« nickte der Bürgermeister und wußte nicht, wo er hinschauen sollte.

»Wirst alt jetzt, Söllinger! ... Gib's her, dein Anwesen!« begann der Sepp wieder. Der Bauer schüttelte nur störrisch den Kopf und ging wortlos weiter. Aber dieses Mal sah der Sepp noch tief in der Nacht die Stubenfenster im Bürgermeisterhaus leuchten.

Einige Tage später geriet der Heustadel hinter dem Söllingerhof in Brand, und nur mit aller Mühe konnte die Feuerwehr verhindern, daß die Flammen aufs Bauernhaus übergriffen.

Der Italiener Rotti und der Böhme Zdrenka hatten es auf die Bürgermeisterdirn abgesehen. In einer Nacht erstach der Böhme den Italiener. Zwei Gendarmen von Greinau kamen, unruhig wurde es im Söllingerhaus.

Der Bürgermeister schrie auf einmal: »Ich mag nimmer!« Und resolut rannte er zur Tür hinaus, geradewegs auf die »Ferkelburg« zu.

Der Sepp empfing ihn freundlich und ruhig. Er bot eine Summe, daß der Bauer seine Augen weit aufriß.

Der Handel kam zustande. Der Söllinger gab sein Bürgermeisteramt auf und zog zum Schmied.

»Verkauf deine Kalupp'«, sagten jetzt jeden Abend der Rainalter und er in der Lechlstube zum griesgrämigen Gleim-Hans.

»Hast deine Ruh und einen Haufen Geld... Und der Ferkelsepp ist gar nicht so... Er laßt dich drin so lang, wie du willst«, bekräftigte der Lechlwirt.

»Solang *ich* leb', nicht!« gab der Gleim-Hans einsilbig zurück und schüttelte den Kopf.

Der Sepp kaufte das Schmied-Anwesen. Der Schmied zog in die Stadt.

»Kauft das ganze Dorf«, knurrte der Gleim-Hans, »und hat uns z'letzt alle in der Mausfalln.«

»Soll er, wenn's ihm gefällt! Er kann sich's ja leisten Zahlt ja auch gut und ist nicht zwider«, verteidigten der Wirt und der Rainalter den Herrn von der »Ferkelburg«, und dumpf nickte der Söllinger.

Aber am nächsten Tag trat der Sepp ins Rainalterhaus. Der Bauer empfing ihn aufgeräumt und freundlich, ohne jegliches Arg.

»Im Frühjahr mußt raus! ... Hab' einen Pächter!«

Dem Bauern gab es einen Ruck. Er schaute ihn groß an.

»Bringt aber sein Zeug schon übernächsten Monat!« sagte der Sepp und wandte sich zum Gehen.

Der Rainalter wurde jäh bleich. Sein Kinn zitterte ein klein wenig. Seine Unterlippe rutschte etwas herunter. Hilflos und fast bittend schaute er den Ferkelsepp an.

»Geht's denn gar nicht, daß wir die paar Kammern hintn kriegen könnten und bleiben dürfn?« brachte er kleinlaut heraus.

Der Sepp schüttelte nur schweigend den Kopf.

»Gar nicht?«

Der Sepp drehte sich um, sah ihn kalt an: »Könntest ja am End' zum Schmied einziehn... Obenauf sind noch ein paar Kammern... Nachher seids mit'm Söllinger beinand... Überleg dir's und laß mir's wissen.«

Und eh der Bauer etwas erwidern konnte, war er draußen.

Eine Weile stand der Rainalter geschlagen da, dann ging er zum Lechlwirt hinüber. Der Gleim-Hans und der Söllinger saßen da. Schüchtern und ganz von außen herum erkundigte sich der Rainalter nach den Räumlichkeiten im Schmiedhaus.

»Muaßt eppa 'raus?« fragte der Lechlwirt.

Stumm nickte der Befragte.

»Ins Schmiedhaus?«

»Schier«, erwiderte der Bauer und setzte hinzu: »Hat ein'n Pächter fürs Frühjahr.«

Dem Gleim-Hans seine Augen glänzten listig. Er hob den Kopf und grinste schadenfroh.

»Vom Schmiedhaus ist's gar nimmer weit ins Gemeindehaus!« warf er boshaft hin.

Der Söllinger hob sein Gesicht.

»Ja –«, sagte der Gleim-Hans, ihn messend, »samt eurem Geld jagt er euch in die Mausfalln, wenn's ihm paßt!«

Die beiden andern Bauern sagten nichts und starrten in die Luft. Der eine erhob sich und der andere. Und beide gingen ohne ein Wort. –

VI

Wiederholte Male hatte der Sepp zum Gleim-Haus geschickt. Er selbst kam, der Italiener kam, die Dirn kam. Es half alles nichts. Der Bauer gab sein Anwesen nicht her.

»Wenn noch mal einer kommt, kann er seine Knochn vor der Tür z'sammholn«, brüllte er das letztemal wild. Es kam keiner mehr.

Der Sepp hatte nach und nach das ganze Dorf aufgekauft. Die Gehöfte und Häuser lagen größtenteils brach und still da. Die ehemaligen Besitzer waren entweder fortgezogen, gestorben oder arbeiteten gegen Taglohn auf der Bahnstrecke. Die Grundstücke wurden von den Ferkelburgleuten bearbeitet, beackert, bebaut und bewirtschaftet.

Im ehemaligen Reishof logierte eine Hausiererin und führte einen Kramladen. In den sonstigen Häusern wohnten Arbeiter oder auch die früheren Besitzer, gingen in der Frühe heraus und abends hinein. Die Mauern bröckelten ab, die Gärten verwahrlosten, alles lag verödet und ruinenhaft da.

Der Sepp saß in seinem Turmzimmer, über die Protokolle und Urkunden gebeugt, die er beim jedesmaligen Kauf eines Anwesens vom Notariat ausgehändigt bekommen hatte. Nur die Dirn und der Italiener, seine nächsten Leibleute, sahen ihn.

Nachts, wenn der Mond silbern über die Talmulde glitt, stand er am Turmfenster und überschaute seinen Besitz. Dann glommen seine Augen, wenn sein Blick auf das Gleimanwesen fiel, und sein Gesicht verfinsterte sich.

Aus der Erde brach das Frühjahr. Die Dirn kam zum Rainalter und brachte die Botschaft, der Bauer sollte sich zum Ausziehen bereit machen.

»Jaja, in Gottes Namen! ... Sag nur, ich will ins Schmiedhaus!« gab ihr der Bauer als Antwort mit in die »Ferkelburg«.

Am selben Tag trottete der Ferkelsepp eilsam auf den Kramladen zu und verschwand rasch in dessen Tür. Die Kramerin schrak förmlich zusammen, als er so dastand. Aus einem zerfallenen Gesicht stachen verkohlte Augen auf sie.

»Gib mir zwei Kalbstrick, Irlingerin, aber gute!« sagte der Sepp kurz. Die Kramerin legte einen Packen Stricke hin.

Der Sepp prüfte sorgfältig einen um den andern.

»Die! ... Die!« stieß er hastig heraus, warf das Geld hin und nahm zwei Stricke.

»Tragen denn gleich zwei Küh' diesmal?« fragte die Irlingerin endlich. Aber der Sepp zuckte bloß die Schultern und ging.

Eilsam ging er durchs Dorf.

Als er die Tür seines Turmzimmers zuschloß, zog er die Stricke aus seiner Brusttasche, prüfte sie noch einmal und legte sie in den Schrank, schloß ab. Offenbar befriedigt, atmete er auf, trat an den Schreibtisch und las wieder die Urkunden.

Gegen Abend kam der Pfarrer, der lange nicht mehr dagewesen war, in die »Ferkelburg«. Mißtrauisch und verwirrt empfing ihn der Sepp.

»Das Kloster Sankt Marien möcht den Söllingerhof...«, sagte nach einer Weile Schweigens der Geistliche.

Der Sepp schüttelte den Kopf.

»Es ist nicht recht, wenn alles so tot daliegt, Sepp«, ermahnte der Pfarrer.

»So!« sagte der Sepp hartnäckig, und seine Falten zuckten höhnisch.

»Wirst ein alter Mann, Sepp!« meinte der Pfarrer: »Was tust mit den vielen Häusern und mit allem?«

»Mir müssen s' ghörn, mir! ... Weiter nichts! Bloß mir!! ...« stieß der Sepp auf einmal respektlos grob heraus und musterte den Pfarrer feindselig-herausfordernd. Dem verschlug es buchstäblich das Wort. Eine eiskalte Pause setzte ein. Luft schien der Geistliche dem Sepp zu sein. Ohne ihn anzuschauen, ging er ganz in sich verbohrt hin und her.

»Unser Herrgott wird dir Dank wissen, Sepp, wenn du den

Söllingerhof dem Kloster gibst«, fand der Pfarrer endlich sein Wort wieder, aber es klang kleinlaut. Es wirkte nicht mehr. Wieder schaute der Sepp ihn frech an und grinste unverfroren: »Der Herrgott braucht kein'n Menschen danken, Herr Pfarrer! ... Umkehrt ist's! ... Aber es bleibt dabei, 's Kloster kriegt den Söllingerhof nicht! ... Der steht mir zu arg in der Sonn' und wirft den ganzen Schatten in meine unteren Stubn.«

Er stand steif da, der Sepp. Der Geistliche wurde plötzlich blaß, als er das böse Aufblitzen in den Augen seines einstigen Schützlings sah. Dürr, gelbgesichtig und unheimlich kam ihm der Mensch da vor. Er zwang sich und wollte was sagen, aber der Sepp kam ihm zuvor. Langsam, sehr deutlich, aber haßgiftig fing der zu reden an: »Er hat doch einmal meinem Vater ghört, der Söllingerhof, oder? ... Und der Söllinger hat ihn meiner Mutter seinerzeit abgepreßt, weil soviel Schulden drauf gwesn sind, ja? ... Windiger Kleinhäusler ist er damals gwesn, net wahr? ... rumgeschachert hat er mit allem, was ihm was einbracht hat ... Und 's Geld für den Söllingerhof, das hat ihm der Gleim-Hans geben ...«

Er hielt ein. Er zitterte und war weiß wie die Wand, bloß seine Augen funkelten, und seine trockenen Lippen bewegten sich.

»Und nachher haben sie meine Mutter selig ins Gemeindehaus«, redete er rostig weiter: »Und nachher haben sie's auslogiert, und wie unsre Kuh eingangen ist, ist sie gstorben, d' Mutter ... Sie hat's nimmer überstandn, das ganze Elend ...«

Jetzt stockte er wieder. Wieder bohrte er seine mißtrauischen Blicke in das Gesicht des Pfarrers. Unruhig zuckten seine Falten ab und zu. Dann sagte er sehr sonderbar: »So dunkel ist's da unterm Turm wie im Gemeindehaus bei meiner Mutter dazumal ...!«

»Sepp!« rief der Pfarrer: »Denk an deinen Herrgott! ... Sepp! ... Wir sterbn allsamm und stehn vor seinem Richterstuhl! Denk dran!« Dann ging er.

141

Der Sepp stand eine Zeitlang in der gleichen Haltung da, dann brach er in seinen Lehnstuhl. Später rief er den Italiener. Es war schon Nacht draußen. Er machte Licht und zog die dichten dunklen Vorhänge zu.

»Hast immer gladn in der Sandgrubn, Giusepp, nicht?« fragte er den Italiener.

Der nickte.

»Bist krank, Giusepp! ... Mußt Ruh' habn«, redete der Sepp gut auf ihn ein und ließ ihn nicht aus den Augen. Giuseppe stand verlegen und verständnislos da.

»Das Söllingerhaus da drüben, Giusepp, das ghört dir – wenn d' noch mal sprengst, bloß mehr dies einzige Mal!« sagte der Sepp aschfahl und hob drei Pulversäcke aufs Pult.

Der Italiener starrte ihn groß an.

Als dies der Sepp bemerkte, sprudelte er fast bittend und hastig heraus: »Habn dich nie erwischt, Giusepp, nie! ... Hast dich immer rausgemacht – wirst's auch diesmal z'sammenbringen!«

»Und«, schloß er und nahm den Italiener scharf aufs Korn: »Und, Giusepp, ich geb' dir die Hand drauf, es tragt sich aus für dich... Was mir ghört, Giusepp, ghört einmal dir, verstehst mich?«

Giuseppe nickte. Endlich war es soweit. Jetzt setzte ihm der Sepp den Plan auseinander. Mitten im Reden horchte er auf einmal scharf auf. Aus dem Dorf her drang ein Wagengeratter, und »Hüa! Hüa!« war zu hören. Der Sepp wußte: Der Gleim-Hans fuhr die Habe vom Rainalter ins Schmiedhaus.

»So! So! ... Jetzt geh! Geh, und mach's richtig!« sagte er zu Giuseppe. Der nickte wiederum und ging mit den drei Pulversäcken aus dem Zimmer. Der Sepp tappte unruhig und gespannt im dichtverhängten Turmzimmer auf und ab, auf und ab. Von Zeit zu Zeit beugte er sich über den Schreibtisch und schrieb noch ein Wort oder einen Satz auf den aufgeschlagenen Bogen Papier. Es war eine windige stockdunkle Nacht. Manchmal trug eine Windwelle Laute und abgerissene Sätze durch die Luft. Der Gleim-Hans, der Söllinger und die Rainalter-Eheleute schleppten die Möbel in die wackeligen Kammern im ersten Stock vom Schmiedhaus. Die Kirchturmuhr schlug. Der Wind jagte die Schläge auseinander. Der Sepp schaute auf die Standuhr. Es war elf. Er tappte wie schleichend ans Fenster, hob die Gardine ganz schmal beiseite und lugte in die Gegend des Schmiedhauses. Im kleinen Lichtkreis der Wagenlaterne tauchten die zwei Rösser und der leere Wagen auf. Alles war abgeladen und im Haus, auch die Leute. Die kleinen Fenster im ersten Stock leuchteten gelb. Deutlich sah der Sepp die Rainalters, den Söllinger und den Gleim-Hans, wie sie müde bei den vollen Bierkrügen um den viereckigen Tisch hockten. Dann spähte er forschend ins Dunkel ums Schmiedhaus, spähte und spähte und wartete. Er fing vor Spannung zu zittern an, ging zurück zum Schreibtisch, nahm aus der aufgezogenen Schublade den Strick, prüfte ihn ziehend und kam wieder ans hohe verhängte Fenster zurück. Er fing auf einmal mit mechanischer Hast an, den Strick an den metallenen Fenstergriff zu binden, knüpfte, zog, knüpfte nochmals und zog, stieg auf den bereitgestellten Schemel und legte seinen Kopf in die Schlinge. Da krachte es in der Nacht draußen furchtbar. Alle Fenster klirrten. Ein riesiger Feuerklumpen brach in der Gegend des Schmiedhauses schleudernd in die dunkle Höhe. Ein Grinsen lief über das Gesicht vom Sepp. Krachend stieß er den Fußschemel weg und ließ sich sackend fallen...

Mit der grauenhaften Blässe, die oft Menschen befällt, die eine furchtbare Ahnung erschüttert, sagte der Pfarrer am anderen Tag vor der Leiche des Erhängten: »Der Allmächtige hat ihn gesegnet mit Glück, und er hat's zu seinem Unglück gemacht, mein Gott, mein Gott! So blind ist der Mensch!«

Auf dem Schreibtisch lag ein säuberlich geschriebenes Testament, das Giuseppe die ganzen Besitzungen und Hinterlassenschaften vom Hirneis-Sepp zuerkannte. Diesmal aber half ihm alles nichts. Die gerechte Strafe löschte auch sein Leben aus. –

Der Zipfelhäusler-Sepp

I

Es ist schon allerhand Unerklärliches in unserer großen Pfarrei vorgekommen: Die Finsterer-Fanny ist vor zwölf Jahren als blutjunges Ding vom Kirchturm heruntergesprungen und war auf der Stelle tot. Kein Mensch wußte, warum. Der alte Schlemmlinger von Kergertshausen hat seiner einzigen Schwester seine Hinterlassenschaft nicht gegönnt, ist eines Tages hergegangen und hat sein Gütl von allen vier Seiten angezündet, hockte sich hinein und verbrannte mit. Endlich die Pfahlerin von Murling brachte man seinerzeit ins Irrenhaus, weil sie an einem Sonntag, mitten im Hochamt, auf den Pfarrer laut zu schimpfen anfing. Noch heute ist sie dort.

Aber das Rätselhafteste von allem ist doch die Geschichte mit dem Zipfelhäusler-Sepp von Buchberg, oder wie er in Wirklichkeit hieß, mit dem Gütler Joseph Gotzinger.

Beim Zipfelhäusler waren bloß er und die Resl, seine jüngere Schwester. Als vier Jahre nach dem Tod der alten Zipfelhäuslerin auch der Bauer starb, bekam der Sepp den Hof. Alles ging ohne Streiterei bei den Geschwistern. Die Resl heiratete den Meixner-Peter von Offelfing, und der Sepp gab ihr dazumal zu ihrem hinausgemachten Heiratsgut auch noch eine Kuh dazu.

Jetzt war er allein im Haus, und es blieb ihm nichts anderes übrig, als wie auch eine Hochzeiterin zu suchen. Das ging schwer, sehr schwer und dauerte schier zwei Jahre bei ihm. Er war ein arg menschenscheuer Patron, der Sepp, und wußte sich absolut nicht zu helfen bei den Weibsbildern. Endlich aber wurde es doch was mit der Bernbacher-Fanny von Furt, und der Zipfelhäusler-Sepp dankte unserm Herrgott, als alles glücklich vorüber war. Schier noch dankbarer aber war er der Fanny dafür, daß sie ihn genommen hatte.

Die Bernbachers von Furt, das sind keine gesunden Leute. Schon der alte Bauer und der zweite Sohn, der Martl, waren an der Lungensucht gestorben. Und auch die Fanny war ein recht speres Ding. Doch es schaute gerade nicht aus, als ob sie auch so was hätte.

Für den Sepp fing jetzt eine gute Zeit an. Sehr verträglich lebten die beiden Eheleute zusammen. Die ganze Woche hörte man kein unrechtes Wort. Das lag vielleicht an allen zweien, aber doch mehr am Sepp, denn der war seit jeher kein lauter Mensch, ja, wenn man will, er war überhaupt nur ein halbes Mannsbild, wie man bei uns sagt, und mitunter konnte er seltsam kindisch sein. »Mammi« nannte er seine Fanny ihr Leben lang, und sie hat auch von Anfang an die Hosen angehabt. Das war auch ganz gut, denn mit dem Zipfelhäusler-Sepp hätte jeder Schindluder treiben können. Erwischte man ihn richtig und trug ihm was auf, er schüttelte nie den Kopf, zu allem sagte er »ja«. Er schaute dich verlegen an, nickte eigentümlich verwirrt und stieß mit seiner unreinen Stimme abgehackte Jaworte heraus.

Beispielsweise kann ich mich noch gut erinnern, wie ihn die Buchberger einmal als zwanzigjährigen Burschen zum »Klauwaufmachen« verleiteten. In unserer Gegend – ob es heute noch so ist, weiß ich nicht – kommt nämlich am Vorabend des Nikolaustages der »Klauwauf«. Das ist eine Art Teufel, der die Kinder streng ins Gebet nimmt. Er hat meistens einen Strumpf übers Gesicht gezogen, die Joppe verkehrt an, trägt einen großen Getreidesack mit sich und ist mit einem Reisigbesen und einer Kuhkette bewaffnet. Erst kommt er polternd in die Häuser, läßt sich von jedem Kind ein Vaterunser vorbeten und geht wieder. Draußen schlägt er noch einige Male an

145

die Fensterläden mit der klirrenden Kette, und wenn er alle Häuser abgegangen ist, stellt er sich mitten auf den dunklen Dorfplatz, schlägt furchtbar um sich und schreit wie angestochen.

Natürlich kamen wir Kinder bald dahinter, was für eine Art Klauwauf das war, und wie der Zipfelhäusler-Sepp ihn gemacht hat, den haben wir sofort an seiner Stimme erkannt. Scheinheilig drückten wir unser Lachen zurück und machten die frömmsten Gesichter von der Welt. Hernach aber, als der Sepp auf dem Dorfplatz gelärmt und mit der Kette gerasselt hat, sind wir mit einem wahren Kriegsgeschrei hinaus und auf ihn los. »E-e-he-el Klauwaufsepp! Zipfisepp – älabätsch! Älabätsch!« plärrten wir in einem fort und zupften ihn bald da, bald dort, daß er ganz und gar wütend wurde und immer noch wilder herumfauchte. Und da ist es passiert, daß ihm der Maurer-Feschl einen Schusterhammer auf den Kopf geschlagen hat. Der Zipfelhäusler-Sepp zuckte zusammen, taumelte und fiel dann in gestreckter Länge dumpf und stumm auf den Boden. Jäh stürzten wir auseinander und verschwanden in den Häusern. Am andern Tag erfuhren wir, daß der Sepp sofort ins Krankenhaus nach Edering gebracht werden mußte, weil er ein Loch im Kopf habe. Beinahe zwölf Wochen lag er darnieder, und anfangs sah es gefährlich aus. Er wurde aber Gott sei Dank wieder. Die Gemeinde Buchberg hat damals einen schönen Batzen Geld zahlen müssen für den Doktor, und den Maurer-Feschl haben wir Kinder von da ab immer »Mörder« geheißen. –

So also war der Zipfelhäusler-Sepp. Mit seiner Heirat änderte sich alles von Grund auf. Was er noch nie getan hatte, kam jetzt ab und zu vor. Sonntags ging er mitunter in die Wirtschaften, und wenn er auch gerade nicht viel redete, man sah es ihm im Gesicht an, daß er recht zufrieden war. Einmal, als man so auf die Weibsbilder zu schimpfen anfing, hatte er sogar eine höchst selbstbewußte Miene und lächelte beinahe spöttisch überlegen. Scheel schaute ihn der Bätzbacher

an und sagte dann zu ihm: »Ja mei'! ... Du host leicht guat
schaugn! ... Dei' Fanny is ebn aa a richtigs Leit, aba wia-
viel gibt's denn scho solcherne? ... A do' Finga konnst as ob-
zähln...« Dem Sepp stieg eine Hitze auf, und über und über
rot wurde er vor Freude und Stolz.

»Ja – ja – hja... Mei' Mammi, dös is oane«, hastete er
stockend heraus und verzog seine Mundwinkel.

»Geh! ... Mammi, sogt er...? ... Geh?! Du redst grod daher ois wia wennscht noch an ihrem Rockzipfi hängerst! ...
Tha! ... Jetz so wos Kindisch's, ha! ... Mammi zu sein' Wei
sogn...?!« spöttelte da der Nerhofer, und alle machten hämische Gesichter. Der Sepp bezahlte und ging.

Spotten läßt sich ja schließlich leicht, und das kommt überall vor, aber sich so zusammenfinden wie er und die Fanny,
das nicht. Es verging ein Jahr und noch ein halbes, und es tu-
schelte im Dorf herum, zum Kindermachen langt's nicht mehr
beim Zipfelhäusler-Sepp, glucksend lachten alle dabei. Zweideutig musterte man die zwei Häuslersleute, und einmal warf
der Bätzbacher einen Strohhansel über den Zipfelhäuslergar-
tenzaun und rief der Fanny spöttisch zu: »Do, Zipfelhäuslerin,
daß d' aa wos Kloans host...!« Hingegen die Fanny war genau
so schlagfertig und gab ihm ziemlich grob zurück: »Schaug no
liaba, daß d deine zehn Dreckfratzn aufbringst, und kimmert
di um di! Saukerl, dreckiger!«

Von da ab war man den Zipfelhäuslerleuten gegenüber zu-
rückhaltend, und die kümmerten sich auch nicht weiter um
die Dörfler. Einen schweigenden, ja, vielleicht sogar einen
neidigen Respekt hatte ja doch jeder. Beim Sepp sah man nie
ein Loch in der Hose, und die Fanny war sauber, wo man
hinschaute. Nicht anders war es auch im Zipfelhäuslerhaus
selber. Es ging den beiden auch was von der Hand. Jedes
Jahr hatten sie zuallererst ihre Ernte herinnen, und im Winter
drangen die frühesten Dreschflegelschläge aus ihrer Tenne.

An einem Februartag, eben bei einem solchen Dreschen
aber verkältete sich die Fanny. Geschwitzt hatte sie und

war in den Zug gekommen. Das packte sie schnell. Etliche Tage schleppte sie sich noch herum, dann mußte sie sich niederlegen. Weiß Gott, sie war keine zimperliche Person, aber es wurde einfach immer schlechter mit ihr. Nach einer Woche holte der Sepp den Doktor Perlsahmer von Edering, und der machte schon gleich, als er in die Ehekammer trat und die großen, hitzigen roten Flecken auf dem Gesicht der Kranken sah, eine bedenkliche Miene. Dem Sepp entging das nicht. Er blieb trübselig stehen an der Wand und schaute während der ganzen Untersuchung unablässig mit hilflosen Augen auf die Fanny. Die Arme hingen ihm schlaff herab, seine Stirn war gefurcht, und auf alles, was der Doktor zu ihm sagte, nickte er mechanisch und wortlos. Tapsig begleitete er den Perlsahmer hinunter und kam dann wieder hinauf in die Kammer mit einem Gesicht, daß die Fanny selber erschrak.

»Wos host denn, Sepp? ... Is dir net guat?« fragte sie beunruhigt: »Wos sogt er denn, der Dokter ...? Sepp ...? ... Wos is's denn? ... Sepp ...?«

Der Sepp hatte sich auf den Sessel gesetzt, der vor dem Bett stand, und schaute noch verstörter drein. Dicke, ängstliche Falten standen auf seiner Stirn, und die Hände faltete er.

»Sepp ...? So red doch ...?« rief die Fanny schmerzvoller. Da rührte er sich und fing auf einmal wie ein Kind zu weinen an. Seine Lippen bewegten sich, und in einem fort wischte er sich die immer ärger hervorbrechenden Tränen aus den Augen. »Mammi – Mammi – Mammi – M-a-Mammi – Mammi ... Fanny-Mammi – Fanny ...!« plapperte er unablässig und immer verzweifelter, und zuletzt schluchzte er und brach mit dem Oberkörper kraftlos aufs Bett nieder.

»Mammi-Fanny – M-Ma-Mammi – Fanny – Fa-anny!« heulte er und streichelte mit seltsam linkischer Hast immerfort ihre heißen Arme, ihr Gesicht, ihre Brust. Die Fanny wurde selber hilflos und fing gleichfalls zu weinen an.

Etliche Tage sah es um das Zipfelhäuslerhaus aus, als ob

überhaupt kein Mensch mehr darin lebte, und als am dritten Tag endlich der Doktor Perlsahmer wiederkam, fand er den Sepp droben am Bett der Verstorbenen. Wie zerfallen hockte er da, hatte die Hände gefaltet und bewegte in einem fort mechanisch die Lippen. Etwas Verlöschtes war an ihm. Der Doktor ging schließlich persönlich zum Bätzbacher hinüber, dann begannen die Zinnglöcklein des Buchberger Kirchleins zu läuten.

Am Abend fuhr der Leichenwagen vor und brachte die Zipfelhäuslerin zum Pfarrkirchhof. Steif und mechanisch tappte der Sepp neben seiner verheirateten Schwester mit gefalteten Händen hinter dem Leichenwagen her. Er weinte nicht mehr. Dahinter schritten die Buchberger und beteten laut und gleichmäßig.

Zwischen den zwei Meixnerleuten stand am andern Tag der Sepp am Grab. Alles an ihm war wie abgestorben. Keiner getraute sich recht, ihn anzuschauen, so zerrüttet sah er aus.

II

Lang ging es her, bis der Zipfelhäusler-Sepp nach diesem Unglück wieder halbwegs ins Gleichgewicht kam. Der Alte war er nicht mehr. Das merkte man schon auf den ersten Blick. Leutscheu war er ja seit jeher gewesen, aber jetzt lief er geradezu vor jedermann davon. Und das mit seinem Arbeiten war schon ganz und gar seltsam. Er fing bald da an, dann wieder dort und plötzlich wieder woanders. Nichts an ihm hatte mehr den richtigen Halt. Es sah aus, als wenn er bloß herumhetze, daß die Zeit vergehe, und er sich vor dem Stillstand fürchte. Ganz Buchberg schüttelte über ihn den Kopf.

Schön war es, daß sich seine Schwagersleute in Offelfing in der ersten schweren Zeit angelegentlichst um ihn kümmerten. Die Resl schaute fast jeden Tag herüber, und schließlich brachte man die alte, bigotte Lechnerin so weit, daß sie als

Dirn und Haushälterin zum Sepp zog. Jetzt ging doch wenigstens alles wieder den gewöhnlichen Gang, die Stallarbeit geschah, und das Hauswesen wurde besorgt, wie es sich gehörte. Aber den Sepp selber änderte das alles nicht. Es lag ihm überhaupt nichts mehr daran, was um ihn herum vorging. Mürrisch und einsilbig lebte er gleichsam an allem vorbei, und die alte Lechnerin ließ ihn laufen, wie er eben lief. Denn wenn man einmal ins Achtzigste geht und schon mit einem Fuß im Grabe steht, was kümmern einen da die Menschen noch? Alle Wichtigkeiten auf der Welt haben so ziemlich an Sinn verloren, und man rührt sich eben, solang man sich rühren kann, und betet. Was wartet denn schon noch auf einen: der Sarg und sonst nichts...

Anfangs lief der Sepp fast jeden Tag in die Frühmesse. Ganz versteckt schlich er jedesmal am Bätzbacher seinem Heckenzaun vorbei, und erst wenn er aus dem Dorf draußen war, ging er etwas freier auf der Landstraße dahin.

»A richtiga Betbruada werd er jetz... Der loßt mit der Zeit sei’ ganz’ Sach verkemma...«, sagte der Bätzbacher einmal zu seinem Weib, als sie ihm nachschauten.

»Hmhmhm...«, meinte daraufhin die Bätzbacherin nachdenklich: »A so a gsunds Mannsbild!... A so a Trumm Kärpa? ... Er geht ganz ein dabei... Aufwecka konn er s’ doch aa nimma, sei’ Fanny!... Hmhm!... Do rennt er und laaft er jetz jeden Tog auf’n Gottsacker und bohrt sich grod no mehra in sei’ Unglück nei’... Dös is doch aa wieder net dos Rächte...! Wär’ ja doch gscheiter, wenn er wieder heiratn tat... Is doch in Gotts Nam’ a ganz a schöns Sach, sein Häusl... Und hausn lossert si doch aa leicht mit eahm... hmhmhm...«

»Ja mei’! Heiratn?!... Der noch amoi heiratn?... Dem müaßt ma ja ’s Weiberts direkt ins Bett nei’legn. Der traut si doch net amoi oane o’schaugn, vui weniger wos anders...«

Ganz recht hatten sie, die Bätzbachers. Man sah’s ihm doch auf Schritt und Tritt an, dem Sepp, daß ihm ein richtiges Weib abging.

Alles hört schließlich einmal auf, und als so an die zwei Jahre vergangen waren, sah man auch den Sepp nicht mehr so oft in die Frühmesse laufen. Komisch war es direkt, mit was für eigentümlich gierigen Augen er manchmal so eine Weibsperson anschaute und wie er verwirrt wurde, wenn ihn wer anredete. Er gab nie an, höchstens, daß er nickte, und dann schielte er auf einen und ging sehr rasch weiter, gleichsam ängstlich.

Zu damaliger Zeit versandte eine neu gegründete Zeitung aus der Hauptstadt wochenlang probeweise Freiexemplare, und der Postbote Lampl brachte sie in jedes Haus. Diese Zeitungen interessierten den Sepp seltsamerweise ausnehmend. Die alte Lechnerin bemerkte ihn einmal mitten am Tag in der Stube am Tisch. Er hatte das Tintenzeug, einen Briefbogen und die Zeitung vor sich. Den Federhalter hielt er in der zittrigen Hand und schien unruhig über etwas nachzudenken. Sie mußte durch die Tür, um sich eine gute Schürze zu holen, und da geschah etwas Sonderbares. Jäh hob der Sepp den Kopf und schaute mit erschreckten Augen auf sie, sein Gesicht war über und über rot und finster, und hastig breitete er seine großen Hände über Zeitung und Papier.

»Nacha moants, daß ma koa Gsott nimmer braucha heunt? ... I geh' auf Ogling Snauf zum Grobrichtn...«, sagte die Lechnerin beiläufig, und gleich erwiderte der Sepp mit einer fast auffordernden, groben Hast: »Jaja! Gehts no zua...« Die Alte schaute nicht mehr weiter auf ihn und ging. Erst als sie am Fenster vorbeikam und durchs Gartentürl ging, wurde der Sepp wieder lebendig. Schwer schnaufte er, schaute wieder auf die Zeitung, tauchte abermals die Feder in die Tinte, legte sich massiger in den Tisch und fing zu schreiben an.

»Lüpes Frailen«, malte er mit aller Bedächtigkeit dick aufs Papier, und weil er zu stark eingetaucht hatte, gab es einen Batzen. Er stierte eine Zeitlang ganz entsetzt darauf, wußte gar nicht recht, was er anfangen sollte, drückte endlich erst vorsichtig und plötzlich fest den Daumen auf den Klecks und wischte ruckhaft gegen den oberen Papierrand. Aber diese Manipulation verdarb alles. Er war ratlos. Jetzt war das Papier sowieso schon versaut. Er probierte seine Feder aus und schrieb in einem fort mit aller Mühe »Lüpes Frailen«, machte bald ein Ruf-, dann wieder ein Fragezeichen dahinter und prüfte, was nun am besten ausschaute. »Lüpes Frauen? Intern tas ich in ter Zeudung glesen hap, daz es heuradn mächtz...«, brachte er endlich fertig, musterte wieder und war offensichtlich erfreut über diese schöne Leistung. Er riß das erste Blatt vom Bogen und wollte nun endgültig mit dem Brief beginnen. Wie aber der Teufel sein wollte, rührte sich in diesem Augenblick etwas in der Küche draußen, und der Gemeindediener Loskam tauchte in der Glasfüllung der Stubentür auf. Zu Tode erschreckt schnellte der Sepp vom Sitz auf und wischte mit einem hastigen Ruck das ganze Schreibzeug unter den Tisch. Zitternd und unschlüssig stand er da.

»Herrgott, bist du aba gschrecki!... Do! Do, die ganz Tintn laaft dir ja aus«, sagte der Loskarn erstaunt und hob schnell das Tintenglas auf, stellte es auf den Tisch: »A so a Sauerei, hmhmhm...«

»Wos is denn?« fragte Sepp hastig und rückte gleichsam schützend näher an den Tisch heran.

»Gemeinde-Umlag muaß i kassiern... Zwoa Mark fufzig Pfenning kriag i, und do muaßt unterschreibn«, gab der Gemeindediener Auskunft und legte einen großen Bogen auf die andere Tischkante. Schnell beugte sich der Sepp nieder und hob den Federhalter auf, umständlich unterschrieb er, tappte ebenso hastig auf das kleine Milchkastl zu und holte eine Zigarrenschachtel hervor.

»Do – do is 's Geld... Loß's no steh, dös mach i scho...«, schrie er fast, als der Loskarn unter den Tisch schaute und sich schon bücken wollte. Zittrig zählte er das Geld aus der Schachtel auf den Tisch. Und eilig kroch er, ohne sich um den gehenden Gemeindediener weiter zu kümmern, unter

152

den Tisch, griff nach der Zeitung und nach dem tintenbespritzten Briefpapier. Mit klopfendem Herzen wartete er, bis er nichts mehr hörte. Als er endlich wieder aufrecht an der Tischkante lehnte, blickte er völlig mürrisch auf das Zeitungsblatt und knirschte schließlich. Immer wieder, immer wieder las er stumm und ganz selbstvergessen:

Fräulein, 38 Jahre alt, katholisch, Gütlerstochter, zur Zeit Köchin, fleißig, häuslich und sparsam, möchte gern in ein Gütl einheiraten. Ernst gemeinte Zuschriften unter ›Gütlerstochter‹ Nr. 98 160 an die Expedition des Blattes.

Jetzt quietschte das Gartentürl. Er zuckte zusammen und schob schnell das Zeitungsblatt in die Hosentasche. Die alte Lechnerin kam.

Am andern Tag, als der Postbote wieder die Zeitung brachte, lauerte der Sepp schon darauf. Gespannt suchte er nach dem Inserat. Richtig, da stand es wieder. Er las es einmal, zweimal, dreimal. Heiß und kalt wurde es ihm.

Kurz nach dem Mittagessen sahen ihn die Buchberger im Sonntagsgewand aus dem Haus gehen. Er lief förmlich am Bätzbachergarten vorbei und ging auf Edering zu. Von da aus fuhr er mit dem Dreiuhrzug in die Stadt.

III

Ganz einfach hatte er sich's ausgemalt, das mit seinem neuerlichen Heiratmachen, der Zipfelhäusler-Sepp. »Geh lieber nicht zu einem Schmiedl, geh schon gleich zum richtigen Schmied«, heißt es bei uns, und das hatte auch er im Sinne. In der Stadt wollte er kurzerhand zur Expedition der Zeitung geben und sich dort nach einem gewissen Fräulein, einer Gütlerstochter, erkundigen, »die wo sich in die Zeitung habe setzen lassen und in ein Häusl einheiraten wolle«. Dort mußte man es doch wissen. Und das Weitere? Schließlich, wenn eine einmal schwarz auf weiß drucken läßt, daß sie

153

heiraten will, da brauchte einer doch kaum noch viel Worte zu verlieren. –

Als er jetzt aber unter weiß Gott was für Leuten im dahinsausenden Zuge hockte, wurde der Sepp auf einmal wieder zaghaft, und sein Mut schmolz immer mehr, je näher man der Stadt kam. Vielleicht waren daran die drei schwatzenden, gutgekleideten und duftenden Weibsbilder schuld, die ihm gegenübersaßen und sich mit einem Herrn, der neben ihm in einem fort lachte, unterhielten. So fein und so schnell redete man miteinander, daß er gar nicht mitkam und das meiste nicht verstand, der Sepp. Wie eingepfercht saß er da und schaute mitunter benommen in die Gesichter der drei, verwirrt glitt sein Blick herab auf den Blusenausschnitt, über die gewellten Brüste, die sich füllig an den seidigen Stoff schmiegten. Er wagte kaum noch richtig zu atmen, schlug die Augen ganz nieder und bekam mit der Zeit ein trübseliges Gesicht. Jedesmal, wenn der Zug anhielt, hob er den Kopf wieder, und immer standen dann wieder die Brüste vor ihm. Er verfiel momentweise in ein Glotzen und drückte schließlich die Augen ganz zu.

Als man endlich ausstieg in der Stadt, wartete er bis zuletzt und tappte wie traumwandlerisch aus dem Coupé, ging hinter den vielen geräuschvollen Menschen her und erschrak wie ein ertappter Dieb, als ihn der Beamte an der Sperre anhielt und die Fahrkarte verlangte.

Dann stand er mitten auf dem belebten, weiten Bahnhofsplatz, ging unsicher dahin, mürrisch über sich selber, ärgerlich auf dieses ganze Stadtfahren und überhaupt auf seine saudummen Heiratsabsichten, kurz und gut auf alles, was er angefangen hatte. Er konnte doch nicht so mir nichts, dir nichts auf die Zeitungsexpedition gehen und zu völlig fremden Menschen sagen: »Sie, ich möcht' heiratn... Geh, san S' so guat, wo is denn dös Frailein? ... Ich möcht' glei redn damit... i bin a Gütla...« Das ging doch nicht. Womöglich kamen da die größten Kalamitäten heraus. Womöglich setzte man es dann in die Zeitung, und die ganzen Buchberger erfuhren es. Es wurde ihm furchtbar unbehaglich zumute, dem Sepp. Es war auch schon spät. Wo wollte er denn eigentlich hin in diesem Getriebe, in dieser Fremde? Er kannte sich auch gar nicht aus. Dreimal war er in seinem ganzen Leben in der Stadt gewesen, einmal als siebenjähriger Bub mit seinem Vater, einmal als Firmung und das letztemal, vor jetzt ungefähr vier Jahren, mit dem Bürgermeister Loßlinger als Zeuge beim Schwurgericht, als man den Mutz-Anderl verurteilte, weil er den Bärenwirt von Kergertshausen gestochen hatte.

Er war froh, als er jetzt vor sich einige Arbeitsleute bemerkte, die nicht so fremd ausschauten, und trottete hinter ihnen drein. Er hörte sie reden, und das heimelte ihn auf irgendeine Weise an. Diese Leute redeten Buchbergerisch, das verstand er wenigstens.

»Mi leckst am Orsch mit dem Schinagin, verstehst! ... Mei' ganzer Hois is wia ausbrennt ... I leg' mir a poor Maß üba, gehts weita«, sagte einer von ihnen und riß die Tür einer Wirtschaft auf, aus der eine breite, schmetternde Blechmusik drang. Die drei Arbeiter gingen in das volle, lärmerfüllte Lokal, und der Sepp folgte. Der dichteste Menschentrubel empfing ihn. Er kam gar nicht vom Fleck vor lauter Leuten, schaute hinum und herum und hockte sich an irgendeinen vollbesetzten Tisch.

Sonderbar, mit seiner Menschenscheuheit war es gar nicht so arg, wie es auf dem Dorf immer ausschaute, hier zwischen ganz fremden Leuten löschte sie ein einziges Wort aus.

»Do, bleibts no bei üns! ... Hockts Enk no zuawa, Bauer ... Do is's zünfti«, sagte ein ganz passabel aussehendes, barköpfiges Weibsbild und lachte den Sepp wie einen alten Bekannten an. Und gleich rückte es näher und schrie der dicken Kellnerin zu: »Fanny, do! Gib a Maß her!« Ganz gerührt war der Sepp, daß man so aufmerksam und hilfsbereit zu ihm war, und er lebte sichtlich auf. Arglos legte er seinen ledernen Zugbeutel auf den Tisch und bezahlte.

155

»Do gehnga schon no verschiedene Maßn«, meinte ein Mann neben ihm und blickte auf das Geld vom Sepp. Im Handumdrehen war man im schönsten Gespräch.

»Hobts guate Gschäfta gmacht in der Stadt?« fragte der Mann wieder, und der Sepp nickte, ohne sich lang zu besinnen.

»Dös siehgst ja...«, erwiderte das Weib für ihn: »Bauernleit fahrn doch net umasunst in d' Stadt rei'... Oder net? Hob i net recht?«

»Jaja, freili...«, sagte der Sepp.

»Seids vo der Näh oder vo weiter weg?« erkundigte sich der Mann wieder.

»Vo Buchberg«, gab der Sepp zurück.

»Soso, vo Buchberg?... No, dös is aa a schöne Streck, bis ma do 'reinkimmt a d' Stodt... Drei Stund guat?« meinte das Weib und schaute ihn leger an, griff nach seinem Maßkrug: »Gell, i derf scho amoi trinka...?«

»Jaja, trinkts no...«, erwiderte er und schob ihr bereitwillig den Krug hin. Sie nahm einen tiefen Zug.

»Ös seids a guata Mensch«, sagte sie mit einer Art dankbarer Wärme: »Enker Bäurin, moan i, hätt's schö bei Enk...?« Und wieder schaute sie den Sepp offen an. Der wurde einen Moment rot, als er ihren Blick auffing. Er brachte nicht gleich die Antwort heraus. Sie kam ihm zuvor.

»Oda hobts gor koane...?« fragte sie.

»Gstorbn is s' ma vor zwoa Johr...«, erwiderte er etwas bedrückt, und der Mann neben ihm stand auf. Das schien dem Weib und dem Sepp ganz recht zu sein. Sie unterhielten sich jetzt viel interessierter miteinander. Die Kellnerin brachte Bier und wieder Bier. Der Sepp bestellte für seine Bekanntschaft und für sich je vier Dicke mit Kraut und machte ein zufriedenes, ja, fast heiteres Gesicht beim Essen. Seine Augen hatten einen Glanz, und er schaute in einem fort mit einem seltsam verlegenen Lächeln auf sie.

Und das war ein Anschauen, genauso wie damals, als er

zur Fanny selig gekommen war, um sie zur Heirat zu bewegen...

»Fanny, geh weita, zomn! ... Geh her! Wir müassn geh!« schrie jetzt das Weib der Kellnerin zu. Die zwängte sich zwischen den Leuten hindurch und kam. Der Sepp zog seinen vollen Zugbeutel und bezahlte mechanisch. Dann gingen sie.

Es war schon dunkel auf den Straßen. Die Lichter brannten gelb, die Automobile hupten langgezogen, die Straßenbahnen surrten, die Menschen wälzten sich wie ein geräuschvolles, dunkles Gemeng dahin und plapperten geschäftig. Der Sepp torkelte neben dem Weib, rülpste mitunter und lächelte dann wieder. Alles vor seinen Augen schwamm unwirklich ineinander, er hörte seine Begleiterin manchmal reden und spürte dann wieder seinen Arm in dem ihren. Schwerfällig gab er jedesmal nach, wenn sie eine Wendung machte und ihn mitzog. »A – a – a guats Weibenl bischt... a – a – a guats Weiberts...«, plapperte er ab und zu heraus. Man landete schließlich in einer unaufgeräumten, ziemlich kahlen Kammer, in der es nach Heringen und verdorbenen Kartoffeln roch. Auf dem wachstuchüberdeckten Tisch standen leere Bierflaschen, Zigarettenasche lag herum und Brotreste, das Bett in der Ecke war ungemacht und schmutzig, das Gaslicht fiel grell über einen zerschlissenen Diwan, auf den der Sepp schwer niedersank. Er glotzte dösig auf das Weib, das sich vor ihm auszog. Als sie endlich neben ihm auf dem Diwan saß und sich an ihn drückte, stöhnte er schwer. Auf einmal aber, nachdem sie ihren nackten Arm um sein Genick legte und ihn niederzog, ruckte er mit dem Körper herum, sein Gesicht zerfiel förmlich, sein Mund brach auf, und wie ein Sack warf er sich auf sie...

– – –

Die alte Lechnerin stopfte ziemlich lange in dieser Nacht an den zerrissenen Socken Sepps, sie schlief dabei ein und wachte erst wieder auf so um die Mitternacht. Eine Zeitlang blieb sie nachdenklich sitzen, nahm dann die Kerze, zündete sie an und schaute in Sepps Kammer hinauf, und als sie sah, daß der Bauer immer noch nicht da war, schlurfte sie schließlich in ihre Schlafkammer und legte sich nieder. Am andern Tage wurde es ihr doch ein wenig unheimlich, und sie fragte beim Bätzbacher drüben und erzählte dem Kratelfinger auf der Straße von der sonderbaren Sache. In jedem Haus beredete man das Vorkommnis und zog allerhand Schlüsse. Die alte Lechnerin ging gegen Mittag, als immer noch nichts vom Sepp zu sehen war, zum Meixuer nach Offelfing hinüber.

»Jetz – jetz dö is guat! ... Ja – ja, wos is denn jetz do wieda? ... Er werd si doch nix to hobn...?« sagte die Meixnerin beunruhigt und ging mit der alten Lechnerin auf der Stelle mit. Als die beiden Weiber zum Dorf hereinkamen, sagte der Banzer: »Jetz is er scho do... Vor a hoibn Stund is er beim Bätzbacher sein Gaßl auffa und hintn eini...«

Die beiden gingen schneller und trafen den Sepp in der Küche auf dem Kanapee hockend.

»Ja, Sepp? ... Wos is denn?« fragte die Meixnerin und blieb stocksteif stehen. Er drehte den Kopf nach ihr und schaute sie an. Er senkte das faltige Gesicht und brummte einsilbig: »I hob... I hob bloß an Zug versaamt...«

»An Zug...?«

»Ja...« Er richtete wieder sein Gesicht auf sie.

»Wo bischt denn gwen? ... A da Stodt...?« fragte die Meixnerin verwundert. »Worum bischt denn nei'gfahrn...?«

Es vergingen einige Minuten, dann sagte der Sepp: »Geh nur wieda hoarn, Resl...« erhob sich und tappte, ohne sie noch einmal anzuschauen, in den Stall hinüber. Die Meixnerin blieb einen Augenblick stehen. »Hm... Jetz dös is scho seltsam ha-hm«, brümmelte sie vor sich hin und schüttelte den Kopf. Und während sich die Lechnerin, die mit gefalteten Händen und unablässig bewegten Lippen dagestanden hatte, bekreuzigte, tauchte sie den Finger in das Weihwasserfäßchen, machte ebenfalls schnell ein Kreuz und ging...

158

Mit dem neugierigen Argwohn, der bloß danach trachtet, daß die bösen Mäuler was zu reden haben, verfolgten die Buchberger seit diesem sonderbaren Zwischenfall alles, was der Zipfelhäusler-Sepp tat. Aber man sah nicht recht viel. Auffallend war bloß, daß der Sepp von Tag zu Tag schlechter aussah. Gelb und verbraucht war sein Gesicht und merkwürdig trüb seine Augen. Auch sein Gang hatte etwas recht Mühsames, Dahergezogenes. Schwer schien er seine Füße zu schleppen, und wenn man genauer aufpaßte, konnte man bemerken, daß er bei jedem Schritt die Backen einzog und die Zähne aufeinanderbiß, grad als wie wenn er einen Schmerz verbeiße.

Die alte Lechnerin brauchte aber doch nicht nach Offelfing zum Meixner hinübergehen. Gar freundlich war er ja nie zu ihr gewesen, der Sepp, und daß er seit dem Stadtfahren ein noch griesgrämigeres, ja, fast gehässiges Gesicht machte, kümmerte sie weiter nicht. Das meiste, was er redete und brummte, hörte sie sowieso nicht.

Vierzehn Tage waren schon verlaufen. Am Samstag in der Frühe trank der Sepp keinen Kaffee, und als ihn die Lechnerin doch ziemlich mißtrauisch anschaute, weil er sein Sonntagsgewand anzog, schrie er sie auf einmal grob an:»Brauchst net so schaugn und glei auf Offelfing numlaaffa! … I geh' bloß zum Beichtn und zu der Speisung…!«

Die Alte war zufrieden damit und sagte nichts darauf. Durch das Fenster schaute sie ihm nach. Er ging wirklich nach Ogling hinauf. Beruhigt machte sie sich wieder an die Arbeit. Der Tag verging wie jeder andere. Am Nachmittag, beim G'sottschneiden auf der Tenne, schaute der Sepp öfters die verschiedenen Balken des Dachstuhls an und stieg, nachdem man fertig war, auf den Getreideboden, anscheinend um nachzusehen, wo das Ziegeldach undicht war. Nach ungefähr einer guten halben Stunde kam er wieder herunter und hatte zum erstenmal wieder ein ruhigeres Geschau. Wie es sich gehörte, betete er nach dem Nachtessen noch eine ganze Weile stumm für sich. Das war der alten Lechnerin immer recht. Eine Zeitlang blieb auch sie noch mit gefalteten Händen sitzen und betete ebenso. Dann ging sie ins Bett.

Der Sepp schaute furchtsam im Raum herum, drückte dann mit der Hand in die vordere Körpermitte, die ihn anscheinend schmerzte, mit der anderen auf sein Kreuz, biß die Zähne zusammen und erhob sich mit einem schnellen Ruck. Schwerfällig hüpfte er erst an das eine, dann an das andere Fenster und spähte in die Dunkelheit hinaus. Wieder lauschte er. Dann holte er das Tintenzeug aus der nebenan liegenden dunklen Stube. Plumpsig ließ er sich endlich in das Kanapee fallen und hockte lange über einem Stück Briefpapier, malte zittrig und mühsam Buchstabe um Buchstabe.

Als die Lechnerin am andern Tag, nach dem Gebetläuten, in die Küche herunterkam, stand das Tintenzeug noch immer so da, ein Briefbogen lag daneben, und einige Sätze standen darauf. Sie achtete nicht weiter darauf und legte alles auf den Küchenkasten.

Seltsam, heute kam der Bauer nicht herunter wie gewöhnlich. Es verging eine gute halbe Stunde, und sie hatte den Kaffee schon längst fertig. Sie schrie schließlich hinauf, hörte aber keine Antwort. Sie schrie wieder und horchte angestrengt. Wieder nichts.

Sie humpelte schließlich in die Kammer hinauf und klopfte. Als niemand antwortete, holte sie den Kerzenleuchter und ging in die Seppkammer. Das Bett war genau noch so, wie sie es am Tag vorher gemacht hatte. Der Sepp war verschwunden.

Die Alte ging zum Bätzbacher hinüber, und Bauer und Nachbarsleute kamen. Das ganze Dorf lief zusammen. Man schrie im Zipfelhäuslerhaus herum und suchte.

Nach einiger Zeit fand der Bätzbacher auf der Tenne etwas Sonderbares. Der Körper Sepps hing vom Dachgerüstbalken herunter. Schlaff und schief in die linke Schulter gezogen lag der Kopf in der Schlinge. Die Augen waren schrecklich herausgequollen, aus dem Mund hing die Zunge geschwollen und grauenhaft ...

Später, als die Meixnerin kam, sagte die alte Lechnerin etwas von dem Tintenzeug und einem Zettel, die sie in der Frühe auf dem Tisch gefunden hatte. Die Meixnerin langte auf den Küchenkasten nach dem Briefbogen und las:

»Ich habe eune Krangheid von der Stadt heimprachd. Die Sach ghörd der Resl. Ich mächt nepen der Fanni eingraben werten. Ammen.

Joseph Gotzinger.«

Ein Bauer rechnet

I

Es war eine frische, mondhelle Märznacht. Ganz ausgesternt wölbte sich der blanke Himmel, rundum auf den schnee-freien, aufkeimenden Feldern stand ein dünner Dunst, und es roch kräftig nach Dung und feuchter Erde.

Auf dem schmalen, ausgefahrenen Feldweg, der von Weim-berting nach Besenberg durch leicht hügelige Äcker führt, ging der baumlange Amrainer-Sepp, mit seinem richtigen Namen Joseph Lederer, torkelnd heimwärts. Allem Anschein nach war er sehr ärgerlich, denn er stieß oft und oft seinen dicken Weichselstecken fest auf den Boden und knurrte da-bei grimmig vor sich hin: »Und grod mit Fleiß mog i it! Grod mit Fleiß it!« Er war beim Unterbräuwirt in Weimberting ge-wesen und hatte ihm ein schlachtbares Kalb angeboten. Ein zäher und schandmäßig schlechter Handel war daraus ge-worden. Der knickrige Wirt nämlich war immer und immer wieder von der eigentlichen Sache abgewichen, hatte dem Sepp eine Maß Bier um die andere aufgeschwatzt und da-bei den Preis des Kalbes unglaublich tief heruntergedrückt. Die Amrainers von Besenberg aber waren von jeher weit und breit als sehr geldgierige, äußerst sparsame Leute be-kannt, und der Sepp galt als der knauserigste von ihnen. Er mußte in einem fort an das sinnlos ausgegebene Geld denken. Sein Kopf war bierschwer, sein Hirn dumm und stumpf, sein Magen rumorte, er rülpste mitunter und verfluchte den er-bärmlichen Stand des Bauern in jetziger Zeit, verfluchte das

Kalb, die ganze heutige Weltordnung, aber die meiste Wut hatte er doch auf diesen fetten schlitzäugigen Unterbräuwirt. Während des ganzen Schacherns nämlich hatte dieser ewig so verfängliche, spöttische Fragen an ihn gerichtet, zum Beispiel, warum er – der Sepp – mit seinen vierunddreißig Jahren noch immer keine Courage zum Heiraten habe, wo er doch einziger Sohn und Erbe des fast schuldenfreien Hofes sei? Wo es doch rundherum schwergeldige Bauerntöchter grad genug gebe und wo doch die alte Amrainerin gottesfroh wäre, wenn sie endlich übergeben könnte.

»Jetzt hot dir doch d' Brandversicherung scho dein' neuen Stodl herbaut! ... Und wennst jetz an Batzn Geld derheiratst, kunntst doch dei' Anwesen leicht richtn lassen!« hatte der neugierige Wirt einmal beiläufig hingeworfen und ganz frech und noch viel spöttischer dazugesetzt: »Du wartst gwiß, bis dir 's Haus aa no niederbrennt, daß dir d' Versicherung dös aa no neu baun muaß?« –

Der Sepp kam jetzt auf der Besenberger Höhe an und blieb stehen. »Sauwirt, windiga!« brummte er mürrisch und schaute rundum. Alles war tot und still. Der hohe Mond verbreitete eine ungewöhnliche Helligkeit, und drunten auf der flachen Mulde tauchte das weitläufige Dorf Besenberg auf. Gleich das erste Bauernhaus mit dem neuen Stadel daneben, das war der uralte Amrainerhof. Er lag ungefähr wurfweit vorn eigentlichen Dorf entfernt, lang hingestreckt stand er auf dem freien Feld, kein Zaun umgab ihn.

Der Sepp hob sein stoppelbärtiges, hageres Gesicht, prüfte noch einmal wie ein witternder Hund die Umgebung und wurde ruhig. Er sah scharf, immer schärfer auf den neuen Stadel, dann wieder auf das Haus, und seine etwas herausgequollenen, leicht glotzenden Augen wurden belebter. Ein zerschlissenes Lächeln glitt über seine Züge. Er schnaubte, und endlich fuhr er mit dem Daumen und dem Zeigefinger in seine linke Westentasche, fingerte eine Weile darin herum und zog nacheinander vier Fünfmarktaler heraus. Nach-

163

denklich wog er sie in seiner Handmuschel und schien sehr zufrieden zu sein. In diesem Augenblick aber schlug die Besenberger Kirchenuhr drei Viertel zwölf. Das erschreckte ihn ein wenig. Schnell ließ er die Taler wieder in die Westentasche gleiten und ging hastig weiter. Erst kurz vor dem Amrainerhof verlangsamte er seine Schritte. Hinten beim Leerbacher bellte der Hund auf. Der Sepp knirschte und trat von der Straße auf den weichen Feldrain. Vorsichtig ging er dahin, und als er an der feuchten, abgebröckelten Stallwand des Hauses stand, lauschte er angestrengt. Der Leerbacherhund bellte nicht mehr. Alles schlief. Der Sepp ging schmal an der Wand etliche Schritte weiter und drückte sein Gesicht an das kleine, verschmierte Fenster der Knechtkammer, die neben dem Stall zu ebener Erde lag. Etliche Augenblicke überlegte er. Sein Herz schlug. Er spürte es sogar in den Schläfen. Er gab sich einen kurzen Ruck und klopfte sacht an die Fensterscheiben.

»Wastl? He, Wastl!« keuchte er unterdrückt und klopfte schließlich stärker. Drinnen räkelte sich jetzt jemand im Schlaf.

»Wastl! He! Aufmach! I bin's, der Sepp!« wiederholte er dringlicher, und endlich bekam er Antwort. Der Knecht kroch mühselig aus seinem Bett und kam auf das Fenster zu.

»Geh weita, mach!« drängte der draußenstehende Sepp. »J-jaa, ja ja! Wos is denn scho wieda?« wimmerte der Knecht und öffnete den einen Fensterflügel. Ihm war schon etliche Tage nicht recht gut, und gestern mußte er sich hinlegen, so schlecht war's geworden. Elendiglich jammerte er, der Sepp sollte ihn doch in Ruh lassen mit seinem Zeug, das komme ja doch einmal auf, und dann...

»Ah! Red doch it! Mach auf! Geh weita!« ließ der Sepp nicht locker, und nach einigem Hin und Her kam der Knecht dann doch an die hintere Stalltür und ließ den jungen Bauern hinein zu sich.

Gutding eine Stunde hockte der Sepp am Bett des jammernden Knechtes. Mit einem Fünfmarktaler fing das Handeln an. Beim dritten Taler noch meinte der kranke Wastl, er möge nicht mehr, wenn es aufkomme, komme er ins Zuchthaus und – überhaupt, ihm sei so miserablig schlecht, wenn das nicht besser werde, gehe er in das Krankenhaus. Beim vierten Taler endlich bekam der Sepp das Übergewicht.

»Dei' Kranksei' is ja doch dös best Alibi!« sagte er zum Wastl, und wenn er erst einmal auf dem richtigen, neugebauten Haus Bauer sei, er wisse, was Pflicht und Schuldigkeit sei. Alle vier kalten Taler drückte er dem fiebernden Knecht in die heiße Hand.

»Wastl, i vergiß dir's nia! Deiner Lebtog it!« schloß er warm und einnehmend. Alsdann schlich er durch den Stall in seine Schlafkammer hinauf. –

In der darauffolgenden Nacht – in Besenbach und beim Amrainer schlief alles ruhig und tief – fing auf einmal hinten in der Tenne das Knistern an. Schnell schlug das Feuer durch das dürre Dachgebälk, die erhitzten Ziegel zersprangen und fielen krachend herab. Als dann die hellichte Flamme zum Dachstuhl hinausloderte, plärrte der Leerbacher durch das offene Ehekammerfenster: »Brenna tuat's! Brenna tuat's!« Die Leute schreckten aus dem Schlaf und rannten daher. Ganz Besenberg lief zusammen. Die Kirchenglocken fingen an zu läuten und bekamen allmählich Antwort von den umliegenden Dörfern. Die Feuerwehr rückte aus und war machtlos. Ein Höllenlärm umfing das brennende Haus. Mit der Nachtjacke, im Barchentunterrock, mit zerzaustem Haar und verschrecktem Gesicht kam die alte Amrainerin auf den Hof gelaufen, die Dirn sprang von der Altane herab und verstauchte sich den Fuß, mit knapper Not konnte man den kranken Knecht aus seiner qualmenden Kammer retten, denn irgend jemand hatte die Stalltüren aufgerissen, das Vieh abgehängt, und dieses rannte wie wild geworden ins Freie. Die Rösser jagten in die weite Dunkelheit, die Kühe liefen brüllend ins Dorf, die Säue sausten verängstigt in die Nachbargärten und versteckten sich in Büschen und Winkeln. Alles ging drunter und drüber. Die aufgeschreckten Hühner flogen gackernd in der hellen Nacht herum, die Weiber schrien und weinten, die Männer stritten und reagierten kopflos, und als endlich die Weimbertinger, die Freiselbacher und Trostinger Feuerwehren auf den Platz kamen, war der ganze Hof nur noch ein lohender Feuerhaufen.

»Ja, Himmikreizherrgott, wo is denn eigentli der Sepp! Der Sepp?« schrie der Besenberger Feuerwehrhauptmann Lochbichler die weinende Amrainerin an, und auf einmal fragten alle so stürmisch, auf einmal wollte es jeder wissen, als hänge davon alles ab. Und da erfuhr man, der Sepp sei heute nachmittag nach Freising, um ein Roß zu kaufen.

»Z' Freising? ... Und dahoam brennt 's Sach!« schimpfte der Lorinser: »Der is guat!«

Und der Bernlochner meinte: »No, do kunnt er doch scho lang zruck sei' ... Hm, ausgerechnet wenn's brennt, is er beim Roßkaaffa!« Es war zwar weiter nicht argwöhnisch gemeint, es kam bloß von der allgemeinen Aufregung, aber einige faßten dabei doch ein Mißtrauen. Als aber der Sepp später dann ankam mit einem fetten Grauschimmel, war's dann doch viel anders, denn der junge Bauer wurde ganz verstört über das Unglück. Er fing sogar zu weinen an, und jeder Mensch hatte ein aufrichtiges Erbarmnis mit ihm. Der Lochbichler war der erste, der zu ihm sagte: »Noja, Sepp, es werd in Gottes Nama scho wieda werdn! ... D' Besnbacha hobn no nia an Besnbacha an Stich lossn!«

Der Sepp faßte sich wieder ein wenig, aber er war wie zerbrochen. Er, seine alte Mutter und die Ehhalten nahm man beim Leerbacher auf. Das Vieh wurde eingefangen und in den Nachbarställen untergebracht. Die Feuerwehren spritzten noch alles halbwegs zu Asche, zogen endlich ab und machten der Oblichkeit entsprechend in Weimberting beim Unterbräu Einkehr. Da gab es Freibier, ein ganzes Faß. Durst hatten die Leute, massig Durst. Und selbstredend wurden sie mit

der Zeit auch lustig. Bei dieser Gelegenheit ließ der Unterbräuwirt Worte fallen, die allgemein als sehr unangebracht
empfunden wurden. Er sagte etwas vom guten Versichertsein
beim Amrainer und warf ziemlich hämisch hin, jetzt, wenn
alsdann der Hof neu aufgebaut würde, heirate der Sepp sicher. Das verstimmte.

»Pfui Teifi!« schrie der Lochbichler mannhaft und warf dem
Wirt etliche Grobheiten ins Gesicht: »Pfui Teifi... I tat ma
Sündn färchtn, a so daherzredn! I tat mi schama, wenn an-
derne a solchers Unglück hobn, no schlecht davo z' redn!«
Und er hatte sofort alle für sich. Der Wirt kam schier in Be-
drängnis.

Ob er vielleicht ein schlechter Kerl sei, der Amrainer-Sepp,
meinten etliche, und wiederum der Hoazbaur von Freiselfing
fragte, ob er vielleicht von Freising das Feuer hätte herblasen
können, der Sepp? Am Nachmittag gei er weg, und um zehn
Uhr in der Nacht hätt's zu brennen angefangen?

Kurzum, recht ausfällig wurde man gegen den vorlauten
Unterbräuwirt, und da erzählte der, wie der Sepp vorgestern
beim Kälberhandel komisch dreingeschaut habe, als er – der
Wirt – ganz beiläufig sagte, ob er vielleicht gar mit dem Über-
nehmen und Heiraten warten wolle, bis das alte Haus auch
noch niederbrenne und von der Versicherung neu gebaut
würde.

»I red' net einfach daher, aba wos i siech und här, dös sell
hob i gsehng!« wehrte er sich, der Wirt. Und da freilich wurden etliche nachdenklich. Jeder in der Stube beruhigte sich.
Keiner hingegen verlor ein ehrabschneiderisches Wort über
den Sepp. Bloß der Hebersberger von Trosting meinte neben-
her: »Noja, 's Knausern und 's Geizigsei' is ja scho ewi dahoam beim Amraina z' Besenberg!« Das war alles.

II

Es ging alles in seiner Ordnung. Die Versicherung zahlte ihre runden neunundzwanzigtausend Mark aus, und der Amrainerhof erstand neu. Der Sepp half überall mit und war in einem Eifer. Die Besenbacher taten ein übriges. Der Leerbacher fuhr ihm billigen Sand aus seiner Sandgrube her, vom Lindlschen Sägewerk in Trosting kam das Holz in Brettern und Balken, zu dem der Lochbichler und der Pointner beigesteuert hatten. Nach kaum zwei Monaten war dann eine fidele Hebefeier, und dabei zeigte sich der Amrainer-Sepp einmal nicht knauserig. Er stiftete einen halben Hektoliter Bier. Er selber war fast der Munterste dabei.

Als das Haus neu und frisch dastand, ließ schließlich der Sepp auch mit sich reden.

»Jaja, Muatta, i heirat scho, aba nur langsam ... So wos loßt si doch net über's Knia o'brecha«, meinte er, wenn ihm die alte Amrainerin solcherart zuredete. Er schien auch langsam herumzuschauen nach einer passenden Hochzeiterin.

Um dieselbige Zeit kam endlich der Wastl, der eine Lungenentzündung bekommen hatte, aus dem Krankenhaus und konnte selbstredend wieder einstehen beim Amrainer. Indessen, der Knecht nahm sich jeden Tag mehr heraus, und da kam er zur alten Amrainerin unrecht. Nach etlichen Streitereien sagte sie ihm kurzerhand den Dienst auf. Das verwirrte sonderbarerweise den Sepp sehr. Der Amrainerin war es auffällig, daß er dem Knecht so beistand und absolut gegen das Ausstellen war. Doch die alte Amrainerin hatte von jeher einen eisernen Kopf. Sie gab nicht nach. Starrköpfig blieb sie dabei, am anderen Sonntag könne der Wastl gehen.

»Herr auf'm Hof bin oiwei no i ... Und i sog, der Lackl konn geh!« wies die Altbäuerin den Sepp zurück, als er's ein letztes Mal mit dem Einlenken versuchte. Scharf sah sie ihm in die Augen und meinte: »Schaugt ja nett aus, wennst du für den Hallodri bist und eahrn mehra glaabst ois wia mir ... 'naus

muaß er, sog i! 'naus, auf der Stell'!« Der Sepp zog, wie man
sagt, den Schwanz ein und sagte gar nichts mehr.

In der Frühe am Sonntag ging der Wastl ins Hochamt nach
Weimberting, hernach suchte er ein Wirtshaus um das andere
auf, soff sich einen hübschen Rausch an und kam zuletzt zum
Unterbrän in die Stube. Er hockte sich keck zwischen die ruhigen Bauern und tat sehr laut. In das aufsässigste Fluchen kam
er mit der Zeit und stieß ab und zu unverständliche Drohungen heraus. Einige verbaten sich dieses saudumme Geplärr.

»Hoho! Hoho!« schrie der Wastl jetzt erst recht: »I bin no
koan was schuidi bliebn! I zoi mei' Bier wia jeda andre und
brauch auf gor koan aufpassn!«

»'s Mäu hoit, bsuffers Wogscheitl, bsuffers!« kam der
Hegerl-Peter in Harnisch und machte fuchtige Augen: »Dein
Schnobl hoit, sünst hau i di glei außa aus dein persern
Röckei!« Alle rund um den Tisch wurden immer aufge-
brachter, und als der Unterbräuwirt den frechen Knecht
wegschieben wollte, stand der hart auf und schrie laut: »So!
So, Baum, jetz geh i auf Freiselfing umi auf d' Schandarmerie, und morgn homn s' an Amrainer-Sepp, daß ös wißts!
Guat Nacht, beinand!« Er schwankte, rülpste, und alle starrten ihn einen Moment lang sonderbar an. Ehe aber einer was
dagegen sagen konnte, drängte sich der Wastl aus dem vollbesetzten Tisch und ging. Stockstumm blieb es noch eine
ganze Weile. Jeder glotzte.

Alsdann sagte der Unterbräuwirt doch ein wenig unterir-
disch triumphierend: »No, i glaab oiwei, i hob doch recht
ghabt ... Paßts nur auf, wos ma do no für a Sauerei derlebn ...
Jetz geht's um Haut und Krogn beim Amrainer-Sepp!«

»Holla! Holla! A so is oiso de Gschicht!« begriff der Lochbichler, und jetzt fing jeder zu reden an.

Am andern Tag wurde der Amrainer-Sepp verhaftet. Das
gab im ganzen Gau ein Aufsehen. Etliche Monate später fand
die Verhandlung vor dem Schwurgericht in München statt.
Der Sepp und der Knecht, alle zwei waren geständig. Der eine

blieb im großen und ganzen sachlich, der andere benahm sich kläglich, wimmerte und weinte und beteuerte in einem fort. Viele Leute aus der Besenberg-Weimbertinger Pfarrei waren im Gerichtssaal, und man rechnete es dem Sepp hoch an, daß er mit solchem Nachdruck betonte, seine alte Mutter habe mit der ganzen Geschichte nichts zu tun, sie sei ganz und gar unschuldig. Fast aufdringlich oft wiederholte er in einem holperigen Schuldeutsch: »Ich möcht' schon sagen, Herr Richter, meine Mutter hat nie nichts gewüßt von ünserer Lumperei! Radikal gor nix!« Er hätte es gar nicht so hitzig zu machen brauchen. Es stellte sich sowieso einwandfrei heraus.

Wegen Brandstiftung bekam also dann der Knecht Sebastian Kögl, wie sich der Wastl schrieb, ein Jahr und neun Monate Zuchthaus und drei Jahre Ehrverlust. Der Amrainer-Sepp erhielt drei Jahre Zuchthaus und ebensolang Ehrverlust.

»Versicherungsbetrug aber«, hieß es in der Urteilsbegründung, »kann deshalb nicht in Frage kommen, weil die derzeitige Besitzerin des Amrainer-Hofes, die Brandleiderin und Mutter des Angeklagten Joseph Lederer, Bauerswitwe Kreszenzia Lederer von Besenberg, von dem Werk der beiden Angeklagten nichts wußte.«

Nachdem der Sepp diesen Satz gehört hatte, schnaufte er sichtlich auf, und sein bis dahin etwas benommenes Gesicht wurde ruhig. Er schaute flüchtig nach seiner alten weinenden Mutter und schien weiter nicht erschüttert zu sein. Um den mitangeklagten Knecht kümmerte er sich nicht im geringsten. Er war für ihn völlig Luft. Sicher überschlug er sich als knauserig rechnender Mensch insgeheim alles genau und war zufrieden: Für vier Fünfmarktaler hatte er einen neugebauten Bauernhof erwirkt. *Der* blieb ihm ja doch zum Schluß. Ein solcher Handel war besser wie der damalige mit dem Kalb beim Unterbräuwirt in Weimberting. Deswegen wünschte der Sepp auch das Wort nicht mehr am Schluß. Aber als ihn der Polizist abführte, sagte er zu diesem fast keck: »Noja, drei Johr san aa koa Ewigkeit.« Er konnte warten. –

Die Puppen

I

Da hatte man's jetzt wieder mit diesem verdammten Zigeunergesindel! Da hatte man den Schaden wieder!

Glücklicherweise war endlich der alte Gemeindearme Joseph Kragerer, der »Bettelsepp«, gestorben. Der unnütze, mißliebige Brotesser war in der Ewigkeit, man hatte diese Last los und konnte das Gemeindehäusl an die Hupfauer-Agnes verpachten. Der Pachtzins war zwar recht niedrig, aber wenn man die nunmehr wegfallenden Unterhaltskosten für den »Bettelsepp« selig dazurechnete, ergab sich doch die schöne Aussicht auf eine Herabsetzung der Gemeindeumlagen – und da, da ausgerechnet mußte diese dumme, widerwärtige Sache passieren! Jetzt war alles wieder zuschanden gemacht, obendrein gab es noch Scherereien, und ein neuer Brotesser war auch wieder da!

Ganz recht hatte er, der Irschenberger, absolut recht: Dieses unsichere Zigeunergesindel, das ewig im Land herumfuhr und nichts als Kalamitäten machte, sollte man überhaupt nie über die Gemarkung der Gemeinde Pfremding gelassen haben! Vor jetzt gutding drei Jahren, als der Rederer von Tuttling von einem Gang zum Bezirksort Mangling nicht mehr heimkam, ja, da waren auch grad Zigeuner da. Die Gendarmerie nahm zwar die ganze Sippschaft auf der Stelle fest, suchte und suchte in der ganzen weiten Umgegend herum, aber den Rederer fand man nicht mehr, und – wie später herauskam – den Zigeunern konnte nichts nachgewiesen werden, der Rederer blieb verschwunden, die Sache schlief ein.

Und jetzt? Jetzt! Nichts hatte dem Irschenberger sein Schimpfen geholfen, gar nichts! Die Zirkusspielereien, das Kasperltheater und all die sonstigen Gaukeleien der Zigeuner waren allem Anschein nach wichtiger!

Jetzt hatte sich der einschichtige Zigeuner Windel erhängt. Steif hing sein Körper an der Wand des verwitterten Planwagens, blaugefroren und steif. Und aus dem Innern des Wagens schrie ein ungefähr einjähriges Kind aus einem Berg von alten Lumpen. Wieder kam die Gendarmerie, aber weder sie noch der Teufel brachten etwas über die Herkunft und die Familienverhältnisse des Erhängten heraus. Er wurde vor der Gottesackermauer eingescharrt, basta. Und was blieb anderes übrig, als das Kind »auf die Gemeinde zu nehmen«. Es lag in einem Waschkorb in der Bürgermeisterstube, am andern Tag beim Reifler, am dritten beim Irschenberger, und so machte es die Runde. Keiner wollte es haben, aber schlicht und schließlich – einfach aussetzen, wegschaffen oder abschlagen konnte man es denn doch nicht. Das gehörte sich doch nicht!

Der Bürgermeister Kranzler berief eine Gemeinderatssitzung ein. Da wurde gebrummt und geschimpft, Grobheiten flogen hin und her, und zu einem Resultat kam man nicht. Und das fremde Kind wanderte vorläufig von Haus zu Haus. Zwei volle Wochen ging das so, bis endlich die Hupfauer-Agnes zum Bürgermeister kam, das Kind aus dem Korb nahm und resolut sagte: »Noja, wenn's keiner will, das arme Würmerl, nachher nimm's halt ich!«

Die Bürgermeistersleute waren ein bißchen betreten. Verlegen und ein wenig schuldbewußt schauten sie in das strenge, gefaltete Altweibergesicht der Agnes, und endlich sagte der Kranzler: »Man tät's ja gern behalten, wenn's schon ausgewachsen war, wenn's arbeiten könnt'...! Aber so! Bei uns hat doch keiner Zeit, daß er auf den Schrazen aufpaßt!«

Und die Kranzlerin faltete ihre wulstigen, kurzen Finger auf dem runden Bauch und meinte ebenso: »Da tust ein gutes Werk, Agnes! ... Und wenn's soweit ist, daß aus dem Kind ein handfester Kerl wird, alsdann nimmt ihn ja jeder Bauer gern...«

Die Agnes sagte nichts darauf. Sie wickelte das Kind in ihr Umschlagtuch und ging davon. Als sie die Dorfstraße hinunterging, traf sie den Irschenberger. Zu dem sagte sie grob und bündig: »Du kannst dem Bürgermeister sagen, die Milch muß mir die Gemeinde liefern, weiter will ich nichts – soviel kann ich alsdann doch verlangen!«

Der Irschenberger kam zum Kranzler und sagte ihm das auch. Wiederum wurde eine Gemeinderatssitzung einberufen, und erst nach einem hartnäckigen Hin und Her kam es soweit, daß jede Woche ein anderer Bauer die Milch für das fremde Kind kostenlos lieferte.

Damit war die brenzliche Angelegenheit fürs erste immerhin geregelt. Die Hupfauer-Agnes hatte ja sowieso nicht allzuviel zu tun und Zeit für das Kind. Sie stand schon hoch in den Fünfzigern, hatte ein bißchen Geld auf der Sparkasse und war noch rüstig. Ihr Mann war seinerzeit vom Baugerüst heruntergefallen und tot liegengeblieben. Seitdem arbeitete die Wittiberin in der Erntezeit bei den Bauern auf Taglohn, strickte im Winter, flickte Kleider und versorgte die Gemeindewaage. Kind hatte sie keins, na also!

»So hat also unser Herrgott doch alles wieder in die Ordnung 'bracht«, sagte die Kranzlerin, und es läßt sich denken, daß die Bauern mit dieser Regelung zufrieden waren.

Da man vorn Herkommen des Findlings nichts weiter wußte, als daß es eben im Planwagen des erhängten Windel gelegen hatte, und da nun einmal ein menschliches Wesen erst ein Mensch ist, wenn es einen Namen hat, drang der Pfarrer darauf, daß es getauft würde. Man hieß den Buben Peter – Peter Windel.

Die hinterlassene Habschaft des Erhängten wurde auf dem

Pfremdinger Dorfplatz öffentlich versteigert. Den Wagen erstand der Irschenberger, die zwei ausgehungerten Rösser der Reifler. Das erlöste Geld wurde für den Buben auf die Sparkasse gelegt. Das Sparbüchlein bekam die Agnes zu treuen Händen. Das sonstige Gerümpel, das im Planwagen gelegen hatte, lag nach der Versteigerung als Haufen auf dem Rasen vor der Dorfwirtschaft *Pfremdinger Hof.* Zufällig sah die Agnes ein paar Figuren vorn Kasperltheater und nahm sie mit. Es waren ein Kasperl und eine Prinzessin. Diese zwei Figuren baumelten von nun ab über dem Korb des Kindes die ganze Zeit. Der Bub griff manchmal danach. Dann schlenkerten sie hin und her, und es war, als lache das Kind dabei.

Große Mühe machte der Findling wirklich nicht. Schwächlich war er, aber krank nicht. Er schlief sehr viel und schrie fast nie, und wenn er wach war, beschäftigte er sich mit den Figuren. Das schien ihm vollauf genug zu sein. Erst nach ungefähr eineinhalb Jahren konnte er unbeholfen herumkriechen, und auch das schien ihm noch einige Mühe zu machen. Meistens kauerte der kleine Peter in der Ofenecke, spielte mit Flecken, mit Kasperl und der Prinzessin. Die hatte die Agnes an eine Schnur gehängt, die quer von einem Eck zum andern lief.

Die Agnes konnte ruhig ihrer gewohnten Arbeit nachgehen. Es war was recht Leichtes mit dem Kind. Sein Geplapper klang wie ein murmelndes Singen, und es war nie laut, nie schreiend. Irgendwelche Worte kamen dabei nie heraus, aber schon beim drittmaligen Anleiten der Agnes faltete der Peter bereits ganz manierlich die winzigen Hände und schaute aufmerksam auf die Ziehmutter, wenn sie ernst betete.

Am Weihnachtsabend dieses Jahres weinte der kleine Peter zum erstenmal ärger als je. Die Agnes hatte ihm eine Puppe gemacht, ein plumpes Ding aus Barchent mit fast unbeweglichen Gliedmaßen und einem aufgenähten Porzellankopf. Mit sichtlicher Freude ergriff der Bub das Geschenk, lachte und plapperte lauter und schneller als sonst, preßte die Puppe mit den Händen fest zusammen, lachte erneut und watschelte geschäftig in die Ofenecke. Diesmal achtete er kaum auf die neueingekleideten Figuren des Kasperls und der Prinzessin, die über ihm baumelten. Sie hingen ja in der Luft. Diese Puppe aber hielt er in den Händen! Er zog die Zigarrenschachtel, in der seine bunten Flecken lagen, vor sich hin, bog die Puppe ab und setzte sie drauf. Aber kaum hatte er sie losgelassen, da fiel sie steif zu Boden. Blieb liegen, ausgestreckt und starr, mit unverändertem, ausdruckslosem Gesicht. Und unbeweglich glotzten die gläsernen Augen auf das bestürzte Kind. Kein Wimmern, kein Weinen, nichts! Rätselhaft hilflos und hölzern lag das Ding aus Barchent und Porzellan da. –

Peter erbleichte plötzlich, seine Wangen zuckten wie von einem jähen Schmerz berührt, und schreiend schnellte er auf, rannte zur Agnes an den Tisch, verbarg seinen kleinen Kopf in ihrem Schoß. Weinte und weinte ganz sonderbar erschüttert.

Als die Agnes die Puppe vom Boden aufnahm und sie dem Buben geben wollte, wandte er den Kopf wie von einer großen Furcht geschüttelt weg und klammerte sich hilfesuchend an ihren Rock. Er schrie so schreckhaft, so schmerzlich auf, als stecke er am Messer.

»No! No, jetzt! Geh, du Patscherl!« sagte die Agnes, streichelte über seinen Kopf und legte die Puppe schließlich in die Kommodenschublade, nachdem sie merkte, daß der Bub das Ding fast fürchtete und nichts mehr mit ihm zu tun haben wollte.

In dieser Nacht schlief der Peter unruhig, und am Morgen war er blaß, hatte blutleere Lippen, und seine Augen starrten tief verängstigt aus dem verstörten Gesicht. Die Agnes nahm das nicht weiter wichtig, wahrscheinlich schrieb sie alles dem Umstand zu, daß das Kind nach und nach Zähne bekam, was ja meistens solche Unruhigkeiten hervorruft. –

Er war ein merkwürdiges Kind, der Peter Windel. Als er sechs Jahre alt geworden war, also im schulpflichtigen Alter stand, benahm er sich noch wie ein Vierjähriger. Erst mit acht Jahren taugte er endlich für den Schulbesuch. Aber er kam noch jeden Tag heim, legte den Schulranzen hin, machte seine Aufgaben mit einer sichtlichen Hast und legte sich wieder in die Ofenecke zum Kasperl und der Prinzessin, ließ sie hin und her schaukeln wie seit eh und je. Die anderen Dorfkinder mochten ihn nicht. Er war scheu, furchtsam und blieb ihnen fremd. Manchmal liefen sie ihm nach, weil er sich stets so absonderte. Sie pufften ihn und hießen ihn »Zigeunerbub«. Sie umringten ihn und kujonierten ihn auf alle mögliche Art, ermutigt dadurch, daß er sich nie im geringsten zur Wehr setzte. Er stand nur da, schaute hilflos drein und hatte ein schmerzliches Zucken auf den Wangen. Er bewegte sich nicht vom Fleck, gab keinen Laut von sich und ertrug alles, was auf ihn eindrang. Erst wenn sich der Haufen verlaufen hatte, rannte er wie von Furien gejagt heim. Aus Furcht, so etwas könne ihm öfter passieren, blieb er von da ab jeden Tag eine lange Weile im Abort des Schulhauses und wartete, aus dem Fenster spähend, bis kein Schulkind mehr auf der Straße war. Einmal auf seinem einsamen Heimweg traf er die kleine, leicht verzwergte, hinkende Zauner-Vev, die ein lahmes Bein hatte und im gleichen Alter stand wie er. Aus irgendeinem dunklen Grund verlangsamte der scheue Bub seine Schritte, ging eine kurze Strecke mit der Hinkenden und sah sie dabei fortwährend schweigend, beinahe bang an. Die Vev plapperte auch ab und zu etliche Worte, aber er antwortete nicht darauf, er schien nichts zu verstehen oder nichts zu hören. So ein Zusammentreffen kam öfter vor, und es war stets das gleiche. Mühsam bewegte sich das Mädchen von der Stelle, doch der Peter wagte nicht, sie anzurühren oder ihr zu helfen. Es machte fast den Eindruck, als fürchte er sich vor jeder Berührung, als ängstige er sich, die Vev könnte plötzlich zusammenfallen und liegenbleiben. Liegenbleiben – hölzern und grauenhaft wie damals jene Weihnachtspuppe. Mit der Zeit sagte er aber doch hin und wieder »ja« oder »nein«, wenn die Vev so redete, plötzlich aber – mittendrinnen – rannte er wie von einem wilden Schreck befallen auf und davon. Das Mädchen blieb dann stehen, schaute ihm eine Weile nach und schritt noch unbeholfener weiter. Es erging ihr wohl, wie es den meisten gebrechlichen Menschen bei solchen Gelegenheiten ergeht, sie empfand ihre Hilflosigkeit doppelt schwer und bekam einen Zorn auf Peter.

An einem Tag aber ereignete sich etwas Furchtbares. Der Peter war vom Lehrer im Abort entdeckt worden, bekam Prügel von ihm und lief eben aus dem Schulhaus auf die Straße, als er zu seinem Entsetzen eine dichte Rotte Kinder um die Zauner-Vev versammelt sah. Die Hinkende mußte entweder hingefallen oder umgestoßen worden sein und versuchte vergeblich, wieder auf die Beine zu kommen. Das belustigte die Kinder. Sie schrien und lachten, pufften sie und spöttelten grausam. Der Peter blieb einen Augenblick in einem kleinen Abstand stehen und überlegte offenbar, wie er unbemerkt und schnell vorbeiflüchten könnte. Kaum aber hatte er zum Laufen angesetzt, als die tobenden Kinder ihn bemerkten und umringten. Sie drängten ihn auf die Mitte zu. Er sah die Vev daliegen und schrie auf einmal fast tierisch auf, schleuderte wie von Sinnen die Arme in die Höhe und wollte aus dem Ring brechen. Da traf ihn ein fester Stoß vom Reifler-Michl, so fest, daß er auf die Liegende fiel. Die Kinder johlten, lachten und spöttelten noch mehr. Mit einem wilden, verzweifelten Satz sprang der Peter plötzlich auf, schlug wie rasend um sich und erwischte mit den Zähnen die Hand vom Reifler-Michl, biß mit wahrer Tollwut in dessen Finger, daß es krachte und das Blut in seinen Mund spritzte. Gell schrie der Michl auf, riß an und rannte heulend und erschrocken mit den anderen Kindern davon. Der Peter hatte ihm den kleinen Finger abgebissen, stand schlotternd und mit schäurnendem Mund da und hörte das stöhnende Wimmern der Vev nicht. Grauenergriffen spuckte er den Finger aus und lief mit einem schrillen Schrei davon. Die Agnes sah ihn nur eilig ins Haus laufen. Dann war er verschwunden. Der Reifler, der gleich darauf

177

daherkam und furchtbar fluchte, erzählte das Vorgefallene. Man schrie und pfiff, aber niemand gab an, und endlich fand man den Peter im dicken Heckenzaun des Kranzlergartens. Er war zusammengerollt wie ein Igel und gab keinen Laut von sich. Sinnlos und ohne Unterlaß schlug der Reifler auf ihn ein, belferte etwas von »räudigem Zigeunerblut« und ließ erst ab vom blutiggeschlagenen Buben, als die Agnes und der Kranzler dazwischentraten. Die paar Schulkinder, die herumstanden, freuten sich über die gerechte Strafe. Die Agnes aber schrie dem davongehenden Wüterich nach: »Schäm dich, du elendiger Schinder!« und trug den zerschlagenen Peter ins Haus. Sie wusch ihn und legte ihn ins Bett. »Beißen? Geh! Das tut man doch nicht! ... Bist ja wie ein Hund!« brummte sie den verstockt schweigenden Buben an. Dann ging sie wieder an ihre Arbeit.

II

»Faul, boshaft und hinterhältig«, so kennzeichnete der Lehrer seit dem Fingerabbeißen den Peter. Im Dorf gab es eine richtige Empörung. Die meisten wiederholten das mit dem »räudigen Zigeunerblut« vom Reifler, und von da ab begegneten die Leute dem Peter stets mit finster drohenden, bösen Blicken. Die Kinder aber fürchteten ihn und liefen sofort auf und davon, wenn er auftauchte.

»Agnes? Hie und da durchhauen, wenn er was macht, wird ganz gut sein«, riet der Bürgermeister Kranzler der Gemeindehäuslerin, denn, meinte er, wenn sie den Peter weiter so »verzärtle«, wachse er ihr bald über den Kopf. Die Agnes wurde auch wirklich strenger zu ihrem Zögling. Aber sie schlug ihn nicht. Sie hatte ihre eigene Art der Züchtigung. Zornig schaute sie den Buben an und brummte mit ihrer männertiefen Stimme: »Dich kann man bloß mit Verachtung strafen, wennst so weitermachst!«

Dieses verächtliche Anschauen, diese lieblose Wortkarg-
heit, die sie oft eine ganze Woche beibehielt, wirkten nieder-
drückend auf den Peter. An solchen Tagen schlich er geduckt
herum und wagte kaum richtig zu atmen. Eine schrecklich
angstvolle Traurigkeit lag auf seinem blassen Gesicht, und
bittend und hündisch hingen seine Blicke an der Ziehmutter. Kam dann endlich wieder ein weicheres Wort über ihre
Lippen, sagte sie am Abend wieder ihr gewöhnliches: »So,
jetzt geh schön ins Bett und bet dein Vaterunser, bevorst ein-
schlafst!« dann verschwanden mit einem Male die dünnen
Falten auf der sommersprossenüberzogenen, runden Stirne
des Buben, eine schnelle Röte überhuschte seine Wangen,
und in seinen Bewegungen war eine undefinierbar freudige
Eilfertigkeit. –

Im übrigen redete man überhaupt nicht viel im Gemeindehaus. Der Bub und die Agnes verstanden sich sozusagen mehr
durch die stumme Geste. Alles in allem schien's doch, als ob
die Häuslerin den Peter ganz gern habe. Mit der Zeit sagte sie
sogar: »Mein Bub« oder »Mein Peter«, und das war schon viel
bei ihr, das war mehr als nur Gewohnheit. –

Was Wunder also, daß der Peter die paar Arbeiten, die sie
von ihm erwartete, stets mit einer sichtlichen Beflissenheit tat
und ihr ohne viel Gerede folgte. Nein, er machte auch jetzt
noch nicht die geringsten Umstände. Und schön war es, daß er
seit dem Vorfall mit dem Fingerabbeißen ganz und gar für sich
blieb, ganz still, als sei er überhaupt kaum da. Am wohlsten
fühlte er sich daheim in der Gemeindehausstube. Wenn er die
Milch geholt, das Heizholz hereingetragen hatte, lag er wie
seit eh und je in der Ofennische und ließ den Kasperl und
die Prinzessin baumeln. Es schaute aus, als seien diese zwei
leblosen Dinge seine einzigen wahren Freunde.

Zu Maria Lichtmeß, als der Bub bereits ins dritte Schuljahr
gekommen war und schon elf Jahre alt war, kam der Bürgermeister Kranzler einmal ins Gemeindehaus zur Agnes.

»Jetzt, Agnes, jetzt könnt' ich den Bubn schon brauchen«,

sagte er und maß den hageren, etwas zu schnell aufgeschossenen Peter abschätzend. Der war erschrocken aufgeschnellt, als der Bauer zur Türe hereingekommen war, und stand stumm und scheu da.

»No, wennst glaubst, nachher nimmst ihn halt!« sagte die Agnes drauf zum Bauern und musterte »ihren« Peter ebenfalls mit einem seitlichen, genauso abschätzenden Blick. Bei diesem Anschauen wurde der Bub brandrot, insonderheit weil es eine Weile dauerte. Endlich aber sagte der Bürgermeister doch: »No, aufgeschossen ist er ja, aber ich glaub', es ist doch besser, wir warten noch bis ins Frühjahr... Jetzt im Winter ist ja sowieso noch nicht viel Arbeit bei uns...«

»Noja, du mußt es selber wissen«, antwortete die Agnes knapp, und der Bürgermeister ging wieder. Später, als sie mit dem Buben allein war, sagte die Häuslerin zum Peter: »Jetzt hört sich die Puppenspielerei auf... Hast es ja ghört, der Bürgermeister will dich... Bei fremde Leut' kannst nicht mehr spielen.«

Offenbar nahm sich der Peter das zu Herzen, und die Agnes freute sich insgeheim darüber, denn von dem Tag an waren Kasperl und die Prinzessin verschwunden. Die Häuslerin fing an, dem Buben für den kommenden Dienst Socken und einige Schürzen zu machen. Recht einsilbig verliefen die Tage und Abende.

»Beim Kranzler hat's keiner schlecht, Peter«, sagte die Agnes einmal, als sie strickend am Tisch hockte, während der Bub seine Schulaufgaben machte. Es klang wie eine schüchterne Ermutigung. –

Februar, März und April verstrichen. Der Bürgermeister Kranzler ging mit dem Peter den kleinen Buckel hinauf, in seinen weitläufigen Hof.

Die Agnes saß an diesem Feierabend merkwürdig nachdenklich am Tisch in ihrer kleinen Stube. Sie vergaß das Lichtanzünden, und als es auf einmal zum Gebet läutete, zuckte sie beinahe erschrocken zusammen, betete ein Vaterunser mehr, und am Schluß sagte sie mechanisch: »Herr, begleit seine Weg'…«

Um Arbeit war man beim Kranzler nie verlegen, und der Peter zeigte sich soweit ganz anstellig. Er mußte zu den paar Herrschaften, die rund in der Gegend Sommervillen hatten, die Milch hintragen, im Stall mithelfen, Häcksel wegräumen beim Schnitt und Streu machen bei den Pferden. Der Bauer, die Knechte und die Dirn fanden nichts zu klagen.

Aber dann wurde doch etwas sonderbar. Oft mitten in der Arbeit, wenn der Peter etwas alleinig zu machen hatte, schaute er lauernd herum und war plötzlich weg. Man konnte schreien und pfeifen, soviel man wollte, er gab nicht an. Man konnte ihn fragen und prügeln, wenn er ebenso plötzlich wieder auftauchte – nichts war aus ihm herauszubringen.

Ganz hinten in einer verwachsenen Ecke des weitläufigen Kranzler-Obstgartens hatte er ein Loch ausgehoben, es sorgfältig mit Stroh ausgepolstert, einige Bretter darübergedeckt und auf diese wieder Grasstücke gelegt, so geschickt, daß niemand merkte, was hier vorgegangen war. In diesem Versteck lagen der Kasperl und die Prinzessin friedlich nebeneinander, genau so noch, wie er sie damals von der Ofennische herabgenommen hatte, mit der Schnur, an die sie einst gebunden gewesen waren. Dann und wann kam der Peter – er war ungemein aufgeregt, atemlos – und griff mit seinen zitternden Händen vorsichtig hinab in die Tiefe. Er holte die zwei Puppen herauf, verkroch sich im Heckenzaun, band die Enden der Schnur an je einen Ast und ließ seine Lieblinge baumeln. Hin und her, her und hin.

Als er die Gefahr, entdeckt zu werden, witterte, trieb es ihn bis ins dichte Jungholz, das sich knapp hinter dem Kranzlerhof über den Hügel hinaufzog. Und da lag er dann, schaute mit seltsam strahlenden Augen auf seine leicht schlenkernden Puppen, ließ schreien und pfeifen und bekam einen haltlosen Gesichtsausdruck. Erst lange nachdem es still geworden war, band er seine Kleinode wieder ab und versteckte sie aber-

181

mals sorgfältig. Wenn ihn endlich ein Knecht oder der Bauer sah und fluchend und schimpfend auf ihn einschlug, drehte er sich wortlos, ohne Weinen und Jammern herum, hielt den steifen Rücken hin und ließ die Hiebe auf sich niedersausen, bis der Schlagende aufhörte und ihn an den Ohren zur Arbeit zog.

Diese verstockte Art stumpfsinnigen Ertragens jeglicher Züchtigung steigerte die Wut der Leute beim Kranzler noch mehr. Bauer, Bäuerin, die Töchter, der Sohn, die Knechte und die Dirn fingen an, dem Buben kein gutes Wort mehr zu geben. Bei der geringsten Gelegenheit stießen sie ihn unbarmherzig, schlugen ihn und schrien dabei die unflätigsten Schimpfworte heraus. Der Peter wurde nur immer verschlossener, sonderbarer und scheuer. Sein Gesicht bekam mit der Zeit einen geradezu alternden Zug, aus seinen kalten, unergründlich verschreckten Augen schaute tiefer Haß. Aber er sagte so gut wie nichts, wenn er sonntags zur Agnes kam. Sie redete von den Klagen, die der Kranzler bei ihr vorgebracht hatte. Auch darauf wußte der Peter keine Antwort. Sie schaute ihn fragend und besorgt an.

»Hm«, meinte sie, »gar so mager bist du... Beim Bürgermeister essen s' doch ganz gut... Kein Dienstbot' hat noch klagt drüber...«

»Essen gibt's genug«, bestätigte der Peter und schwieg wieder. Sie schüttelte den Kopf. Und da sie nichts weiter anzufangen wußte, griff sie wieder zu ihrem Strickzeug und sagte: »Na ja, jetzt tut dir halt die Arbeit noch ein bißl weh, Peter. Aber wennst du's einmal gwöhnt bist, wird's schon besser.« Bald ging der Peter wieder.

Als er den Buckel hinaufging, dem Kranzlerhof zu, begegnete ihm die Zauner-Vev. Er hatte sie lange nicht mehr gesehen. Sie war größer geworden, aber es schien ihm, als ginge sie noch mühseliger dahin mit ihrem lahmen Bein. Sie hatte in jeder Hand einen Milchkübel und stellte sie hin. Sie schnaufte keuchend. Der Peter wollte schnell an ihr vorbei. Da sagte die

Vev: »Geh, so hilf mir doch, fauler Tropf, fauler!« Mit einem
Ruck drehte sich der Peter ihr zu. Sein Körper zitterte. Ratlos
und sonderbar schaute er auf das Mädchen.

»Jaja, *dich* mein' ich!« stieß die Vev ungut heraus, als wolle
sie den Verdutzten aus irgendwelchen abwegigen Gedanken
reißen: »Hilf mir doch... Du siehst doch, daß ich's nicht der-
mach...«

Da glotzte der Peter noch einmal kurz. Er trat linkisch und
wie furchtsam an das Mädchen heran, nahm die Kübel und
ging mit der Hinkenden über den Dorfbuckel hinunter bis an
ihr Haus.

Die alte Zaunerin stand am Gartenzaun und nahm die Kübel ab. Sie lobte den Peter dankend und sagte: »Bist doch ein
guter Kerl auch!« Der Bub schaute sie kurz und fremd an,
drehte sich um und ging. Es schien diesmal, als schreite er
ein klein wenig leichter dahin.

Aber war nicht die Zaunerin einmal beim Dreschen dabei-
gestanden, als der erste Knecht ihn windelweich schlug, da-
beigestanden und hatte schadenfroh gelacht: »So verstockte
Kerl muß man gradklopfen, bevor sie groß werden...« Sie
war auch nicht besser als alle andern. –

III

Es ging in den Winter hinein. Etliche Kinder sahen den Peter
einmal auf den Heckenzaun des Kranzler-Obstgartens zugehen. Es schien, als mache er sich dort in aller Eile etwas zu
schaffen. Als die Kinder nach seinem Verschwinden am Gar-
teneck herumstöberten, entdeckten sie das leere Erdloch im
weißen Schnee, und die Tritte Peters führten auf die Heutenne
zu. Dort war er verschwunden. Als er später in die Kranzler-
küche trat, hing er um und um voller Spinnwebenhäute.

»Wo kommst denn du schon wieder her, du Kraten, du
elendiger!« fuhr ihn der Bürgermeister drohend an. Diesmal

zuckte der Bub zusammen. Aber er sagte wie gewöhnlich kein Wort.

»Für dich ist mir meine Hand zu schad, Hundsknochen, miserabliger!« polterte der Bauer und schickte ihn in den Keller zum Kartoffelwiegen.

»Der wird nimmer anders! ... Da hilft das ganze Schlagen nichts!« meinte der verärgerte Bauer.

Es war auffallend. Manchmal flogen jetzt die Tauben wie verschreckt aus dem Schlag, oben im Hausgiebel, und gurrten eine Weile verängstigt. Dann aber, an einem Tag, rührte sich da droben auf einmal nichts mehr, und als man, nachdem die Tauben nicht mehr zum Futterplatz kamen, hinaufstieg, lagen sie alle tot im Schlag. Das war kein Marder gewesen. Einigen Tauben war der Kopf zertreten, anderen der Hals umgedreht. Die Tiere mußten arg herumgeflattert sein vor ihrem Ende, denn überall lagen Federn herum.

Wem konnte denn so was eingefallen sein? Nur diesem verstockten, hinterhältigen Rotzbuben, dem Peter.

»Bist du's gewesen oder nicht? Sag's, du Lump, du gräußlicher!« brüllte der Bürgermeister und stürzte sich auf den Buben. Der wandte sich ohne ein Wort mit dem Gesicht zur Wand, zog den Kopf tief in die Schultern und krümmte den Rücken wie immer. Das ließ den Bauern einhalten. Er stutzte kurz und riß den Peter herum.

»So sag's doch, in Gottes Namen!« schrie die Kranzlerin zwischenhinein. Aber Peters Lippen blieben fest geschlossen.

»Derschlagen tu' ich dich noch, du Zuchthauspflanzn, du niederträchtige!« stieß der Bauer heraus und warf den Buben wie ein Stück Holz an die Wand. Es krachte. Bauer und Bäuerin erschraken kurz, aber der Peter erhob sich schließlich und wankte zur Tür hinaus.

Oberhalb des Taubenschlages lagen jetzt der Kasperl und die Prinzessin. Ihre Kleider waren verschimmelt, denn in das Erdloch im Garten war der Schnee gefallen. Hier oben lagen sie wenigstens trocken. Der Peter wagte lange nicht, zu ihnen hinaufzuklettern. Man beobachtete ihn jetzt zu genau. Er war verwirrt und vergeßlich. Sein sonderbares Benehmen beschäftigte mit der Zeit die Leute beim Bürgermeister. Es mußte in dem Buben etwas von unausrottbarem Zigeunerunheil sein. Man witterte nichts Gutes in all seinem Verstocktsein, seinem Schweigen, und als die Kinder gar noch erzählten von dem Erdloch im Garten, da hielt es die Kranzlerin denn doch für ratsam, einmal zum Pfarrer zu gehen und eine Messe lesen zu lassen. Beim Heimgehen traf sie die Agnes, ging auf sie zu und meinte gedämpft: »Agnes, das mit dem Buben, das ist nicht mehr recht... Der muß verhext sein! Wenn jetzt meine Meß nichts hilft, tun wir ihn weg...«

Die Agnes aber schaute sie nur feindselig an und sagte herausfordernd höhnisch: »So was paßt ganz zu euch... Jetzt habts ihn rein dumm gschlagen... Jetzt gehts ihn weg! Pfui Teufl!« Und ohne sich weiter um die Bäuerin zu kümmern, ging sie in ihr Häusl. Die Kranzlers schlugen den Buben nicht mehr. Ganz offenbar mußte die Messe doch geholfen haben. Der Peter magerte zwar sichtlich ab, und ein fast unheimlich zehrendes Feuer brannte in seinen Augen, aber er verschwand jetzt kaum mehr und tat seine Arbeit. Nur an den Sonntagnachmittagen, wenn's still auf dem Hof war, kroch er hinauf zum Taubenschlag unter dem hohen Hausgiebel und schaute wehmütig auf seine geliebten Puppen. Vergilbt war ihr Glanz, verschossen und zerfranst ihre bunten Kleider, feuchter, moderiger Schimmel lag auf dem Stoff. Er streichelte sie, er wischte sie ab, er schluckte schmerzhaft, als würge er das Weinen hinunter. Traurig kam er nach längerer Zeit wieder zum Vorschein und schlich sich zur Agnes hinunter. Die gab ihm einen warmen Malzkaffee und eine Schmalznudel, aber er nahm nur ein paar Schluck Kaffee.

»Geh, so iß doch!« sagte sie leicht enttäuscht. »Ich hab' diesmal doch extra ein neues Schmalz genommen!« Aber er

185

schien weder Hunger noch Appetit zu haben. Sie wickelte ihm die Nudel ein und steckte sie in seine Joppentasche.

Das Frühjahr kam wieder herauf, der Sommer reifte aus und verging. Der Herbst lag ruhig über den abgeernteten Stoppelfeldern und Wiesen.

Aus der schwerseidenen Sonntagsschürze der Bürgermeisterin war ein Viereck herausgeschnitten, aus Frauenhemden und grellfarbenen Ober- und Unterröcken, Sacktücher vom Bauern fehlten und etliche silberne Knöpfe von seiner samtenen Weste. Einmal in der Sonntagsfrühe weinte die Oberdirn ganz verzweifelt auf, weil von ihrem erst kürzlich gekauften Umschlagtuch die seidigen Fransen abgetrennt waren. Das Bürgermeisterhaus kam wieder in Unruhe. Es gab Streitigkeiten, denn anfänglich dachte man an ganz grobe Knechtswitze. Schließlich aber fiel der Verdacht wieder auf den Peter, und Prügel gab es so viel für ihn, daß er einmal eine ganze Woche mit zerschundenem, verquollenem Gesicht herumging. Da grad Zeit zum Kuh-Austrieb war, wurde er zum Hüten geschickt.

»Sonst taugst ja sowieso zu nichts mehr!« sagte der Bauer, und er war jetzt soweit, den Buben wegzutun. Er wußte bloß noch nicht recht, wohin.

In den ersten Tagen waren die Kühe noch übermütig. Es hieß aufpassen auf sie. Dann aber gewöhnten sie sich an die Luft und ans Gras und lagen nach etlichen Stunden schon gesättigt und friedlich herum. Ihre Glocken klangen vereinzelt und winzig in der großen Stille der weiten Felder.

Solange hielt der Peter aus. Jetzt aber nahm er eines Tages seine Puppen vom Taubenschlag herunter, stopfte seine Hosen- und Joppensäcke mit den ergatterten bunten Flicken, Knöpfen und Fransen voll und nahm die gestohlene Schere mit auf die Weide. Lange forschte er spähend den weiten Umkreis ab, der sich hier, vom abschüssigen Hang, leicht überblicken ließ. Vorsichtig kroch er an den nahen Wald heran, versteckte sich hinter einer dichten Jungtanne und fing an, seine Lieblinge neu einzukleiden. Nach langer Zeit zog über sein verbittertes Gesicht eine glückliche Glätte, mit jedem Handgriff wurde er erregter, Hitze stieg in ihm auf, und seine Wangen brannten dunkelrot. Wie gelenkig sie waren, diese Puppen! Wie zärtlich nachgebend bei jeder Berührung! Wie ihre hölzernen, dünnen Glieder lustvoll klapperten und schlenkerten, wenn Peter die Schnur, an der sie nun wieder hingen, auseinanderzog. Ach, und in welch überirdischer Pracht strahlten diese Wesen in den neuen, bunten, grellen Kleidern! Der Bub schien alles zu vergessen. Er starrte gebannt, völlig hingerissen mit seinen glänzend-feuchten Augen auf diese unnennbar-seltsamen Wundergeschöpfe und verfiel nach und nach in ein Zucken, das er noch nie erlebt hatte. Es war ihm, als brenne alles in und an ihm, und eine unsagbare Wollust stieg in seinem Innersten auf...

Auf einmal hörte er irgendeinen groben Laut und fuhr entsetzt zusammen. Fliegend, aber ganz mechanisch griff er nach der Schnur und riß die Puppen herab.

»He! He, Peter! ... Paß auf deine Küh' besser auf! ... He, siehst denn nicht, wie sie in unsern Kleeacker laufen!« verstand er jetzt und sah, wie die hinkende Zauner-Vev den Hang heraufkam, näher und näher. Zuerst war er wie erstarrt. Dann plötzlich fing sein Herz wild zu trommeln an, so sehr, daß ihm die Schläge fast weh taten. Schweiß brach aus allen seinen Poren. Eine jähe Schwäche überrieselte ihn. Er nahm seine ganze Kraft zusammen, packte in aller Schnelligkeit Puppen Lind Flecken, rannte höher hinauf in das Hochholz, stieß an Dickicht, warf sich bäuchlings nieder und kroch weiter.

»He! Peter, stinkfauler Tropf! Peter!« hörte er wiederum die klanglose, gereizte Stimme der Zauner-Vev. Er besann sich kurz, legte Puppen und Flecken unter eine Jungtanne und warf in aller Hast Tannennadeln drauf. Wiederum schrie es, und diesmal näher. Er schlug sich seitwärts, um an einer anderen Stelle des Waldes herauszukommen, und erreichte eine

verwachsene Mooslichtung. Noch einmal lauschte er, hörte
wieder seinen Namen rufen, richtete sich halb auf und rannte
weiter. Da – plötzlich gab der Boden unter seinen Füßen nach,
er stolperte und sank kopfüber mit einem jähen Aufschrei in
die Tiefe. Wurzeln gaben nach und kratzten ihm Gesicht und
Hände blutig, und nach einigen Augenblicken fiel er auf etwas Schwabbliges, Weiches, das wie eine riesige, stinkende
Blase aufplatzte. Er raufte und arbeitete mit der Kraft der Verzweiflung herum, hörte noch wie von ganz fern die Stimme
der Zauner-Vev und versank immer tiefer in den schauerli-
chen Matsch. –

Die Zauner-Vev war nach einigem vergeblichen Suchen ins
Dorf zurückgehumpelt, die Kühe kamen auch schon ohne den
Peter daher, und da ging man ans Suchen. Als der erste Kranz-
lerknecht im Jungholz die Puppen und Flecken zufällig aufstö-
berte, hob er sie in die Höhe und sagte: »Jetzt da schau her!
Da schau, jetzt stellt sich raus, wo er die Fleck' herhat!« Da
ihm aber in der Aufregung niemand zuhörte, meinte er: »Da
kann er nimmer weit weg sein... Da! Da lauft a Spur...«
Man folgte ihr, viele schrien Peters Namen, aber wenn der
Irschenberger-Michl nicht mit einem Fuß selber in das Loch
gesackt wäre, wer weiß, ob man den Buben überhaupt gefunden hätte. Als man ihn herausholte, war er voller stinkendem
Matsch, und Stoff-Fasern klebten an ihm. Er war ohnmächtig, aber er schnaufte noch. Indessen, bei dieser Gelegenheit
kam noch etwas viel Grauenhafteres heraus: Der Peter war
auf die längst verweste Leiche vom Rederer von Enzhofen selig gefallen, wie sich am andern Tag nach der polizeilichen
Untersuchung ergab. Auf welche Art und Weise der Bauer
zugrunde gegangen war, wurde dennoch nie ermittelt.

Gewaschen, aber immer noch nicht ganz bei sich, lag der
Peter im Bett bei der Agnes, und öfter kamen die Leute daher.
Der Pfarrer und Doktor hatten nichts mehr anfangen können. Durch die Abschürfungen und Kratzwunden war Lei-
chengift in Peters Körper gedrungen. Er lief nach und nach

188

blau an, keuchte rasselnd und ging elendiglich zugrunde. Auf dem Nachttisch lagen der Kasperl und die Prinzessin und die bunten Flecken. Als üblicherweise alle um das Bett standen und die Sterbegebete hergeleiert hatten, hob die Häuslerin den Kasperl und die Prinzessin wie beiläufig auf, betrachtete sie nachdenklich und sagte: »Hm, die sind ihm immer lieber gwesen als jeder Mensch... Hmhm...« Eine Zeitlang blieb es stockstumm in der Runde. Dann besprenkelte jeder den Toten mit einem Spritzer Weihwasser und ging davon...

Die Agnes ließ den Buben in das Familiengrab der Hupfauers senken, und auch der Name »Peter Windel, Findelkind« steht auf der Platte des Grabsteines. Alle Jahre zu Allerseelen richtet die Agnes das Grab her, pflanzt Tagundnachtschatten auf das Erdgeviert und steckt die zwei bunten Puppen daneben hin...

Das Ende von Bildstöckl

Bildstöckl war nicht so ein Einödhof, wie man sie vielfach in unserem oberbayrischen Flachland antrifft: breitfrontig, lang hingestreckt, mit einem Stall, wo fünfzehn oder zwanzig Kühe, etliche Rösser und ein Dutzend Säue zu finden sind, mit umfänglichem Wald-, Wiesen- und Ackergrund dazu.

Bildstöckl war nur ein einstöckiges, ziemlich minderes, einschichtiges Gütleranwesen auf den welligen Höhen westwärts des Pfarrdorfes Allkirchen und ostwärts von dem großen, echten Einödhof Heimhausen. Es stand geduckt und abgebröckelt am Waldrand, von Allkirchen gut an die drei viertel Stunden entfernt und von Heimhausen noch weiter weg.

Seitdem seine Bäuerin gestorben war, lebte der Bildstöckler allein und recht sonderbar dahin. Kinder hatte er keine, und mit seinen Verwandten war er die meiste Zeit zerkriegt. »Mit Freund- und Verwandtschaften«, meinte er meistens, »da zahlt man bloß drauf.« Er hielt sich bloß eine Dirn, und *die* schaute er sich, eh' er sie in den Dienst nahm, jedesmal sehr genau an. Vor allem mußte sie mitteljährig sein, also so an die Vierzig und schon über die weiberhaften Faxen und Dummheiten hinausgewachsen. Alsdann mußte sie eine gesunde, kräftige Person sein, die von der Arbeit was verstand und keinen Wert auf vieles Essen und guten Lohn legte, denn der Bildstöckler war ein arger Geizkragen und außerdem ein Mensch, der das Rackern von früh bis spät erfunden zu haben schien. Das erste, was er eine Dirn, die sich bei ihm bewarb, fragte, war: »Und wia is's denn nachher... Host eppa an Loder?« – »Worum...?« fragte alsdann so eine Dirn meistens leicht verdutzt und musterte den alten, zusammengebuckelten Häusler verborgen abweisend und verächtlich, als wollte sie sagen: »Reflektierst etwa gar du auf mich?« Aber von dem war durchaus nicht die Rede, der Bildstöckler schüttelte ein bißchen dünn grinsend den alten, hageren Kopf und sagte: »Nana, net wos du moanst... Ich brauch' koa Bäuerin... Dö mei', selig, is mir Sach gnua gwen...«

Er wollte ganz woanders hinaus. Er beschnüffelte das Weibsbild scharf mit seinen kleinen, listigen, mausgrauen Augen, und nichts übersah er dabei. So schaut man ein Stück Vieh an, das man von einem gewitzten Händler kaufen will. Aber unfreundlich war dieses Anschauen nicht im mindesten, ganz im Gegenteil, die reine Freundlichkeit glänzte auf dem verhutzelten Nußknackergesicht vom Bildstöckler, wenn er arglos vertrauensselig weiterforschte: »Mi geht dös ja weiter nix o... I moan ja bloß... A so a fests Weiberts braucht doch so was... Beim Hirn konnst es doch aa net außischwitzn, oder?«

Und das, natürlicherweise, verscheuchte auch die Schüchternheit der Dirn. »Jaja, hobn tua i scho oan, aber ob er mi heirat, dös woaß i noch net«, gestand sie schließlich blankweg. Auf das hin aber wurde der Bildstöckler sofort grundanders.

»Nana, nana... Nachher schaug nur, daß d' boid heiratst«, sagte er kurzerhand. »Du bist mir a z' jung. Und i brauch' oane, dö wo koan O'hang hot...«

Er nahm die Dirn nicht. Mit den Weibsbildern hielt er es so: Die Beste schien ihm zu schlecht, der Ehrlichsten traute er nicht, die Fleißigste hatte immer noch Fehler und die Bravste verstellte sich bloß. Da hieß es aufpassen wie ein Wachhund.

Und zu bewachen hatte der Bildstöckler nicht wenig. Im

ganzen Gau war bekannt, daß er schuldenfrei dastand. Von
hübsch vielen blanken, guten, goldenen Zwanzigmarkstücken
noch vor dem Ersten Weltkrieg und allerhand Bargeld, das
er hatte, munkelten die Leute, aber niemand wußte Genaueres, denn der alte mißtrauische Häusler hatte weder etwas
auf der Sparkasse im Pfarrdorf noch auf der Bank im Bezirksort Edersdorf. In seine Verhältnisse ließ er sich nicht hinein-
schauen. »Trau, schau, wem«, sagte er sich, und entsprechend
verhielt er sich auch. Wenn er beispielsweise zum sonntägli-
chen Hochamt nach Allkirchen kam, war er beieinander wie
der schäbigste Armenhäusler, und nie ging er nach der Kirche auf eine Halbe Bier in die Postwirtschaft. Aufs Steueramt
nach Edersdorf ging er und schaute aus, daß der Beamte fast
Mitleid mit ihm bekam.

»Herr Assesser, i kenn mi do absolut net aus«, fing er
treuherzig-bieder zu jammern an und legte die Bogen hin:
»I bitt' gor schön, wia sollt i denn Steur zoin, wenn i kaam
selber 's Lebn hob...« Und wenn ihm der Beamte entgegen-
hielt, daß er doch immerhin eine Dirn habe, ein Roß und vier
Kühe, einen Wurf Ferkel und schließlich auch guten Ackergrund und fünf Tagwerk schlagbares Holz, dann wurde er
wie das bitthafte Elend selber.

»A Dirn...?« beteuerte er: »Ja, i bin doch nimmer der Jüng-
ste... Heiratn konn i doch aa nimmer... Jaja, wia mei' Bäurin
selig noch glebt hot, do is's noch besser umganga, aber den
Lohn, den wo i jetz meiner Dirn gebn muaß, der kimmt mi
scho arg hart o...« Endlich, endlich errechnete der Beamte
die niedrigste Steuer, und mit Pfennigen und Fünferin zahlte
der Bildstöckler, als habe er das ganze Jahr gebettelt.

»Und wia i jetz meiner Dirn ihren Lohn z'sammkriagn soll,
dös woaß i nimmer«, schloß er jammernd und ging.

Thekla hieß seine damalige Dirn, und fünf Mark bekam sie
in der Woche. Das war eine Dirn nach dem Bildstöckler seinem Gusto: kräftig wie ein Zugochs, breit wie ein Mannsbild, grob und gradan, aber fleißig und willig wie kaum eine

andere. Sie kochte, backte das Brot, hielt das Hauswesen instand, sie wusch und flickte an den Sonntagnachmittagen das zerrissene Zeug. Die Feld- und Stallarbeit ging ihr ebenso flink von der Hand, und von einem »Loder« wollte sie nichts wissen, denn sie stand schon in den Vierzigern.

Im vierten Jahr ihrer Dienstzeit beim Bildstöckler, an einem nebeltrüben Novembernachmittag, kam einmal ein spitzbärtiger Hausierer vor die Tür. Die Dirn und der Häusler standen grad von der Brotzeit auf und wollten auf die Tenne zum Gsottschneiden. Draußen riß der bissige, wachsame Tyras an der Kette und bellte wild auf. Der fremde Mensch aber ließ sich nicht schrecken davon. In einem fort redete er dem Hund gut zu, und der wurde nach und nach ruhiger.

»Siehgst es, Baur! Den Oberlochner schreckt koa Hund und koa bös's Weiberts, weil er a ruahigs Gwissn hot«, redete der Hausierer lustig drauflos, als der Bildstöckler die Tür aufmachte, und fing sogleich das Anpreisen an: »Schöne scharfe Rasiermesser hätt' i ... Ausgezeichnete Schuhwichs oder vielleicht an Hosenträger, der wo di weit überlebt ... Geht nix ob, Leutln? ... Vielleicht an Kamm für di, Weiberl, hm? ... Ganz guate, schöne Rosenkränz hob i und Sterbkreuzl aa ...«

Ganz und gar unzugänglich blieb der Bildstöckler in der Tür stehen, sagte fort und fort: »Nana, i hob koa Geld net, nana, mir braucha nix!« und schüttelte den Kopf. Hinter ihm stand die Thekla und machte es genauso. Doch mit seiner hartnäckigen Beharrlichkeit brachte es der Hausierer doch so weit, daß sich der Häusler für einen Hosenträger interessierte, denn sein alter war wirklich schon zum Wegwerfen.

»Und bloß a Mark achtzge! ... Woanderst kriagst so wos Guats net unter zwoa Mark fufzge«, pries der Hausierer das Ding, das der Bildstöckler genau prüfte: »Bloß oa Mark und achtzge! Do hob i grod a Zehnerl dro ... Ganz gwiß is's wohr, Baur ... Der Oberlochner verkaaft koan Schund net. Der will, daß sei' Kundschaft zfriedn is und wieder wos kaaft, Baur ...«

Der Bildstöckler hörte nicht hin auf dieses Geschwätz, er

prüfte und zog an dem Hosenträger, und schließlich sagte er:
»No, für a Mark fufzg is er zoit gnua...« Der Hausierer redete und jammerte, aber endlich gab er doch nach. Der Bildstöckler ging in die Stube und kam nach einer Weile mit einem
ganz veränderten Gesicht wieder. Er wollte auf einmal durchaus nichts mehr von dem Kauf wissen, und das brachte den
Hausierer fast in Harnisch.

»No, jetz dös is scho guat«, fing er leicht beleidigt an:
»Wenn mir scho handlsoans gwen san, willst aufamoi nimmer...so wos is doch net der Brauch unter ehrliche Leut...!«
Nicht ließ er locker. So was – erst fest zu- und jetzt absa-
gen – das bringe dem Häusler kein Glück nicht, meinte er
bettelnd, und das wirkte. Freilich nützte der Bildstöckler das
noch so aus, daß er nur mehr eine Mark und dreißig bot.

»In Gotts Nam', daß a Ruah is!« gab sich der Hausierer
nach einigem Herumfeilschen zufrieden: »Aber dös is mei'
letztes Wort jetz, Baur...« Er fixierte dem Bildstöckler sein
Gesicht, und das war sonderbarerweise unsicher.

»Host eppa net sovui Geld, Baur?« fragte er leicht verdutzt
und wollte schon nach seinem Hosenträger greifen, und da
endlich meinte der Häusler recht unbehaglich, »Nana, dös
net, dös net, aber i hob grod koa Kloageld...«

»Wenn's bloß dös is, do is's net gfehlt«, schnappte der Hausierer gleich ein und griff in seine Hosentasche nach dem
Zugbeutel. »Wiavui soll ich dir denn wechseln?...Wos host
denn?« Zögernd zeigte der Bildstöckler einen Fünfzigmarkschein und musterte den redseligen Menschen mißtrauisch.
Der aber achtete nicht weiter drauf und zählte achtundvierzig
Mark und siebzig Pfennig auf das Gangfensterbrett, indem er
fidel weiterredete: »Waar ja noch schöner, wenn i net wechseln kunnt, wo i scho dö ganz Woch rumlaaf... So, zähl's
noch.... Stimmt's, ja?« Genau und umständlich zählte der
Bildstöckler das Geld, und erst jetzt gab er dem Hausierer
den Schein. Nach einigen lustigen Freundlichkeiten wandte
sich der zum Gehen. Der Tyras schlug wieder heftig an. Bild-

stöckler und Thekla hörten hinter der zugeriegelten Tür das plappernde Zureden des Hausierers, lugten kurz durchs niedere Gangfenster und sahen, wie er im nebelverhängten Allkirchner Holz verschwand.

Etliche Tage darauf, in der stockdunklen Nacht, bellte der Hund auf. Ein wilder Wind trieb draußen, peitschender Regen mischte sich drein, die laubleeren Bäume im Obstgarten ächzten, die Dachschindeln flogen, und die Fensterscheiben zitterten leicht. Das Bellen riß ab und setzte wieder ein. Der Bildstöckler wachte auf, stieg aus dem Bett und spähte durchs Fenster. Aber es war schon wieder still. Am andern Tag, als die Thekla ihm die volle Schüssel hinstellte, hatte der Tyras ganz ausgeglommene Augen. Traurig stand er da, schlotterte wie frierend, auf seiner Rückenmitte standen die Haare spitz in die Höhe, und er fraß nichts.

»No, no, Tyrasl, wos is denn? ... Do, do!« ermunterte die Dirn den Hund und schob ihm die dampfende Schüssel näher hin, aber er starrte sie nur an.

»No, nachher loßt es bleibn«, schimpfte die Dirn gutmütig: »Werst scho fressn, wennst Hunger kriagst!« und ging wieder ins Haus zurück. Nach einer Weile hörten sie und der Bildstöckler ein abgehacktes, gottesjämmerliches Bellen, das schon fast wie ein schmerzhaft-hilfloses Brüllen klang. Als sie nachschauten, streckte sich der Hund auf dem nassen Boden, fing auf einmal an, sich wie rasend zu wälzen, fletschte seine Zähne, und der Schaum trat auf seine zitternden Lefzen. Er wimmerte und brach wieder in ein klagendes Bellen aus.

Der Sattler Windseder, der gegen Mittag auf die Stör gekommen war und hinten im Stall die Pferdegeschirre ausbesserte, kam vor die Tür. Der sich wild wälzende Hund hatte sich in der Kette verwickelt und reckte zuckend die Beine. Sein Bauch war schrecklich aufgebläht. Heiser hustete er ein paarmal, und es war, als wollte er etwas aus sich herausbrechen, aber es kam nichts aus ihm. Als der Windseder auf ihn zuwollte, fletschte er wieder die Zähne, schlug noch mehr um sich, bellte lang hingezogen, wieder lief ein zitterndes Zucken über ihn, dann streckte und reckte er sich und blieb starr liegen. Der Bildstöckler und die Thekla waren von der Tenne heruntergekommen. Baff schauten sie mit dem Sattler das tote Vieh an.

»Hmhm, jetz so was«, brummte der Sattler Windseder: »Dem muaß oaner wos Unrechts geben hobn... Den hot oaner vergift'...« Die Thekla beugte sich nieder und streichelte über das kalte Fell des Hundes: »Armer Tyras! Armer Hund...! Maustot is er, maustot...«

»Hm«, überlegte der Bildstöckler mißtrauisch: »Wer konn mir denn jetz dös o'to hobn... A so a Lumperei, a so a schlechte...« Scharf dachte er nach, während der Sattler den toten Hund abgriff und meinte, das schaue ganz so her, als wie wenn es dem Vieh den Magen zersprengt hätte.

»Paßts auf, daß i recht hob«, schloß er, sich aufrichtend: »Den untersuch' i heunt auf d' Nocht...« Er hatte ja sowieso noch den ganzen anderen Tag zu tun und blieb beim Häusler über Nacht. Der Bildstöckler aber hörte kaum hin, ihn beschäftigte ganz was andres.

»Vom Hundumbringa alloa hot oaner doch nix«, kalkulierte er: »Der Lump hot doch wos anders im Sinn damit ghabt...«

»Jaja, i glaab, do hoaßt's aufpassn«, stimmte ihm der Windseder zu. »Es treibt si jetz lauter so landfremds Gsindl rum...« Der Verdacht versteifte sich noch mehr, als er nach Feierabend den toten Hund ausnahm und aus dem geplatzten Magen Reste von einer Wursthaut und einen aufgequollenen Schwamm zum Vorschein brachte.

»Do, wos i denkt hob«, erklärte er fachgerecht: »D' Wurst frißt er, und der Schwamm geht auf im Mogn drinna, aus is's...«

Der Bildstöckler lud seinen alten Armeekarabiner, blieb in den darauffolgenden Nächten meistens sehr lang auf und ging öfter in der stockigen Finsternis ums Haus herum. Auch die Thekla schreckte öfter aus dem Schlaf und griff nach dem

Hammer, den sie sich hingelegt hatte. Angestrengt horchte sie, indessen – weit und breit blieb es still. Nichts Verdächtiges zeigte sich. Aber der Bildstöckler ließ sich von seinem Argwohn nicht abbringen. Von jetzt ab schickte er die Thekla allein zum Hochamt nach Allkirchen. Er blieb daheim in der Stube hocken, das Gebetbuch vor sich und das Gewehr daneben.

So vergingen etliche Wochen. Das bitterkalte Winterwetter setzte ein, dick fiel der Schnee herab und stieg bis zu den Stubenfenstern hinauf. Der Windseder, der versprochen hatte, einen anderen scharfen Wachhund aufzutreiben, kam nicht. Es tauchte auch sonst kein Bekannter oder irgendein einschichtiger Bettler in Bildstöckl auf. Dirn und Häusler wurden wieder ruhiger. Ein Tag verlief wie der andere. Schon am allerfrühesten Nachmittag fing es an, dunkel zu werden. Soviel Petroleum brauchte der Bildstöckler, der sich in seinem Geiz immer noch das Elektrische nicht einrichten hatte lassen, daß er jetzt doch ernsthaft überlegte, ob's mit einer solchen Neuerung nicht doch besser und billiger wäre. –

In einer rabenschwarzen Nacht zwischen Weihnachten und Neujahr klopfte es sehr oft und sehr dringlich an die hintere Haustüre. Bauer und Thekla wachten fast gleichzeitig auf und streckten den Kopf zum Fenster hinaus. Der Bildstöckler war schnell in die Hosen geschloffen, hatte seinen Karabiner in der Hand und fragte abweisend barsch: »Wos gibt's denn? Wer is do? ... Obacht, i schiaß!« Aber von drunten herauf kam ein elendigliches Wimmern und Bitten, und als die zwei Aufgewachten sich etwas an die Finsternis gewöhnt hatten, bemerkten sie zwei Gestalten, ein Weibsbild und ein Mannsbild.

»Um Gotteshimmelwillen, Leut, machts auf! Ums Herz Jesu willen, habts a Barmherzigkeit, Baur! Mei' Oite konn jedn Augenblick ihr Kind verliern! Machts auf, i bitt enk gor schö...!« flehte der fremde Mann herauf, und sein Weib weinte und jammerte wie in der letzten Stund'. Die Thekla warf ihren dickwollenen, roten Unterrock über und schlüpfte in ihren Spenzer, der Bildstöckler kam in die Kuchl und zündete das Petroleumlicht an. Er riß die Tür auf, der hohe Schnee fiel herein, und ein großmächtiger, bärtiger, hagerer Mann half seinem nudeldicken, hochschwangeren Weib in die Kuchl treten. Die Thekla stand hilfsbereit da.

»Mir san arme Leut' ohne a Hoamat... Gleich, gleich konn's losgehn, Baur! Um Himmels willn spann ei', sei so guat... Mir müassn d' Hebamm vo Allkirchen kriagn... Mei' arms Weib geht ma sunst z'grund!« bettelte der fremde Mensch und rang die Hände ganz verzweifelt. Sein Weib kauerte auf dem blanken Boden und wand sich in den ersten Wehen.

»Mir hobn gmoant, mir komma noch bis auf Allkirchen, aber es geht nimmer!« jammerte der Mann und fing noch mehr zu drängen an: »Geh! Geh weita! Gehng ma an Stoi 'num... I hilf dir gern... I bitt di gor schö! Unser Herrgott werd's dir vergeltn... Geh weita, i hilf dir beim Ei'spanna...« Als er und der Bildstöckler endlich aus der Türe und über den dunklen Gang gingen, wimmerte die Schwangere noch furchtbarer. Sie schrie schon, preßte die Hände ineinander und schlotterte so, daß ihre klappernden Zähne zu hören waren.

»Spann ei', Baur, spann nur ei'! I mach' ihrer derweil an warma Kaffee«, rief die Thekla den zwei Männern nach und machte sich am Herd zu schaffen. Dumpf fiel die Stalltüre zu. Draußen rührte sich das aufgeschreckte Roß und prustete, die Kühe murrten kurz, etliche Hennen gackerten dünn auf. Die Schwangere am Boden weinte schmerzwild.

»Glei, glei...!« tröstete sie die Thekla und versuchte in aller Schnelligkeit ein Feuer anzumachen. Grad reckte sie sich wieder in die Höhe und griff nach der rußverkrusteten Kaffeekanne, da hörte sie einen sonderbaren Klatscher aus dem Stall und gleich darauf einen unterdrückten Schrei. Sie warf einen geschwinden Blick auf die Schwangere am Boden – und in einem Augenaufschlag wich alles Blut aus ihrem gesunden Gesicht. Das Weibsbild war auf einmal aufgesprungen, hatte sich die Bluse heruntergerissen, ein dicker Lumpenballen fiel auf den Boden, und jetzt – war die Hochschwangere plötzlich mager, riß den Rock herunter und war ein Mann, der ein gezogenes Stilett zum Stoß ansetzte. Blitzschnell aber faßte sich die Thekla und warf ihm mit einem jähen Schrei die volle Kaffeekanne an den Kopf. Das Messer fiel ihm aus der Hand. Er fuhr sich mit den Händen ins Gesicht, aber eh' er sich fassen konnte, hatte die Thekla den eisernen Schürhaken erwischt und schlug wie eine Furie auf ihn ein, daß er plärrend hinfiel.

»Baur! Baur!« brüllte die Dirn, hörte aber keine Antwort, schrie noch mal kurz auf und rannte, so wie sie war, aus dem Haus, durchs hochverschneite Allkirchner Holz und kam lang nachher schweißdampfend beim Mesner im Pfarrdorf an. Vor lauter Schnaufen und Weinen konnte sie kaum noch was sagen und nur: »Helfts, der Baur is umbrocht...« herausbringen. Der Mesner, sein riesenlanger Sohn, der Vestl, und die Mesnerin schrien es in den Nachbarhäusern herum. Das ganze Dorf wurde rebellisch, und auf dem Wirtsschlitten ging's in jagendem Galopp nach Bildstöckl. Aber es war zu spät. In der Kuchl fanden sie die zurückgelassenen Weiberkleider und Lumpenballen, im Stall vor dem Roßstand lag der Bildstöckler in einer Blutlache. Sein Kopf war gespalten, das Hirn herausgequollen. Kalt und starr war er schon.

In der Stube und in allen Kammern war alles durcheinandergewühlt und herausgerissen. Die Mörder waren weg. Die Spuren führten rechter Hand auf die Heimhauser Straße. Aber es schneite dick und unausgesetzt. In Heimhausen hatten sie nichts weiter gesehen und gehört. So lang die aufgeregten Leute auch in derselbigen Blutnacht herumsuchten, die Lumpen erwischten sie nicht. Der Postwirt telefonierte später die Edersdorfer Gendarmerie an. Die verhaftete nach ungefähr einer Woche zwei Burschen, die beim Lechlwirt in Berbing ihre Zeche mit einem Fünfzigmarkschein bezahlten

199

und über Nacht bleiben wollten, obgleich sie gar nicht nach Geldhaben ausschauten. Einer davon hatte sein Gesicht und den Kopf noch verpflastert. Den erkannte die Thekla auf der Gendarmenie als die »Schwangere«. Nach eingehenden Verhören gestanden sie, daß ihnen ihr Komplize, der Hausierer Oberlochner, Bildstöckl avisiert und gegen die Hälfte der Beute den Tyras beiseite geschafft hatte. Fast an die zweihundert Friedensgoldstücke und noch bare vierzehntausend Mark heutiges Geld hatten die Lumpen erwischt.

»Seit derer Zeit hob i mit koan Menschen mehr a Mitleid«, sagte die Thekla, die nach der grausigen Tat in Bildstöckl bei uns Dirn wurde, und immer, wenn sie drauf zu sprechen kam, schüttelte sie nachdenklich den Kopf und meinte: »Hmhm, ha, der Bildstöckler? ... Wos hot's eahm jetz gholfa, daß er ewig so notig to hot, daß ma eahm am liabern wos geschenkt hätt'? ... Dö Lumpn hobn sei' Geld grocha...«

Doktor Joseph Leiberer
seligen Angedenkens

Vor etlichen Tagen hat mir mein langjähriger Freund, der Postwirt Stiesinger von Rappoldsberg, wieder einmal geschrieben. Eigentlich wollte er bloß Auskunft über eine notarielle Angelegenheit, die ich seinerzeit für ihn besorgt habe. Zum Schluß aber kam er auf den verstorbenen Doktor Joseph Leiberer, unseren gemeinsamen Tarock- und Stammtischkameraden, zu sprechen und hat damit wieder alle Erinnerungen an die damalige Zeit und hauptsächlich an diesen wunderbaren Mann in mir aufgerührt.

»Erinnerst du dich noch, lieber Oskar, jetzt sind's schon wieder zehn Jahre her, seitdem der Leiberer tot ist. Selig hab ihn Gott, aber ewig schad' ist's um ihn, und wenn ich zurückdenk' an ihn, das ist schon was sehr Schönes gewesen, wenn wir beieinandergehockt sind. Neulich war der Jahrtag für ihn. Da haben sich die Alten wieder alle getroffen, und jeder hat was gewußt über den Doktor«, hat es in dem Brief vom Stiesinger geheißen.

Ja, ich erinnere mich wieder. Mein Gott, der gute Doktor! Ich sehe ihn heute noch in der Ofennische sitzen, die ewig qualmende Tabakspfeife im Mundeck, breit und gemütlich in den Tisch gepflanzt, den massigen Kopf tief zwischen den mächtigen Hügeln seiner Schultern, einen zerzausten Seehundsbart über die wulstigen Lippen herabhängend, die grauen, unverblüffbaren Augen halb offen, drüber die dichten Brauen und eine fast viereckige, vielfaltige Stirne.

Und ich höre ihn noch wie heute, wenn beispielsweise der Apotheker Greindl wieder nicht aufhören will, mit seiner Fistelstimme über die verdrehte Welt zu schimpfen, oder wenn der Bader Neuchl in einem fort über die Schlechtigkeit der Weiber zetert – ich höre den guten Doktor Leiberer, wie er lang gedehnt, fast ein wenig schläfrig ungeduldig anhebt: »Meine Herrn!« und dabei das Wort »Meine« so seltsam betont. –

Das war meistens, wenn kein Tarock zusammenging oder wenn man sich schon so langsam überlegte, wie es mit dem Heimgehen wäre. Die Karten lagen da. Ausgespielt war. Draußen sauste und schnaubte unausgesetzt der Schneewind. Die Fenster zitterten ab und zu leise. Die Luft um uns herum war zum Schneiden. Jeder paffte auf Hautsdrein.

Da möcht' ich doch einmal wissen, was es für einen größeren Genuß geben kann, als so mollig und warm in einer Winternacht um einen heimeligen Wirtsstubenofen zu hocken. Besonclers, wenn man schon halb im Begriff ist, sich zu erheben und auf den Heimweg zu machen. Wie das so zwischen Zögern und endlichem Entschluß wunderbar wechselt, wie man da wartet, ob nicht der Nebenmann zuerst aufstehen will und immer wieder sitzen bleibt. Draußen der widerwärtige Winterwind! Dich überrieselt es eine Sekunde lang kalt, dann aber wird dir die Wärme so vom Rücken herauf erst recht gewiß. Du fühlst dich geborgen wie nie, fast wie eingewickelt in eine wohltuende Watte. Wirklich – gegen so eine Behaglichkeit sind die Schätze Indiens, die Pracht des Paradieses und weiß Gott was noch alles wahrhaftig nichts, gar nichts.

Der selige Doktor Leiberer hat einmal bei einer solchen Gelegenheit gesagt: »Meine Herrn, jetzt ist's wie in der Früh', wenn ich aufwach'... Vom Schlaf hat man gar nichts. Der ist bloß saudumm. Du machst die Augen zu und bist weg! – Aber wenn man aufwacht oder vielmehr vom Aufwachen bis zu dem Augenblick, wo man wirklich aus dem Bett steigen will, *das* ist die eigentliche Wohltat... So was Wunderbares ist schon fast wert, daß man lebt! ... Aber bei den Menschen ist's schon so: Sie werkeln herum und machen sich weiß der Teufel was vor, und das Beste kennen sie nicht, weil sie keine Geduld haben, die Rindviecher! ... So was Stieselhaftes! Man möcht' es nicht für möglich halten!«

Und wenn er so ins Betrachten gekommen war, hat er jedesmal zum Schluß gesagt: »Herrgott, und was sind wir denn zu guter Letzt? ... Ein Haufen Dreck, sonst nichts!«

Das war eigentümlich an ihm. Er hat immer beim Leben angefangen und beim Tod aufgehört. Ewig hat er an dieses Aufhören gedacht. Seltsam! Und war doch ein so lebenslustiger Mensch, ein Kerl voller Fidelität!

Herrgott, und wie hat er erzählen können! Oft und oft hab' ich ihm gesagt: »Mensch, Doktor! Schreib doch die Geschichten auf! Schreib sie so hin, wie du sie jetzt erzählt hast, das ist besser als tausend so spinnerte Romane!« Aber er hat stets dabei lachen müssen und den Kopf geschüttelt. »Nein – nein, Oskarl, dös loß i dir! Es is zuviel Konkurrenz do!« Gut also, so erzähle ich für ihn.

Haß

»Haß und Hader hab' ich viel auf der Welt gesehen«, fing er einmal an, weil sich's grad so gab: »Aber so einen Haß, wie Anno sechzehn einmal auf dem Münchner Hauptbahnhof, *den* hab' ich nimmer erlebt.«

Er legte sich mehr in den Tisch und blies die dicke Rauchwolke weg: »Das war so im September neunzehnhundertsechzehn. Im Westen haben sie massenhaft Truppen gebraucht. Alles, was stehen und gehen hat können, hat an die Front müssen. Ich bin damals freiwillig als Arzt eingerückt und hab' mit so einem Truppenteil mitmüssen. Auf dem Bahnhof war ein Mordswirbel. Wo du hingeschaut hast, allweil die gleichen

Bilder, die gleichen Auftritte. Das Heulen und Jammern der Angehörigen, das Trösten der Krieger – kurzum, wie es halt da so zugeht.

Endlich schreit's: ›Einsteigen! Fertig! Einsteigen!‹

Jetzt wird's noch wilder. Man umarmt sich noch einmal, drückt sich zum letztenmal die Hand, die Soldaten reißen sich los, steigen ein, bleiben an den offenen Coupéfenstern stehen, lachen, winken und reden noch dies und das.

Bloß einer steht noch heraußen bei seinem Weib und redet und tröstet. Ein hagerer, baumlanger Mensch mit einem gutmütigen Bartgesicht. Er schaut wehleidig auf seine viel kleinere Alte und – so scheint's – er kann sich gar nicht mehr helfen, weil das Weiberts so heult und gaustert. Ganz steif ist er dagestanden und hat sie ab und zu gestreichelt.

›Christian! Christian! Mei' Chrischtl!‹ hat die Frau ewig geplärrt und nicht mehr losgelassen: ›Chrischtl, mei' arma Chrischtl!‹

Und er sagt in einer Tour: ›Jaja, Fanny! Fanny, reg di doch net so auf! Es muaß ja jeda furt! Sei stad, Fanny! I kimm scho wieda! Sei nur stad, Fanny!‹

Da kommt der Feldwebel noch einmal dahergestürzt und schreit barsch: ›Einsteigen! Himmelherrgottsakrament! Einsteigen! Marsch!‹ Der Christian reißt sich endlich los und rennt auf die Plattform vom Eisenbahnwagen. Seine Alte fährt zusammen, wirft die Arme und schreit noch ärger: ›Chrischtl! Mei' Chrischtl!‹ Es ist schon fast widerwärtig. Der Zug macht einen Ruck und fährt langsam an. Alle winken und laufen ein Stück nach, ›Chri-i-ischtl! Chri-i-ischtl, mei' Chri-i-ischtl!‹ plärrt die Frau wie besessen und rennt dem Zug auch noch nach. So fürchterlich hat sie immerfort geschrien, daß direkt alle erschrocken sind. Außer Rand und Band war sie. Ich hab' schon gemeint: Jetzt lauft sie und wirft sich unter die Räder.

Und da – wie er nun endlich sieht, der Zug saust, Einhalten gibt's keins mehr, da reckt sich der Christian und schreit wie von einem Ekel gepackt: ›Ja, Fanny! Ja! – Schrei nur zua! Jetzt konn i dir's ja sogn: Froh bin i, daß i furtkimm vo dir, du Mistfetzn! Jetzt hot's a End mit üns! I kimm nimma!‹

Sein Weib ist starr stehngeblieben, ist blaß geworden, und weil sie geschwankt hat, hat sie einer auf dem Bahnsteig aufgefangen. Alles hat auf den Christian geglotzt, aber der Zug war schon weg. Der und der machte sich an den Christian heran, aber es war nichts mit ihm anzufangen. Auf der ganzen Fahrt war er einsilbig und mürrisch. Man hat ihn schließlich gehen lassen.

Einen Monat später – ich hab' vollauf zu tun gehabt in einem Kriegslazarett – ist mir ein Mann unter die Finger gekommen mit drei schweren Rückenschüssen.

Er hat ein steinhartes Gesicht gemacht, ganz ruhig und schweigsam ist er gewesen.

›Wollen Sie nicht an Ihre Frau schreiben – oder an Ihre Angehörigen?‹ fragt ihn die Schwester. Das hat ja meistens soviel geheißen wie: Es hilft nichts mehr. Ich stehe dabei und schau' den Mann an. Unrettbar, sag' ich mir. Ich schau' noch mal auf den Menschen. Es ist der Christian. Keine Wimper hat er gerührt, stockstumm ist er geblieben.

›Ich schreib' schon‹, hat die Schwester gesagt. Aber der Christian hat bloß sein Gesicht finster verzogen und ganz leicht den Kopf hin und her geschüttelt: ›Nana, nix schreibn! Gor nix!‹ Und hat in die Luft gestarrt.

Zwei Tage darauf war es aus mit ihm. Ich habe ihn sterben sehen. Nicht einen Laut, keinen Stöhner hat man gehört. ›Gott sei Dank!‹ sagte er, und weg war er.

Herrgott, mein Lieber, da ist's mir wirklich kalt über den Buckel hinabgelaufen...«

Jeder Feigling ist ein Teufel

Er würd' grad nicht bös' sein, der Leiberer, wenn er diese Geschichte von sich hier lesen würde. Sie hat ja zu damaliger Zeit ganz Rappoldsberg aufgeregt und hat auch in der Zeitung gestanden, aber niemand hat sich's genau erklären können. *Wir* schon, wir vom Stammtisch »Die mistigen Brüder«, denn uns hat der Doktor selig alles geschildert.

Vierzehn Jahre ist der Leiberer Krankenhausarzt in Trosteldorf, gutding drei Stunden weit weg von Rappoldsberg, gewesen.

»Da hat man einmal den Rocher-Peter von Rappoldsberg eingeliefert«, erzählte er und fuhr fort: »Er hat eigentlich bloß eine starke Influenza gehabt... Ich sag' auch zum Rocher: ›No, so arg ist das nicht. Das hätt' der Peter daheim auch auskurieren können... Warum bringst'n denn daher?‹ Aber der alte Bauer hat den Kopf etliche Male herumgewackelt und gesagt: ›Herr Dokta, er gfoit mir aa nimma do drobn... Er muaß nimma recht an Hirn sei...‹

›So‹, sag' ich. ›Ja, nacha ist's was anders‹ und laß also den Peter da. Gut, ich untersuch' ihn. Influenza ist's, weiter nichts. Der Bursch war bloß heiligmäßig schüchtern und zerfahren.

›No, Peter‹, sag' ich nach der Untersuchung zu ihm: ›Die Sach' ist gar nicht arg... Da legst dich jetzt amal a Wochn schön warm ins Bett bei uns, nachher bist gesund.‹

Der Kerl kriegt unruhige Augen, lacht sonderbar und fragt auf einmal zweiflerisch: ›So, so... So, nacha muaß i ma nix o'toa, Herr Dokta? Nacha brauch' i it sterbn? ... So – ha – soso, nacha kimm i no zu mein' Sach'...?‹

Aha, denk' ich, der alte Rocher hat also doch recht gesehen, der Bursch spinnt, und frag' ganz ruhig: ›Sterbn, Peter? Ah, woher denn? ... Du kimmst schon zu dei'm Sach'...‹ Da wird der Peter lebendig und fragt schneller: ›So – ha – soso, wirkli... Du moanst, daß i d' Gretl kriag?‹

›Die Gretl? ... Ja, wer ist denn dös?‹ will ich wissen, aber da ist's schon wieder rum mit der Zutraulichkeit des Burschen. Gleich wird er wieder mißtrauisch. Er fängt wieder zu grinsen an und schüttelt in einem fort den Kopf.

›Nana, nana!‹ sagt er. ›Nana, He-herr Dokta, i kenn di scho... Nana, du bischt aa it stad... I sog nix, nana! I hob's scho gsehng, wiast mit mein' Vodan dischpatiert host... Nana, mi kriagts ös oisam net dro!... I spann's scho!‹

Mein Herumfragen hat mir nichts geholfen. Ich hab' den Kerl derber angeredet und ihn ins Bett geschickt. Am andern Tag bin ich zum Rocher 'nübergefahren und hab' mir die ganze Sache erzählen lassen. Der alte Bauer – er wird so an die Sechzig gewesen sein – ist aber lang nicht mit der Sprache herausgerückt, endlich hat er mir's gestanden. Er war steif und fest dabei, seine Dirn Gretl, ein volles, kerngesundes Weibsbild in den Dreißigern, zu heiraten. Auf die aber hat's auch der Peter abgesehen gehabt. ›Aba sie wui eahm gor nix... Und i bin jetzt schier zwanzig Johr Wittiba, Herr Dokta, i möcht' aa arnoi mei' Ordnung an Haus... Und – und d' Gretl is a richtigs Leitl‹, hat der Rocher mich aufgeklärt.

Der Dickschädel von einem Peter – er mag vielleicht fünfundzwanzig Jahre alt gewesen sein – aber hat nicht nachgegeben. Raufereien zwischen dem Alten und dem Jungen sind vorgekommen, und einmal sogar eine zwischen der Gretl und dem Peter. Der Bursch ist ein magerer Mensch ohne Saft und Kraft gewesen und ewig unterlegen. Da wollt' er das Haus anzünden und hat gedroht, er tut sich was an, er bringt sich um. Einer muß hin werden, er oder der Vater oder alle zusammen.

Der Rocher ist trübselig geworden, und geklagt hat er mir wie ein altes Weib. Sagt er zu mir: ›Und nacha is er krank wordn, und jetzt moant er, mir hobn an vergift', i und d' Gretl... A so geht's doch nimma weita, Herr Dokta!‹

Ich hab' mir genug gehört gehabt und bin nach Trosteldorf zurück.

Am andern Tag hab' ich mit dem Peter ernsthaft geredet. Er ist zeitweise zutraulicher geworden. Ich hab' zu ihm gesagt, sein Vater lebt ja so nimmer lang, er soll sich kein graues Haar drüber wachsen lassen, und ob er denn kein anderes Mädl weiß. Auf einmal ist der Bursch wieder mißtrauisch geworden.

›Ha – ha – aha – ha – ha, aha, aha! Bischt drent gwen bei mein' Vodan, Herr Dokta, aha!‹ hat er angefangen: ›Aha, i hör' die Gschicht scho... Nana, i sog nix mehr! I mog it.‹ Ich hab' es mit dem Schimpfen versucht. Es hat nichts geholfen. Der Bursch ist einfach dagestanden und hat dumm gegrinst.

›Peter!? ... Herrgott! Peter!‹ fang ich wiederum an. Er schaut mich an, er wird unsicher, er schwankt ein wenig und fängt auf einmal zu weinen an. Zu weinen, aber schon so, daß einen grausen hat können.

›Na-na-nacha muaß i hoit doch sterbn, He-he-herr Dokta! Na-nacha huift oiß nix mehr!‹ jammert er ganz zerstoßen.

Ein Bauernkerl und so feinnervig, denk' ich und mach' mir so meine Gedanken über das Geschwätz der studierten Herrschaften, die immer von der Ursprünglichkeit und weiß Gott was dahersalbadern, wenn's um die Landleute geht.

›Sterbn, Peter! Dös gibt's net! Dumms Zeug, dumms!‹ will ich schimpfen und fang' vom Herrgott an und heiße den Burschen einen Feigling. Wegen einem Weibsbild sterben, mein' ich, das sei ein Unfug.

Der Peter ändert sich nicht. Er wird ein paar Tage kränker. Schließlich aber ist er doch wieder gesund geworden. Ganz mannhaft hat er das Krankenhaus verlassen. Der alte Rocher ist selber dagewesen und hat ihn abgeholt. Alles war gut.

Es sind zwei Jahre vergangen. Grad da, wie ich von Trosteldorf gehen hab' wollen, ist der Peter wieder eingeliefert worden. Er hat sich einen Finger abgehackt gehabt, hat nicht aufgepaßt, es ist Blutvergiftung dazugekommen.

Ich hab' eigentlich die ganze Sache mit dem alten Rocher und seiner Heiratsabsicht schon vergessen gehabt. Es war auch nicht darnach, als wenn zwischen Altem und Jungem was gespannter geworden wäre inzwischen.

Der Peter ist wirklich elendiglich dran gewesen. Lang hab' ich überlegt, ob man nicht den Unterarm abnehmen soll. Er ist aber wieder geworden. Er hat sich tapfer gehalten. Kaum aber ist's ans Gesundwerden gegangen, da fängt er auf einmal wieder zu spinnen an.

Das ist mir denn doch zu dumm worden. Der Rocher hat die Sache eigentlich ganz feinspinnig angefaßt gehabt. Er hat die Gretl zu ihren Leuten über der Isar drüben heimgeschickt, seinerzeit, wie der Peter aus dem Krankenhaus gekommen ist. Er ist bloß hie und da hinüber, und inzwischen hat er ewig probiert, den Peter an eine Bauernstochter zu verheiraten. Freilich, geworden ist's nie was.

Also gut, der Peter ist wieder halbwegs gesund und geht im Krankenhaus herum. Ich treff' ihn öfters. Er sagt nichts, er schaut dumm drein, er macht einen ruhigen Eindruck. Ich red' leger mit ihm, er brümmelt irgendwas und lacht saudumm.

Einmal wieder sag' ich: ›Na, Peter, jetzt geht's bald wieder heim... Gsund san ma!‹

Da hat er unruhige Augen gekriegt.

›No, wos is denn, Peter?‹ frag' ich. Er schaut noch trübseliger drein.

›Peter?... Red doch... Geht's schlechta?‹ frag' ich.

›Na, na, dös net, Herr Dokta‹, sagt er weinerlich: ›Aba jetz hot er d' Gretl doch wieda dahoam ghabt, mei Vodan... Er hintergeht mi ja doch!‹

›Himmelherrgott, damischer Kerl, damischer!‹ fang' ich zu schimpfen an: ›Wos is denn jetzt dös!... Dei' Vodan hat doch d' Gretl wegto... Phantasier net oiwei so saudumm daher!‹

Der Peter hat seinen Kopf ein weilig vorgestreckt und mich angeglotzt wie ein dummer Fisch.

›Schaug net so dumm!‹ fahr' ich ihn an.

Er grinst und sagt ganz trocken: ›Nacha tua i mir hoit an

Tod o! Nacha hat er's, mei' Vodan... I schreib' scho an Zettl, daß i's bloß wega eahm to hob...‹

Es mag sein, daß ich an dem Tag aufgeregt und müd' war. Weiß der Teufel, ich bin noch ärgerlicher geworden. Und überhaupt, hab' ich gedacht, wer schon so lang vom Umbringen daherredet, der tut's nicht. Kurz und gut, ich hab' den Peter recht zusammengeschimpft.

›Du bringst dich schon net um, du damischer Kerl, du damischer! Du hast ja doch d' Schneid net dazua... Recht durchhaun sollt man dich!‹ erinnere ich mich, daß ich dabei gesagt hab'. Nachdem ich mich richtig ausgeschimpft gehabt hab', hab' ich den Peter stehenlassen.

Die Krankenschwester hat mir einmal erzählt, der Peter hätt' gesagt, wie ich mit der Visit' fertig war: ›Wart nur, dem Herrn, dem zoag i's scho no! ... Der kriagt no an Denkzettel vo mir, an den er ewi denkt...‹

Ich hab' mich nicht weiter dran gekehrt. Vierzehn Tage drauf, es mögen auch drei Wochen gewesen sein, bin ich nach Rappoldsberg in mein Häusl gezogen. Der Peter muß schon daheim gewesen sein. Mir sind andere Sachen im Kopf herumgegangen. Was beim Rocher passiert ist, weiß ja jeder. Der Bauer ist einmal zwei Tag weg gewesen. Drüben, bei der Gretl.«

Mir steht es noch deutlich vor Augen, wie der Leiberer jetzt aufschnaufte. Er schaute finster drein. Er nahm seinen Stammkrug und tat einen tiefen Zug.

»Dös sell hätt' i it gsogt, daß oana, der wo oiwei von Umbringa red't, net Ernst macht damit«, sagte der Stiesinger in die stockende Stille hinein.

Der Doktor selig hat ihn angeschaut, fast feindselig. Nämlich der Rocher-Peter hat sich in seinem Garten, zwischen den dichten Thujen, aufgehängt. An einem Knopf von seinem Gilet hing ein Zettel, drauf stand linkisch geschrieben: »Der Toktor Leiperer isd schult. Had gesagd, ich hap geine schneid nücht Zum umpringen. Mid fleis Peter Rocher«...

Wo alles endlich gerecht wird

Ich hab' dem Leiberer seine »letzte Geschichte« gehört. Das war schon beinah' grausig.

Der Doktor ist schon über vierzehn Tag' gelegen. Öfters haben wir ihn aufgesucht. »Noch einmal tarocken wär' schön«, hat er jedesmal gesagt, aber es ist nicht mehr gegangen. »Ja«, sagt er, »jetzt geht's halt schön langsam dahin... Hilft nichts!«

Der Wirt Stiesinger ist am vorletzten Tag dahergekommen und hat ein elendiges Gesicht gemacht.

Leiberer ist Junggeselle gewesen. Die alte Marie, seine Köchin, hat ihm den Haushalt gemacht. Vor Rappoldsberg, auf einem kleinen Buckel ist sein nettes Häusl gestanden. Gerichtet hat er nie was dran, sein Lebtag nicht. Das größte Interesse hat er an Altertümern gehabt. Alle seine Stuben und Kammern sind voll gewesen davon. Wie in einem Antiquitätenladen.

Wie der Stiesinger die Botschaft gebracht hat, bin ich noch einmal zum Doktor hinaus. Die alte Marie hat mich traurig empfangen. Ich frag' sie, wie's dem Doktor geht. Da fängt sie zu zittern und zu weinen an und führt mich in die obere Kammer zu ihm. Seine Verwandten sind schon dagewesen, zwei ältere Schwestern von ihm und ein jüngerer Bruder mit einem unsympathischen Beamtengesicht, dem seine Frau und der Mann von der einen Schwester, ein dicker, großkopfiger Zigarrenhändler.

Wie mich der Kranke gesehen hat, ist seine Miene besser geworden. Er hat ein wenig gelacht und mich fast brüderlich angeschaut. »Das ist schön, daß ich dich noch seh', Oskar«, sagt er matt, aber schier noch gemütlich: »Setz dich nur gleich her zu mir... Da, da, gleich daher... Es dauert sowieso nimmer lang – die da« – und damit hat er eine leichte Handbewegung auf seine Geschwister zu gemacht – »die warten sowieso schon drauf.«

»Joseph! Aber Joseph!!« haben in dem Augenblick die zwei Schwestern gewimmert. Ich hab' vor Verlegenheit auf den Kranken geschaut und gemerkt, wie dem sein Gesicht auf einmal frischer geworden ist. Es hat boshaft in seinen Mundwinkeln gezuckt.

»Soweit geht's mir ganz gut, aber es ist halt alles aus... Aber siehst du, so einen Tod, den hab' ich mir immer gewünscht... Bis zuletzt wissen, was los ist«, hat jetzt der Doktor wiederum gesagt. Ich wollt' eigentlich auch was reden, hab' aber kein Wort herausgebracht und nur immer den Kopf geschüttelt. Recht trübselig war mir zumut.

»Mensch!« sagt da der Doktor schier spöttisch: »Mannsbild!«... Was schaust denn so?!... Was ist denn das schon? So geht's doch jedem!... Vielleicht zwei, drei Stunden noch, alsdann zieh'n sie mir das Totenhemd an, die schwarze Wichs drüber und legen mich in einen Sarg, aus... Die da wimmern und weinen, und jeder erzählt, was für gute Eigenschaften ich gehabt hab', was ich für ein netter Mensch gewesen bin... Und nachher verteilen sie meine Sachen und raufen sich drum... Der will das, der andere das... Gestritten wird, na ja, wie's eben so zugeht auf der Welt... Marie?... Ist's nicht so?... Sag's selber?« Er hat auf die alte, traurige Köchin geschaut, die grad hereingekommen ist und ganz zermürbt dreingeblickt hat. »Ja, ja, jaja, Herr Dokta«, wimmert sie demütig und wischt sich die Augen aus. Die Geschwister hockten herum, sagten gar nichts und seufzten.

Offen gestanden, ich wär' am liebsten davongelaufen.

»A-ber Joseph! Joseph?... Wer wird denn an so was denken?... Joseph, denk doch an deinen christkatholischen Glauben!... Joseph!« hat endlich die eine Schwester, eine gute Fünfzigerin mit einem verhutzelten Gesicht, gewimmert. Es war fast was Zurechtweisendes in dem Ton.

Und der Bruder hat gemurmelt: »Du stirbst nicht, Joseph.« Wirklich – alle sind sie dagesessen wie geprügelte Hunde.

Der Doktor Leiberer ist noch lebendiger geworden und hat

versucht, sich aufzurichten. Die alte Marie und ich halfen ihm, auch die Geschwister wollten es. Ich hab' meinen Arm um den Rücken des Kranken gelegt und ihn gehalten. Er hat hart und zornig auf seine Verwandten geschaut.

»Glauben?« sagt er scharf: »Glauben? ... Ich kenn' mich da nicht recht aus! ... Was drüben passiert, wird sich schon herausstellen... Mir ist nicht angst davor... Ich geh' in der besten Ordnung aus der Welt. Meine Antiquitäten gehören zur Hälft' euch, alles andere muß der Marie bleiben, basta... Ihr könnt mir bloß einen Gefallen tun. Rauft nicht um jedes Trumm... Ich glaub' euch sogar, daß ihr euch grämt, weil ich sterben muß... Warum auch nicht? Es ist ekelhaft, nicht wahr, sehr ekelhaft, wenn einer so daliegt, der dran erinnert, daß man auch mal so daliegt... Hm, dumm, so was, saudumm... Aber meine lieben guten Leute« – er sagte das so aufdringlich spöttisch, so boshaft, als wenn er mitten im Leben stünd' –, »gell, wenn ich als Lump und Habenichts gestorben wär', das wär' euch doch zuwider gewesen, nicht? Ihr habt es mir zwar euer Lebtag gewünscht, macht nichts, macht gar nichts! ... Aber so scheinheilig sein, das ist nicht schön! – ... Gar nicht schön! ... Ich wenn so an einem Totenbett hocken würd' und könnt noch dazu den Kerl nicht leiden und wüßt', wenn er hin ist, krieg' ich das und das – ich würd' mich, aufrichtig gestanden, ein bißl freuen... Stellt's euch doch vor... So unverhofft was Schönes kriegen!? ... Stellt's euch doch vor!« Er war blaurot vor Anstrengung. Die Schwestern machten immer trübseligere Gesichter und wimmerten fort und fort: »Aber Joseph! Joseph!« Er fing zu husten an. Die alte Marie weinte und betete flüsternd. Wir haben den kranken Mann wieder aufs Kissen niedergelegt. Ich spürte, wie Leiberer meinen Ärmel faßte, und hab' mich zu ihm hingedreht.

»Doktor, wos is denn?« hab' ich gefragt. Er ist dagelegen, hat wieder regelmäßig geschnauft, und ganz traurig sind seine Augen gewesen. Er hat starr zur Decke geschaut, grad so, als wollte er warten auf den endlichen Tod. Bloß sein Atmen hat man gehört, und alsdann – das war, wie wenn's schon sein Geist erzählen würd' – hat er mit einer seltsam leichten Stimme zu erzählen angefangen:

»Mein Gott«, sagt er, »jeder muß ja fort. Keiner bleibt. Das – das hab' ich einmal so haargenau erlebt, daß mir schon beim Drandenken wohl wird... Ja – ja – ja, jeder muß fort, keiner bleibt, gar keiner... Das ist in Rußland gewesen. Wir sind in ein zerschossenes Dorf eingezogen. Da haben die Leute, die noch dageblieben waren, ihren Gutsherrn auf dem Friedhof begraben... Bloß etliche alte Bauern, Weiber, massenhaft polnische Juden und verwahrloste Kinder sind aus dem Gottesacker gekommen, wie wir ankamen... Es ist von jedem erzählt worden, was der Verstorbene für ein unmenschlicher Rohling war... Alles hat ihm gehört, die Menschen, das Schloß, das Dorf, die Wälder und Felder.

›No‹, sag' ich zu einem kleinen Juden, ›jetzt seid ihr aber wohl froh, daß der Hund tot ist, was?‹ Aber der zerwutzelte Mensch hat den Kopf geschüttelt und traurig gesagt: ›Abärrr fui, fui, Panje, fui, fui!... Derrr is tot und in den Grab, abärrr mirrr missen auch stärrben, genau so stärrben!‹«

Der Doktor packte jetzt meinen Arm fester. Seine Augendeckel fielen mehr und mehr zu, er rührte sich kaum noch, und ganz hellstimmig hat er auf einmal herausgehaucht: »Auch ste-e-rben, verstehst du! *Auch* – –« Er schnappte nach Luft. Die alte Marie hat sich über ihn gebeugt. Die Verwandten sind ans Bett. Der Doktor machte noch einmal die Augen zuckend weit auf. Es war schon nichts mehr von Leben in ihnen. Er hat den Kopf gerührt. »Aa-au-auch – auch st-ster –«, plapperte er, und mittendrin ist ihm das Wort abgebrochen. Er war tot. Auf seinem gelben eingefallenen Gesicht war was wie eine klare Ruhe...

So hab' ich keinen mehr aus der Welt gehen sehen. –

Der bestrafte Geizhals

I

Ehemals war das einschichtige, mächtige Bauernwirtshaus Langhamm weiter nichts als ein ansehnlicher Hof mit einer uralten Schank-Gerechtsame darauf und hat dem Peter Werlin selig gehört. Die schöne, breite Staatsstraße, die vorbeiführt und, ziemlich abwärts fallend, nach einer guten halben Stunde in das Pfarrdorf Zehring hineinläuft, war damaligerzeit noch schauderhaft verwahrlost. An die paar Fuhrleute, die manchmal vorüberkarnen, verkaufte der Werlin im Sommer Flaschenbier, aber auch das hatte er die meiste Zeit nicht, denn er blieb sein Lebtag ein Bauer und legte keinen Wert auf so ein nebenherlaufendes Geschäft, das bloß von der Arbeit abhielt. Er stand schon im Siebzigsten, der Werlin, war Wittiber und hatte keine Kinder. Kurz nach dem Ersten Weltkrieg hat er in die Ewigkeit müssen, wahrscheinlich, weil in den damaligen Zeiten kaum noch Dienstboten aufzutreiben waren und überhaupt alles recht unsicher wurde. Er hat seinen zwei Schwestern, die in der Stadt drinnen lebten, seinen Hof vermacht, aber die kümmerten sich nicht weiter darum oder stritten sich vielleicht in einem fort um ihre Erbanteile. Schließlich verkauften sie in der Inflationszeit das heruntergekommene Anwesen an den ungefähr vierzigjährigen Metzger und Gastwirt Otto Bichler aus Gfellersdorf im Niederbayrischen, dem jetzigen Langhammer. Weitum hieß es, er hat das Sach' um einen Pappenstiel bekommen. Der Bichler war ein sehr energischer, umsichtiger Mensch, aber durchaus leutselig und umgänglich. Er war bärenstark und wog selbigerzeit schon weit über zweieinhalb Zentner, und er nahm's den Leuten nicht weiter übel, daß sie ihm alsbald den Spitznamen »der wamperte Ottl« gaben. Ihm kam's vor allem drauf an, schnell allseits beliebt zu werden und die Wirtschaft in die richtige Ordnung zu bringen, was gar nicht lang herging und ihm überall Respekt einbrachte. Schon ein Jahr nachdem er in Langhamm eingezogen war, heiratete er die schwerreiche Bauernstochter Amalie Loringer von Weidling.

»Zum Geldhaufa is noch a größerer dazuakemma«, sagten die Leute, doch das war ein Vorteil und Segen für die Bauern. Jetzt legte der Ottl einen schönen, schattigen Biergarten mit einer guten Kegelbahn an und baute seine Metzgerei fachgemäß aus. Da brauchte kein Bauer mehr seine ausgemolkene Menzkuh, seine Mastsäue und das sonstige Schlachtvieh auf gut Glück drei Stunden weit zum Markt nach Bolwang bringen. Der neue Langhammer kaufte jedes Stück, holte es selber ab, zahlte stets bar und sofort, wenn auch knapp, recht knapp. Das hinwiederum führte dazu, daß die Bauern von da ab – weil ja immer eine Hand die andere wäscht – an den Sonn- und Feiertagen in seine Wirtschaft kamen, schon deswegen, weil das Bier dort gepflegt, das Essen gut und billig war und die Kegelbahn eine schöne Unterhaltung abgab. Der Gumpenwirt in Zehring drunten konnte da nicht mithalten und kam schnell ins Hintertreffen. Nicht zum Wundernehmen also, daß er seinen Konkurrenten bitter anfeindete und bloß mehr drauf aus war, die Langhammerleute herabzusetzen und ihnen zu schaden. Dem Ottl und der Amalie aber konnte er nicht an. Die wußten, was sich gehörte und wie man was geschäftlich anpacken muß, damit der Gumpenwirt leer ausging. Dem sein Herabmindern und schandmäßiges Fluchen halfen ihm gar nichts, im Gegenteil, bloß noch mehr Schaden hatte er davon. Der Ottl und seine Amalie nämlich waren neben allem anderen auch noch fromm, sehr fromm. Bei jeder Messe, bei jedem Hochamt oder Trauergottesdienst knieten sie andächtig in den vordersten Stühlen, für jeden sichtbar. Wenn sonntags der hochwürdige Herr Pfarrer nach der Predigt die Sterbefälle oder kommenden Verehelichungen von der Kanzel herunterlas, hörten sie genau hin. Im Lauf des Nachmittags kamen sie in ihrer blankgewichsten Bauern-Chaise – heute natürlich haben sie längst einen soliden Opel – vors Haus der Leidtragenden oder der zukünftigen Brautleute, um ihr aufrichtiges Beileid oder den üblichen Glückwunsch vorzubringen.

»Jajaja, jetz so was, ha!« jammerten sie und bekamen nicht selten nasse Augen dabei: »Hmhm, so schnell hot er jetzt fortmüassn, dein Hansgirgl, Lippenbäurin, so schnell! ... Wia is denn dös aufamoi so schnell ganga? ... Hmhmhm, so a Unglück, hmhm...« Ganz von selber kam man alsdann aufs Leichenmahl zu sprechen, und die Langhammerischen sagten zum Schluß: »Nana, Lippenbäurin, um dös brauchst du dich net aa noch kümmern... Mir richtn dös scho oiß...« So ein rührendes Bekümmernis zahlte sich jedesmal aus, und ein Geschäft hinten lassen, das gab es beim Ottl und der Amalie nicht. »Bigottisch wie oite Betschwestern, und aufs Geld aus wia der Teifi auf dö arme Seel, so mog iüsl ... Pfui Teifi!« fluchte der Meitler, der Gumpenwirt, und spie wie angeekelt aus. Und, meinte er noch lästerlicher, vor lauter Neid und Geiz und Scheinheiligkeit bringen sie nicht einmal Kinder zusammen, die zwei miserabligen »Ruach«. So niederträchtige Schlechtigkeiten sagte er den Langhammerischen nach, daß ihn diesmal sogar seine Marie, die allerhand Arges von ihm gewohnt war, grob anschrie: »Jetz zwickst aba o, Saukerl, dreckiger, gell!« Da schlug er fluchend die Wirtsstubentür hinter sich zu und rannte etliche Male ums Haus herum, wie er es immer tat, wenn er sich vor lauter giftiger Wut nicht mehr halten konnte.

Wegen dem Ausbleiben des Kindersegens litten der Ottl und die Amalie nicht wenig, und sie sagten es auch bei jeder

Gelegenheit, seitdem die Amalie im vorigen Jahr eine Fehlge-
burt gehabt hatte, bei welcher es ihr fast ans Leben gegangen
wäre. »Mei' Gott, mei' Gott, wos konn ma do macha! Mittn-
drin bet' i oft a poor Vaterunser, daß ünser Herrgott doch
noch amoi gnädi is, aba i bin hoit it gsund...«, jammerte die
Amalie mitunter eine Bäuerin an, und ein demütiges Gesicht
machte sie dabei. Gelübde und Bittgänge machten sie und
der Ottl, kein Geld und kein Doktor verhalf ihnen zum er-
wünschten Glück. Überhaupt, der Meitler hätte gar nicht so
niederträchtig daherzureden brauchen, die Frömmigkeit der
Langhammerischen hatte schon einen echten und ernsthaften
Grund. Auch der Ottl litt seit langer Zeit an seinem Asthma
und an argen Magenverstimmungen. Auch ihm konnte kein
Doktor helfen. Was liegt da näher, als daß sich Leute wie er
und seine Amalie bloß noch dem Allmächtigen im Himmel
droben zuwenden? Das war immer noch das Richtige, das Bil-
ligste und das Beste. Es zeigte sich auch oft, daß es half, wenn
er sich vor lauter Luftschnappen hinlegen mußte und glaubte,
er ersticke jeden Augenblick. Da fing die Amalie an seinem
Bett zu beten an, und nach und nach wurde der Kranke ruhiger, faltete auch die dicken Wurstfinger und lispelte mit. Das
schwere Schnaufen ließ nach, die Magenschmerzen verflüch-
tigten sich langsam.

Im vierten Jahr nach ihrer Verheiratung packte es den Ottl
einmal besonders arg. Das kam hauptsächlich davon, weil er
sich so aufregte. Im selbigen Frühjahr nämlich wurde auf einmal die verlotterte Staatsstraße vollkommen umgebaut, ver-
breitert und spiegelglatt geteert, und, hieß es, der Autobusver-
kehr von München über Zehring bis ins Gebirg hinein werde
eingeführt. Haufenweis' kamen die Arbeiter in die Gegend
und hielten jedesmal Brotzeit und zum Mittagessen Einkehr
in der Langhammerwirtschaft. Außer einem neuen Metzger-
gesellen mußten sie dort auch eine zweite Kellnerin einstel-
len, und der resoluten Amalie wuchs das alles schier über
den Kopf ohne ihren Ottl. Der aber lag elendiglich droben

im Bett, und jeden Tag mußte der Doktor Penzl zu ihm kommen, indessen all seine Spritzen und Tabletten halfen blutwenig.

»Und an dö Köstn, an sei' Rechnung mog i gor net denka«, jammerte der Ottl schier verzweifelt und warf seinen schweißdampfenden Körper hinum und herum im Bett: »Mei' Gott, Amalie, wo soll denn dös noch hinführn, um Gotteshimmelchristi willen!?« Ganz blau lief sein fetter, dicker Kopf an, die kugelrunden Augen drückte es ihm heraus, und er kreischte und rang nach Luft, rein zum Erschrecken.

»Liaba, guata Ottl, reg di bloß net so auf!« redete ihm die Amalie gut zu und plagte sich, die Fassung nicht zu verlieren: »Es werd scho, Ottl, es werd in Gotts Nam' scho wieder besser werdn!« Sie machte ihm einen nassen Umschlag um den Kopf und um die schlotternde, haarige Brust und fing alsdann inständig zu beten an. Der Ottl schaute dabei fort und fort auf das große Holzkreuz, das in der Kammerecke hing, und nach einer Weile keuchte er auch schmerzhaft heraus: »Liaba, guata Himmlvater, steh mir doch bei, helf mir in meiner Not! I bitt di gor schön, allmächtiger Herrgott, loß mi boid gsund werdn! Du siechst doch, daß d' Amalie nimmer firti werd mit der ganzn Arbat!«

Ob das nun der Behandlung vom Doktor Penzl oder dem beharrlichen Anflehen des Himmlischen zuzuschreiben war, läßt sich nicht mit Sicherheit sagen, jedenfalls aber war *eins* unabstreitbar: Nach etlichen Wochen wurde es mit dem Ottl zusehends besser, und wiederum nach vierzehn Tagen konnte er wirklich und wahrhaftig vom Bett aufstehen. Auf das hin stifteten die Amalie und er zwei schöne Altarkerzen für die Zehringer Pfarrkirche, und der hochwürdige Herr Pfarrer Aumüller ließ es sich nicht nehmen, dieses am darauffolgenden Sonntag nach der Predigt von der Kanzel herunter zu verkünden. Selbstredend machte das allseitig den besten Eindruck.

Schnell rappelte sich der Ottl völlig auf und regierte wieder herum. Das war auch notwendig. Schließlich, mit den Dienstboten und Gesellen war die Amalie noch immer schlecht und recht fertiggeworden, hingegen der Verdruß, der jetzt daherkam, dem war auch so eine resolute Weibsperson wie sie nicht mehr gewachsen. Dazu gehörte schon ein Mannsbild wie der wamperte Ottl, der all seine Energie aufwenden mußte. Kurz gesagt nämlich, es wurde von der Zentrale der Überlandbusse in München nach der Fertigstellung der Staatsstraße beschlossen, die Haltestelle für den dorthin laufenden Autobus auf den Zehringer Kirchenplatz, direkt vor die Gumpenwirtschaft, hinzuverlegen.

Das versetzte den wamperten Ottl und seine Amalie buchstäblich in einen fast panischen Schrecken.

»Do zoagt sich wieda, Amalie, wie undankbar d' Leut san!« klagte der Ottl und wurde brandrot im Gesicht: »Jeds Stückl Viech kaaf i dö Baum o, an Schützn- und an Kegelverein, dö wo bei üns verkehrn, hob i was gstift und jetz wieda dö zwoa sündteurn Kerzn für d' Pfarrkirch! ... Nix is derkennt! Net amoi der hochwürdige Herr Pfarrer red't für uns und loßt zua, daß dö landfremde Bagasch aus der Stodt direkt vor der Pfarrkirch aussteigt, womögli jedn Sunnta noch'n Hochamt... Pfui Teifi!« Auf der Stelle ließ er einspannen, und mitten am Werktag fuhren sie und er zum Pfarrer hinunter. Sie redeten und redeten auf den alten geistlichen Herrn hinein, als wär' er an der Festlegung der Haltestelle schuld gewesen.

Alle Register zogen sie auf. Gottselig zerknirscht weinte die Amalie sogar mit der Zeit, und der Ottl fragte in einem fort hinum und herum, ob man ihnen vielleicht als Pfarrkinder, als Gemeindebürger oder geschäftlich auch bloß das Geringste nachsagen könnte?

»Aber, aber, Herr Bichler, wer spricht denn davon?« wehrte der geistliche Herr geduldig ab: »Ich bin doch da vollkommen inkompetent, meine lieben Bichlerleut... Zuständig ist doch da der Herr Bürgermeister Lochmair, und da weiß ich nicht genau, ob der was machen kann... Das Ganze ist doch Angelegenheit des Verkehrsamts in München!«

»Tja, wenn da unser Herrgott koa Einsehng hot, Hochwürdn, nachher woaß i net!« jammerte die Amalie wiederum, und da meinte der Aumüller denn doch, solche weltlichen Sachen sollt' man nicht mit dem Himmlischen in Verbindung bringen. Schließlich gingen die Langhammerischen verdrossen aus dem Pfarrhof. Der Bürgermeister Lochmair machte es viel kürzer und ziemlich kaltschnäuzig.

»Soso, hm«, sagte er und schaute den wamperten Ottl ein wenig spöttisch an: »Jaja, dös sell glaub' i scho, daß dös gschäftli für di net grod guat is, Bichler, aber umbringa werd enk dös net... Ös hobts d' Langhammerwirtschaft so schön hochbrocht, daß jeder Mensch gern einkehrt...« Das machte den Ottl leicht giftig.

»Vo selber is dös net kemma«, warf er hin. »Vo lauter Rackern hobn mir oi zwoa ünser Gsundheit ruiniert...« Schon schnaufte er wieder schwerer.

»Überhaaps, wos braucha mir denn an Autobus? ... Bis jetzt san ma mit der Bahnstation z' Bolwang noch ganz guat auskemma!« knurrte er, doch da zuckte der eiskalte Lochmair bloß die Achsel und meinte: »Noja, dös san hoit dö neuen Zeitn...« Schließlich erinnerte er den Ottl, daß er ja Mitglied des Gemeinderats sei und bei der nächsten Sitzung beantragen könne, daß eine entsprechende Eingabe ans Münchner Verkehrsamt geschrieben wird.

»Guat! Do drauf besteh' i, Bürgermoaster... Und glei morgn oder übermorgn muß dö Sitzung sei!« forderte der Ottl, und der Lochmair nickte und sagte grundgemütlich, daß nichts von seiner Spitzigkeit daraus zu hören war: »Und natürli hoitn mir dö glei bei dir im Nebenzimmer, Langhammer! Is aa wieder a Gschäft für di...«

»Ums Geschäft is mir net, aba um a kloans bißl Gerechtigkeit«, schloß der Ottl gereizt.

Bei der Sitzung drang er auch durch. Die Eingabe wurde durchgesprochen und abgeschickt. In seiner Hitzigkeit und vor allem deswegen, um bloß ja nicht leer auszugehen, fuhr der Ottl sogar noch nach Bolwang hinüber zum Rechtsanwalt Sterneiser und ließ von dem eine eigene Eingabe schreiben, die überaus ausführlich und geharnischt war. Nach ungefähr vier Wochen erhielt sowohl er als auch die Gemeinde den Bescheid vom Verkehrsamt, daß für Langhamm eine sogenannte »Bedarfshaltestelle auf Widerruf« eingeführt werde.

»No, siechst es, dö Herrn hobn ja mit sich handln lossn«, sagte der Bürgermeister Lochmair zum Ottl und spöttelte: »Do host du dir jetz ganz und gor umasunst noch Extraköstn gmacht mit deiner eigna Eingab.« Er wußte, daß das den Ottl ärgerte und freute sich insgeheim. Als der funkelnagelneue Autobus anfangs ein paarmal nicht vor Langhamm anhielt, wurden Ottl und Amalie ganz giftig, und beim nächsten Mal stellte sich der Langhammer in seiner ganzen Feistheit mitten auf die Straße und winkte energisch. Der Autobus hielt, und die schwere Tür öffnete sich mechanisch.

»Einsteigen, bitte!« sagte der Chauffeur, aber der Ottl tat nichts dergleichen und fragte bloß ungut: »Worum hoitn Sie denn bei uns net, ha?«

»Ist doch bloß Bedarfshaltestelle... Steigt doch keiner aus oder ein«, warf der Chauffeur hin, und die Tür klappte zu. Wirklich, fürs erste verschlug es dem Ottl einfach das Wort. Alsdann knirschte er durch die zusammengebissenen Zähne: ›Lumpn, lauter Lumpn sans... Der Bürgermoasta, der Sterneiser und dö vom Verkehrsamt... Lumpn, ganz niederträchtige Saulumpn!‹

Aber er hätte sich durchaus nicht zu ärgern brauchen. Nachdem die Staatsstraße fertig war und das wärmere Wetter einsetzte, kamen haufenweise Autos und Motorradler daher und machten, schon wegen dem schönen Biergarten und der Aussicht, in Langhamm halt. Bald stiegen auch aus dem täglichen Autobus allerhand Gäste und kehrten ein. Essen und Trinken waren gut, und so was spricht sich schnell herum. Für den Ottl und die Amalie schlug alles zum Besten aus. Langhamm wurde mit der Zeit eine sehr stark

frequentierte Sommerfrischler- und Autoeinkehr, eine wahre
Goldgrube. –

II

Das Bolwang-Zehring-Weidlinger Viertel ist waldreich und
überaus fruchtbar. Die weiten Gebreiten werden oft durch
runde, wellenartige Hügel unterbrochen, das Gold der Ge-
treidefelder, das wogende Grün der Wiesen wechseln lieb-
lich ab mit dem satten Dunkel der Waldungen, und es gibt
darin etliche umfängliche Weiher, die verlassen daliegen wie
silberblaue riesige Spiegel. Der größte davon liegt ungefähr
vier, fünf Steinwurfweiten von Langhamm entfernt, rechter
Hand von der Straße, in einer flachen Mulde mit vielen Birken, die erst tiefer in der Waldung von Fichten abgelöst werden. Am Anfang versuchte der wamperte Ottl es mit einer
Fischzucht, aber nach altem Gewohnheitsrecht trieben die
Bauern im Sommer dort ihre Rösser in die Schwemme, die
Kinder badeten, und an den Sonntagen auch manchmal etliche Knechte und Bauernburschen. Das verscheuchte selbstredend die Fische. Die ganze Zucht verdarb dem Ottl, aber
er und seine Amalie verbissen ihren kranken Ärger darüber
und schauten mit süßsauren Mienen dem allen unwiderspro-
chen zu. Verfeinden wollten sie sich deswegen nirgends. Womöglich nämlich, wenn sie was gegen Rösserschwemmen und
Baden gemacht hätten, wären die Leute falsch und tückisch
geworden und bloß noch zum Gumpenwirt gegangen.

Jetzt aber, mit dem lebhaften Auto- und Sommerfrischler-
verkehr, entdeckten die städtischen Leute den Weiher, und da
gab's auf einmal kein Halten mehr.

Vom goldenen Himmelssegen ging es jetzt für den Ottl und
die Amalie schnurstracks in den schwarzen Höllenfluch hinein. Das fing an den heißen Sommersamstagen meistens kurz
nach der Mittagszeit an und riß nicht mehr ab bis zum ersten

Dunkelwerden am Sonntag. Dutzendweise ratterten Motorräder und vollgepfropfte Autos aller Art daher, vorbei an der Langhammerwirtschaft surrten sie und weiter unten rechts in den ausgefahrenen Feldweg hinein, bis unter die Birken am Weiherufer. Wahre Menschenschwärme schlugen dort ihre Badelager auf, sogar Zelte brachten sie mit, ihr eigenes Essen hatten sie dabei und kochten oder brieten es über dem offenen Feuer, und kaum einen buckligen Pfennig brachten sie dem Langhammer ein, denn die ersten, die da ganz ungeniert in Badehosen daherkamen und etliche Flaschen Bier oder Limonaden wollten, wurden vom Ottl und der Amalie so sackgrob und drohend abgefertigt, daß keiner mehr kam. Die Langhammers kochten vor Wut und verloren schier den Kopf vor soviel unverschämter Frechheit. Zum erstenmal fluchte der wamperte Ottl.

»Kreizmillion und drei Teifi!« belferte er: »Dös Huarngsindl, dös ausgschamt!« Aber die Amalie warnte ihn noch zur rechten Zeit: »Bsinn di, Ottl, und denk an dei' Gsundheit!« Er würgte seinen Ingrimm hinunter und sagte irgendwas von der Gendarmerie. Gleich am andern Montag beredete er sich mit dem Bürgermeister, und der sagte: »Z'erscht muaßt es verbieten. Ehvor konnst nix macha.« In aller Schnelligkeit mußte der Dekorationsmaler Fahrnbichler drei großschriftige Tafeln malen. Die eine mit der Aufschrift *Privatgrund, Zutritt verboten* setzte der Ottl mit dem Knecht eigenhändig quer über den Feldweg, und die andern zwei *Baden verboten* richteten sie am Weiherufer auf. Das aber hinwiederum machte die Kinder, die Burschen und sonderbarerweise auch die Bauern rebellisch, und wenn auch der Ottl und seine Amalie in einem fort beteuerten: »Für enk gilt doch dös net! Ös kinnts d' Roß unscheniert in d' Schwemm reitn und d' Kinder kinna bodn, souvi s' mögn! Bloß dö Saubagasch, dös Stodterergsindl wolln mir vertreibn!« – sie machten alles bloß ärger. Schon am zweiten Tag waren die Verbotstafeln umgerissen und schwammen im Weiher. Niemand wußte, wer dieses Lumpenstück begangen hatte, und gegen die Einheimischen die Gendarmerie aufbieten, das wagte der Ottl nicht. Es war rein zum Aus-der-Haut-Fahren! Sechzig Mark hatten die Tafeln gekostet. Wo das schnell wieder hereinbringen? Seinen ganzen Appetit verlor der Ottl. Für die Burschen und Bauern nämlich hatte sein Höllenfluch eine recht schöne Seite. Sie waren durchaus nicht gegen das Lagern und Baden der vielen Stadtleute, im Gegenteil: Sie füllten von jetzt ab an den Samstagen und Sonntagen den schattigen Langhammergarten vollzähliger als je zuvor und vergaßen sogar das übliche Kegeln, denn das Zuschauen beim lauten, bunten Badetreiben war viel unterhaltlicher, schon deswegen, weil ihnen da oft ganze Rudel ausnehmend gut gewachsener Weibsbilder mit fast gar nichts an in die Augen kamen.

»A so a miserabliger Saustoi!« knurrte der Ottl schnaufend, und die Amalie sekundierte ihm: »So wos Ausgschamts!... Mannsbilder und Weiber untereinand und sogar vor de Kinder scheniern sie si net... Religion hot dös Gschwerl überhaupt net... Sündn muaß ma si fürchtn, wenn ma hischaugt!« – »Muaßt hoit net hischaugn!« schrie der freche Edinger-Wastl: »Schafft dir's doch koana!« Wandblaß wurde die Amalie und ging ins Wirtshaus zurück, aber die meisten Bauern und Burschen lachten ihr nach. Wutverkniffen stand der Ottl da und stellte sich taub, als jetzt der Vogginger-Silvan laut vom Burschentisch her schrie: »Herrgott, do schaugts... A so a frisch's Koibfleisch wia dö Rote do druntn, dös waar wos...!«

Und noch unverfrorener meinte der Edinger-Wastl: »Jetz mir waar wos Kernigs liaba... Mir gfoit dö an greaner Badeanzug besser... Bei dera is Hoiz vorm Tor! Dös Duttizeig konn si sehng lossn...« Wiehernd lachten die Burschen auf.

So konnte es nicht weitergehn. Zermürbt und zerknirscht überlegten der Ottl und die Amalie. Einen hohen Drahtgitterzaun um den ganzen Weiher zu ziehen, schier an die acht- bis

neunhundert Meter, das kostete Geld, kaum noch zum Aus-
rechnen. Und außerdem – da hätten Burschen und Bauern
noch grober rebelliert. In ihrer Bedrängnis gingen der Ottl
und die Amalie wieder zum hochwürdigen Herrn Pfarrer Aumüller nach Zehring hinunter. Als sie über den Kirchplatz
kamen, fiel ihnen auf, daß der Gumpenwirt sein Haus neu
hatte streichen lassen. Alle Fenster glänzten blitzsauber, Blu-
menstöcke standen davor, und frischgedeckte Tische standen
vor der Wirtschaft. Mißgünstig brummte der Ottl: »Hm, do
schaug! Für den rentiert si scheint's dö Haltestelle, und die
ünsrige macht bloß Verdruß...« Noch schlechter wurde sein
Gesicht, als jetzt die Gschwendtner-Liesl, hübsch rund um
und um, aber gelenkig und adrett in ihrem Dirndlgwand, aus
der Tür kam und Bestecke und Teller auf die Tische stellte.

»Und dös Luader hot er ois Kellnerin!« schloß er: »Auf-
macha tuat sie si scho wia dö Stodtmenscher, dö wo bei üns
bodn...« Die Liesl war die dritte Tochter vom Gschwendtner, der hinterhalb Zehring seinen Hof hatte. Ihm gehörte die
Fichtenwaldung, die sich weit ins Flachland hineinzog, und
auch in dieser Waldung gab es einen Weiher, der aber so versteckt im verhangenen Baum- und Buschwerk lag, daß ihn
bloß Einheimische wußten. Kein Mensch machte ein Gerede
aus ihm, und der Gschwendtner am allerwenigsten, weil er
ihn für ziemlich überflüssig hielt. Der Gschwendtnerhof war
ein mittleres Anwesen mit nicht genug Wiesen- und Ackergrund und einem schwachen Viehstand. Da ging's hart her
mit der Arbeit, und weil grad immer so viel herauskam, daß
es halbwegs auslangte, mußten sich die Töchter um einen anderen Verdienst umschauen, und zum Glück waren die zwei
älteren schon verheiratet, so daß bloß noch der Wastl und der
Christi daheim waren. Der Wastl bekam einmal den Hof, und
der ChristI mit seinen sechzehn Jahren lernte seit einem Jahr
die Metzgerei beim Haslinger in Weidling. Die Liesl machte
im Sommer eine Kellnerin, und weil sie ein lustiges, anspre-
chendes Ding war, warf mancher Bursch ein Aug' auf sie. Sie

aber rechnete sich bei jedem genau aus, ob er das Heiraten wert sei und was dabei für sie für Vorteile in Aussicht standen, hielt jeden hin und hielt sich die Besten zur Auswahl. Die Gschwendtnerischen waren alle handfeste, rechnerische Leute. »Hmhm, und der? Da Gschwendtner? Den lossn s' in Ruah mit sein' Weiher!« fiel dem wamperten Ottl jetzt ein.

»Noja, an den is ja aa net zum Zuawikemma... Der is z'weit im Holz drin«, meinte auf das hin die Amalie und tröstete ihren verdrießlichen Alten: »Jetz loß üns no amoi mit'm hochwürdign Herrn redn, Ottl... Der steht ganz sicher zu üns.«

Das stimmte auch. Dem Pfarrer waren allerhand abscheuliche Dinge über das Badetreiben in Langhamm zu Ohren gekommen, die ihm als Seelsorger Verdruß machten, aber er war kein hitziger Eiferer. Er war ein Pfarrer, wie ein andrer ein Metzger, ein Bäcker, ein Wirt oder ein Bauer ist. Er tat seine kirchlichen Pflichten und Schuldigkeiten unverändert in den dreißig Jahren, da er in Zehring Geistlicher war, und verließ sich in schwierigen Fällen auf seinen gesunden, sicheren Hausverstand, der mit dem zunehmenden Alter alles Dafür und Dawider einer Sache so fein abwog wie eine präzise Apothekerwaage.

»Langhammer«, sagte er darum auch gleich, als der Ottl und die Amalie mit ihren bitteren Klagen daherkamen, »Ihr brauchts mir nichts zu erzählen. Mir is alles bekannt... Ich denk' schon die ganze Zeit nach, was da zu machen is...«

»Hm«, meinte der Ottl ein wenig baff:: »Jaja, Hochwürdn, mir glauben's gern, aber dös ganz Arge san net amoi dö ausgschamtn Stodterer!... Bei derer Saubagasch is ma ja so was direkt scho gwöhnt. Aber daß unserne Burschn und Baum do gor nix dro findn, ja, daß eahna dö sündhafte Sauerei direkt scho gfoit, dös, moan i, derf doch a christkatholische Pfarrei net zualossn...!«

»Jaja!... Jaja, das ist's eben«, stimmte der Pfarrer zu und veränderte auf einmal seine Tonart: »Aber, mein Gott, wir

habn eben jetzt eine ganz neumodische Zeit, und die Sittenverderbnis nimmt überall zu, da hilft mein Predigen kaum
mehr was...« Der Ottl und die Amalie mußten zugeben, daß
er in der letzten Zeit sehr scharf darüber gepredigt hatte, hingegen, daß der geistliche Herr gar kein anderes Mittel wußte,
das machte sie ganz verzagt und hoffnungslos. Leere Augen
machten sie wie abgestochne Kälber.

»Hm«, meinte auf das hin der Aumüller: »Man muß eben
schaun, daß die ganze Sach' a halbwegs anständigs Gsicht
kriegt, Langhammer –«

»Anständigs Gsicht?« stutzten der Ottl und die Amalie gleicherzeit. Aber gleich fuhr der alte Geistliche zusammenge-
nommener fort: »Das tät' natürlicherweis auch an euch liegen, Langhammerleut... Ihr müsserts halt eine ordentliche
Badeanstalt herrichten lassen...«

»Ba-Bade-anstalt? ... Mir?« stotterte der wamperte Ottl
und wurde rot bis hinter die kleinen, fetten Ohren: »Mir
solltn üns wegn dem abscheulichn Zigeunergsindl aa no in
woaß Gott wos für Köstn stürzn?« Seine mächtige, kugel-
runde Wampen zitterte, er schnaufte schon wieder kurz, und
die Augen drückte es ihm heraus.

»Bloß net gleich aufregen, Langhammer!« versuchte ihn
der Pfarrer zu besänftigen: »Wollen wir's uns einmal überlegen...« Und alsdann schlug er vor, die Langhammers sollten
vielleicht im Verein mit der Gemeinde eine Badeanstalt mit
getrennten Kabinen für Frauen und Männer errichten, und
man könnte alsdann von jeder Person Eintritt verlangen, und
mit der Zeit kämen die Kosten schon herein.

»Und nachher tät' sich so was auch rentieren, Langhammer, und es wär' eine Ordnung hergestellt«, schloß er. Noch
eine Zeitlang redete er dem Ottl und der Amalie so zu, aber –
soviel merkte und roch er schnell – die hatten ihren Kopf
nur bei den drohenden Kosten und hielten alles fast für eine
grobschlächtige Zumutung. Recht einsilbig verabschiedeten
sie sich diesmal vom hochwürdigen Herrn Pfarrer, und auf

der Heimfahrt in der wackligen Chaise redeten sie nicht mehr allzu ehrerbietig über ihn.

»Hm, der is ja guat«, konnte sich der Ottl nicht mehr zurückhalten: »Jetz solltn mir aa noch ünser guats, saur verdeants Geld nei'stecka, daß sich dös Saugschwerl vo der Stodt drin verlustiern kunnt! ... Der hot leicht z' redn! Er braucht ja nix hergebn! ... Und dö Gemeinde? Der Lochmair, zu dem kaam i do grod recht... Der tat höchstens recht spottn und sogn, sie hobn koa Geld, und eahnetwegn konn do bodn wer mog... I woaß net, Amalie, mir, weil mir oiwei guate Katholikn san und für jedn dös Best' wolln, mir san jedsmoi dö Ausgschmiertn! ... Wenn dös noch a Gerechtigkeit is, nachher woaß i net!«

Und: »Ganz recht host, Ottl, absalut recht! ... Arg nochlossn tuat er jetz, der Aumüller! Waar besser, er gang mit seine vierasieberzg Johr in d' Pension und tat's an Jüngern überlossn«, stimmte ihm die Amalie zu. Kein »hochwürdiger Herr« war der Pfarrer mehr für sie, sondern ein ganz gewöhnlicher Mensch und ein recht wenig sympathischer auch noch dazu. Zornfinster und rachsüchtig schaute der Ottl drein.

»Ausgschlossn! I mog einfach net! I hob doch mei' Geld net gstoin!« stieß er heraus, als sie oberhalb vom Zehringer Berg ankamen: »I kimm dem Huarngsindl scho noch bei, wart nur!« Grimmig schlug er den ledernen Zügel seinem feisten Fuchsen auf den Rücken, daß das Roß zu laufen anfing. Recht vermufft kamen sie in Langhamm an und ließen ihre Mißlaune an den Dienstboten aus.

Das schandbare Treiben am Weiherufer wurde an jedem Wochenende lauter und ärger. Lawinenartig, wenn man's hochdeutsch sagen will, nahm diese Sittenverderbnis zu. Jetzt badeten auch schon die Zehringer Kinder mit, und keiner hatte was dagegen. Ja – dem Ottl und seiner Amalie blieb schier der Verstand stehen – nach und nach kamen auch die Bauernburschen dazu und machten den schamlosen Unfug mit. Ganz zertrümmert und schwer schnaufend hockte

229

der wamperte Ottl oft eine geschlagene Stunde allein in der
sommerheißen Wirtsstube, wenn's draußen im Garten lustig zuging. Ein Gesicht machte er her, wie wenn ihm der
Ochs hineingetreten wäre.

»Glosscherben sollt' ma hinfahrn!« fluchte er einmal heraus: »Fuaderweis Glosscherbn!« So laut klang es, so daß er
wie ein ertappter Dieb zusammenschreckte und geschwind
rundherum schaute. Glasscherben, hm? Aber wie und wo
denn gleich so einen Haufen herbringen? Und außerdem, was
das wieder für Verdrießlichkeiten mit den Burschen und Bauern geben konnte! Ächzend stand er auf, lugte vergrämt in
den Garten hinaus, gab sich einen resoluten Ruck und ging
ohne Nachtessen ins Bett. Das war noch nie vorgekommen.

III

Ein Pfarrerwort bleibt ein Pfarrerwort, und es wurmt sich oft
wie ein schlechtes Gewissen in so einen gut katholischen Menschen wie den wamperten Ottl hinein. Gott sei Dank ging es
jetzt schon langsam dem Herbst zu. Die Birken drunten am
Weiher gilbten, dicke, feuchte Nachtnebel gab es, das Wasser
wurde kälter, und die Badenden wurden weniger.

»Und aufs Johr passiert mir der Saustoi nimmer!« sagte der
Ottl an einem leicht nieselnden Tag und fuhr insgeheim zum
Zimmerer Hunterer nach Weidling hinüber. Den Emmeringer in Zehring überging er, weil's da gleich bekannt werden
konnte.

Blitzbaff war der Hunterer, als der Ottl vor ihm in der
Werkstatt stand und, eh er noch zum Wort kam, halblaut und
dringlich sagte: »I hätt' wos Wichtigs z' redn mit dir, Hunterer... Gehn mir liaber in d' Stubn eini.« Erst nach einer
guten halben Stunde fuhr der Ottl wieder heimzu, und am andern Tag kam der Hunterer mit dem Motorradl zu ihm. Es
nieselte immer noch, und im Wirtsgarten tropften die Holz-

tische. Kein Mensch war zu sehen, als die zwei zum Weiher hinuntergingen. Wirklich gräuslig sah das Ufer aus. Leere Flaschen und zerschlagene Tassen, haufenweise Papierfetzen, Zigarettenstummeln und verrostete leere Ölsardinenschachteln lagen herum, abgenagte Fleischknochen und dreckige Kinderwindeln.

»Do! Do siechst es selba!« warf der Ottl bloß hin: »Wia dö Hottentottn hausen s', dö Drecksäu!« Aber gleich kam er zum Eigentlichen und deutete hinum und herum: »Do a Stuckerer zehn oder fufzehn Kabinen für d' Weibsbilder, und do drenten dö für d' Mannsleut'... In der Mitten, do! Do, wo's so seicht is, kinna d' Kinder bodn... Do glangert a Holzhüttn, wo sie si ausziagn kinna, und vorn vielleicht a lange Planka, verstehst mi? Daß ma net vo überoi hersiecht«, erklärte er dem Hunterer, und der überlegte und rechnete schon.

»Und – und – mach's gnädi, Hunterer, mach's gnädi«, verfiel der Ottl ins Wehleidige und wollte wissen, auf wieviel sich das ungefähr belaufe, aber der Zimmerer ließ sich da nicht weiter aus, denn, meinte er, wenn sie halten und sturmsicher werden sollen, die Kabinen, dann müßten sie Betonsockel kriegen, und das sei dem Maurer seine Sache.

»Wos? Wos, dös aa no?! ... Dös aa no?! ... Tja, do konn i mi ja rein dappi zorn!« jammerte der Ottl noch schmerzhafter: »Und du woaßt doch, daß dös a reins Verlustgschäft für mi is, daß i's bloß wega ünsern Glaabn tua!« Der Hunterer roch schon, daß er's mit seinem bigottischen Daherreden bloß auf die Billigkeit abgesehen hatte, lobte ihn ein wenig und versprach ihm, einen rechtschaffenen Kostenvoranschlag zu machen. Gleich schwang er sich wieder aufs Motorradl, als sie vor der Langhammerwirtschaft ankamen, aber dummerweise hockte in der Stube der Käser Meindl, und der fragt so lang und so hinterlistig, bis dem anderen das Reden wie ein schlechtes Essen herausbricht. Dem hielt der wamperte Ottl nicht stand.

»Soso? Soso, hm, der hochwürdige Herr Pfarrer hat dich

draufbracht, Langhammer?« sagte der Meindl und bekam eine gewichtige Miene. Er war weitum bekannt als luchsschlauer, pfiffiger Geschäftemacher, redete halbwegs hochdeutsch und hörte faktisch das Gras wachsen.

»Das is, meiner Ansicht nach, meinem Ermessen nach, ein sehr ein ausgezeichneter Vorschlag, Langhammer«, redete er weiter: »Soso, und die Gemeinde und der Lochmair, die wolln nix wissn und net mitmachen? ... Das ist, meiner Ansicht nach, meinem Ermessen nach, eine ganz eine große Dummheit

»A Dummheit? ... Wia dös?« staunte der Ottl interessierter. Wenn der Meindl das sagte, dann mußte so was Hand und Fuß haben. Da hieß es aufpassen. Vielleicht brachte er ihn auf einen Vorteil.

»Nämlich, meiner Ansicht nach«, fing der Meindl wiederum an und legte sich tiefer in den eschenen Tisch: »Meinem Ermessen nach is natürlicherweis allerhand Risiko damit verbunden, aber eine Badeanstalt, so was hat Zukunft, meiner Ansicht nach, Langhammer ... Und wer heutzutag nix riskiert, der kommt zu nix ... Bauernleut verstehn so was nicht. Da gehörn, meiner Ansicht nach, meinem Ermessen nach, Langhammer, Gschäftsleut' her wia du und i, verstehst mich?«

»Hm, Gschäftsleut'?« sagte der Ottl leicht ungut: »I woaß bloß oans, für mi kost dös an Haufa Geld, sonst nix! I hob bloß Köstn davo ... I, ganz alloa!«

»Du, ganz alleins!?« meinte auf das hin der Meindl noch aufgekratzter: »Du alleins, Langhammer? ... Wer sagt denn das? ... So was muß, meinem Ermessen nach, durchaus net sein, durchaus nicht!« Und er fing von einem Konsortium zu reden an, von einem Badeverein, der, seinem Ermessen nach, gegründet werden sollte und alles sozusagen in »Regie« nähme.

»Badeverein? Konsortium?« Mißtrauisch schaute der Ottl auf den Meindl und fragte: »Und dem soi nachher i mein Weihrer überlossn, wos?« Er witterte nicht sehr viel Günstiges für sich, aber der Meindl verstand es ausnehmend gut, ihm die Sache auszudeuteln.

»Falsch, ganz falsch, Langhammer!« bestritt er: »Ganz und gar das Gegenteil ist da, meiner Ansicht nach, der Fall... Vom Weiherüberlassn kann doch, meinem Ermessen nach, durchaus net die Red sei... Das Konsortium, der Badeverein übernimmt doch bloß den Betrieb und schaut, meiner Ansicht nach, daß in die ganze Gschicht eine Ordnung hineinkommt... Du kommst da, meinem Ermessen nach, durchaus zu deinem Geld, Langhammer...«

Das hörte sich schon reeller an.

»Überhaupt, meiner Ansicht nach, meinem Ermessen nach, Langhammer, kann das für dich doch mit der Zeit ganz lukrativ werdn, wenn's so gmacht wird, wie ich's mir vorstell'...« wurde jetzt der Käser noch deutlicher und erklärte, vier oder fünf Hauptmitglieder, von denen jeder soundso viel Geld investiert, seiner Ansicht nach »Aktien« sozusagen, die fünf lassen den Strand herrichten, bauen die Kabinen, die Duschen und Wasserklosetts und machen die Badeordnung, und am Ende der »Saison« wird Bilanz gemacht und der Gewinn untereinander je nach der Höhe der Geldeinlage verteilt.

Der wamperte Ottl musterte den gewiegten Käser staunend und fragend gleicherzeit und überlegte mit seinem ganzen Verstand. Herrgott, daß er an so was nie gedacht hatte! Er kratzte sich an den Schläfen und machte ein paarmal: »Hmhm, hmhm... Dös hot Hand und Fuaß, Meindl, dös is dös Bescht...« »Und wennst du, meinem Ermessen nach, überhaupt kein Risiko haben willst, Langhammer, alsdann verpacht uns doch den Weiher!« schoß jetzt der Meindl heraus.

»Uns? Wem denn?« Der Ottl war baff.

»Na ja, dem Badeverein.«

Ob denn der schon beieinander sei, wollte der Ottl wissen, und ob denn bereits – kurzum, der Meindl sagte bloß noch: »Das laß nur meine Sach sei', Langhammer. Überleg dir's, meinem Ermessen nach, ob du auch was investiern oder uns, meiner Ansicht nach, alles pachtmäßig überlassen willst... Jetzt, wo die Saison aus ist, haben wir ja Zeit. Laß mir's bloß bald wissen, Langhammer.« Schon zahlte er seine Brotzeit und seine Maß Bier. Als er mit seinem alten Opelwagen weg war, schrie der Ottl der Amalie, und zum Schluß schauten sie einander schier gottselig dankbar an.

»Samtdem, daß der Aumüller üns net guat grotn hot, is's jetz doch wos Rechts wordn... Ünser Herrgott hot a Ei'sehng ghabt mit üns«, meinte die Amalie, und der Ottl nickte nach langer Zeit wieder einmal mit einem kleinen Aufschimmern im Gesicht: »Er woaß hoit, Amalie, daß bei ünsern Glaabn nia wos fehlt...«

»Gelobt sei Jesus Christus«, wisperte die Amalie und machte ein geschwindes Kreuz, und das »In Ewigkeit, Amen« vom Ottl klang genauso lammfromm.

Es läßt sich leicht denken, daß ihm all das, was der Meindl vorgebracht hatte, arg im Kopf herumging. Er und die Amalie redeten und rieten hinum und herum. Schließlich – »Investieren«, Bargeld hergeben? Fürs Einnehmen, ja, da waren sie immer, die Langhammerischen; aber fürs Hergeben? So was tat ihnen faktisch fast weh. Am dritten Tag schickte der Hunterer auch seinen Kostenvoranschlag, der sich auf fast dreieinhalbtausend Mark belief. Und da waren die Betonsockel noch gar nicht mit einberechnet, und – wie der Ottl erst vom Meindl erfahren hatte – also zwei Wasserklosetts und Duschen sollten auch noch dazukommen.

»Tja! Tja!« stieß er abweisend höhnisch heraus: »I bin doch koa Geldscheißer!... Wos si der Hunterer oiß ei'buid't, ha!« Und damit zerriß er den Kostenvoranschlag und kam auch in bezug auf den Meindl zu dem Schluß: »I wui überhaaps mit der ganzn Gschicht nix mehr z' toan hobn!... I gib'n eahna in Pacht – und basta!... A guata Katholik laßt si net ei' auf so Sauereien...«

Als der Meindl am andern Tag daherkam, war der Oberst-

234

leutnant a. D. von Kemmersbacher bei ihm. Die zwei hatten schon alles für einen Pachtvertrag fixiert. Sie wunderten sich nicht im mindesten, daß der Ottl nicht als Aktionär eintreten wollte, und waren recht angenehm überrascht, als er den ziemlich niedrigen Pachtzins als zufriedenstellend empfand. Außer dem Oberstleutnant hatte der Käser auch noch den Oberapotheker im Ruhestand Dr. Windseder, der außerhalb von Zehring eine Villa hatte, gewonnen. Dazu kamen der Bäckermeister Bracht und der Oberingenieur Poldinger vom Elektrizitätswerk in Bolwang, der eine Brachtltochter geheiratet hatte. Mit diesem Konsortium schloß der Ottl in der darauffolgenden Woche beim Advokaten Sterneiser in Bolwang den Pachtvertrag, und er war so gut aufgelegt darüber, daß er den Herrschaften sogar ein gemeinsames Gratismahl gab.

»Dösmoi is's der Müah wert, Amalie. Bloß si net lumpn lossn, jetz!« sagte er: »Der Meindl hot mir nämli fest zuagsogt, daß er an Bod druntn a Bierbudn aufmacht und daß er d' Leut' zu üns zum Essn raufschickt...«

»Der woaß ebn, wos si unter Gschäftsleut' ghört«, lobte sie: »Der is net a so a Hammi wia der Lochmair und dö auf der Gemeinde... Dö wenn jetz wieder daherkemma mit eahnern Schlachtviech, Ottl, do taat i mi nimmer auf deine oitn guaten Preis ei'lossn...«

»Ja, und beim Essen?... Du derfst aa d' Portionen a weni kleaner macha«, riet er ihr. Sie besprenkelten sich mit Weihwasser und legten sich ins Bett. –

IV

Es ging nicht lang her, da reute es den wamperten Ottl, daß er mit dem Meindl und dem Oberstleutnant samt ihrem Anhang so unüberlegt geschwind den Pachtvertrag geschlossen hatte. »Amalie«, sagte er und schaute ihr mit stockfinster mißtrauischen Augen ins Gesicht: »Amalie, mir is net woi bei

dein ganzn Handl... I glaab, da Meindl und der Kammers-
bacher, dö san scho lang auf mein Weihrer aus gwen... Dös
san zwoa ganz durchtriebne Lumpn. Dö und eahna sauberer Badeverein, dö hobn mi richti ausgschmiert... Und unter-
schriebn hob i! Oiß is avikatisch gmacht wordn, macha konn
i nix mehr! ... Ünseroans ois ehrlicha Mensch denkt doch,
dö andern san genauso, und derweil hobn dö nix ois wia an
Schwindl und d' Lumperei im Kopf... Mei' Gott, mei' Gott,
nix ois wia Verdruß und Schodn hot ma, wenn ma so guat
is...«

Was der Meindl und der Oberstleutnant in etlichen kurzen Wochen fertigbrachten, war wirklich zum Erstaunen,
und für den Ottl und die Amalie war es zum Erschrecken.
Und das Allerärgste war – es ging nicht anders –, sie mußten
bei allem auch noch gute, freundliche Gesichter hermachen.
Als erstes stand schon etliche Tage nach dem Abschluß des
Pachtvertrages im *Wochenblatt für Bolwang und Umgebung*
ein schwungvoller Artikel, der ankündigte, daß der neuge-
gründete »Badeverein Zehring und Umgebung« mit den är-
gerniserregenden Zuständen am Langhammerweiher ein für
allemal Schluß machen werde. Alsdann folgte eine ausführ-
liche, sehr einnehmende Beschreibung vom Ausbau und den
Einrichtungen der zukünftigen Badeanstalt, und zum Schluß
wurde jedermann aufgefordert, dem Badeverein im Interesse
des guten Rufes der Landbevölkerung und zur Wahrung der
»brauchmäßigen« christkatholischen Sittlichkeit als Mitglied
beizutreten. Unterzeichnet war der Artikel vom hochwürdigen Herrn Monsignore Joseph Pfleiderer in Bolwang und
Pfarrer Aumüller in Zehring und den Gründern des Badevereins. »Vor allem aber«, hieß ein Satz darin, »hoffen und
erwarten wir insbesondere von der verehrlichen Burschenschaft, daß sie mit gutem Beispiel vorangeht und dem Verein
vollzählig beitritt«. Als Jahresbeitrag waren zwei Mark angesetzt, die zum Bezug einer verbilligten Dauerbadekarte
berechtigten, und zugleich war eine große öffentliche Grün-

dungsfeier mit Tanz beim Langhammer und ein alljährlich stattfindender Schlußball im Herbst angekündigt, zu welchem Mitglieder freien Eintritt hätten. Die Wirkung war großartig. Von Feierabend bis lang in die Nacht hinein hatten der Hauptlehrer Feigenmoser als Schriftführer und der Bader Menglein als Kassier schon die ganze Woche zuvor zu tun, um den Burschen die provisorischen Mitgliederzettel auszuhändigen, die nicht auslangten. Der Hilfslehrer Zunzer mußte in aller Schnelligkeit immer neue schreiben. Die Badekarten mit den Statuten auf der Rückseite waren noch nicht gedruckt. Bei der Feier faßte der große Langhammersaal die Besucher nicht, auch die Wirtsstube war gepfropft voll, und sogar im dunklen Garten draußen tummelten sich die lustigen Paare. Die markige Rede, die der Oberstleutnant am Anfang hielt, wurde mit schmetterndem Beifall aufgenommen, weil gerade wieder eine Zeit war, wo man für das Kriegerisch-Militärische eingenommen war. Gesottenes und Gebratenes, Bier, Schnaps und Wein konnten die Langhammers kaum genug herbringen. Ein Geschäft machten sie wie schon lange nicht mehr. Warum also das seltsame Mißtrauen vom wamperten Ottl?

»Dö Herrn laaffa s' noch, dö Burschn... Dö trogn s' eahna Geld zua... I wett' mein Kopf, i wenn von dem Spitzbuam, an Hunterer, a Bod gmacht hätt', mir waar koana beigstandn I hätt' oiß ganz alloa mit mein' guatn Geld sündteuer zoin müassn, und wenn i an Eintritt vo eahna verlangt hätt', waarn sie meine Gäst nimmer gwen«, jammerte er in die Amalie hinein: »I sog dir, Amalie, der Meindl und der Oberstleutnant, dös san Lumpn... Do, moan i, werdn mir noch oiahand derlebn...«

Das letztere ließ auch nicht lang auf sich warten. Das warme, trockene Herbstwetter hielt sich noch von Mitte September bis lang in den Oktober hinein, und die Leiter vom Badeverein betrieben den Auf- und Ausbau am Weiherufer mit Hochdruck. Um noch vor der kalten Regenzeit mit dem meisten und Gröbsten fertigzuwerden, dazu brauchten der Maurermeister Neuchl und der Zimmerer Emmeringer von Zehring mehr Mithelfer als ihre Gesellen und die paar Taglöhner, die sie hatten. Kleinhäuslerssöhne, die sich gern mit irgendeiner Hilfsarbeit was verdienten, gab es in Zehring und der Umgebung weit über ein Dutzend, aber das lief eben zu schnell ins Geld, wenn man die einstellte. Es ging unter den Leuten auch schon insgeheim ein Munkeln herum, ob sie sich mit ihrer allzu großzügigen Planerei nicht gar übernähmen, diese hochnasigen Herren Leiter vom Badeverein. Das kam daher, weil der Meindl bereits an den Bürgermeister Lochmair und an etliche Großbauern herangetreten war, um sie als »Aktionäre« zu gewinnen. Die Bauern aber interessierten sich durchaus nicht dafür, ja, sie waren sogar dagegen, und der Banzer von Zehring sagte es dem Meindl recht grob ins Gesicht.

»Üns hobn dö Stadtleut' mit eahnern Bodn net scheniert San aa Leut und rnöchtn eahnan Sunnta hobn... Und ünserne Roß? ... Wo treibn mir jetz dö in d' Schwemm? ... Vui Freundschaft machts enk net mit enkern neumodischen Zeug, mei' Liaba!« Er drehte sich um und ließ den Meindl einfach stehen.

Die Hauptaktionäre vom Badeverein hielten eine Sitzung im Nebenzimmer vom Langhammer ab. Ihre dasigen Gesichter gefielen dem Ottl und der Amalie nicht, und noch verdächtiger war, daß sie jedesmal, wenn die Kellnerin oder der Ottl ins Nebenzimmer kamen, mit dem Reden kurz stockten und dann ganz nebensächliche Sachen sagten.

»Holla«, wisperte der Ottl seiner Amalie zu: »Du, i glaab, bei dö spukt's. Vielleicht hobn sie si verspekuliert, und jetzt glangt eahner 's Geld nimma... I bin bloß froh, daß sie an Pachtzins vorauszoit hob...«

»Wenn s' nimmer weitermacha kinna, nachher müssn s' ganz einfach oiß üns überlossn«, meinte die Amalie ebenso.

»Ja, aba eahnerne Schuidn übernimm i net«, sagte der Ottl

wiederum, und seine Miene verriet, daß er sich insgeheim schon ausrechnete, was für Vorteile für ihn dabei herausschauten. Die langen Reihen der Badekabinen für Männer und Frauen, der An- und Auskleideschuppen standen schon fertig da, die zwei Duschen montierte der Spengler von Bolwang bereits auf den Betonsockel, und an den Aborthäusln im Buschwerk arbeitete der Emmeringer auch schon.

»Wos hobn s' gsogt, wos?« fragte er die alte Kellnerin, die Fehlner-Marie, als sie aus dem Nebenzimmer herauskam: »Soso ... So, hm, an Kredit möchtn sie aufnehma bei der Bolwanger Genossenschaftsbank? ... No, guat!« Er schaute seine Amalie an und wisperte noch einmal geschwind: »Du siechst es, i hob wieder amoi recht ghabt ... Vo mir kriagn sie nix ...« Seltsam aber – sie ließen ihn von der Marie nicht rufen, sie wollten keinen Beistand von ihm. Das gefiel ihm auch wieder nicht und machte ihn recht unruhig. Schließlich, nachdem er durch das allgemeine Herumreden halbwegs erfuhr, daß sie wirklich einen Kredit von der Bolwanger Bank bekommen hatten, knurrte er ärgerlich in seine Amalie hinein: »Werst es schon sehng, dö macha einfach Schuidn und Schuidn, und nachher hob s' i auf'm Hois ...« Die Sache wurde ihm unheimlich. Acht Burschen aus der Umgegend arbeiteten auf Taglohn, darunter auch der Gschwendtner-Wastl, und noch vor den ersten November-Regentagen war das Bad fertig. Ein breiter Strand mit feinem Sand war angelegt, die hohe Planke im Halbrund verdeckte die Sicht vorn Langhammerschen Biergarten her, eine Verkaufsbude für Bier und Würste gab es, und am Ende der Zufahrtsstraße, direkt neben der Planke, war ein kleines Holzhäusl mit einem Schalterfenster für die Ausgabe der Eintrittskarten. Als der Meindl und der Oberstleutnant den Ottl und die Amalie herumführten, konnten die Wirtsleute bloß alles loben, schon deswegen, weil verabredungsgemäß das Bier und die Würste von ihnen bezogen wurden.

»Dos is sehr schön von dö Herrn, sehr schön«, rühmte der

Ottl und bedankte sich aufs beste: »Do zoagt si wieda, daß Gschäftsleut' a Herz füranander hobn. Auf unser Entgegn kemma kinna S' rechna, Herr Oberstleutnant... Du, Meindl, kennst üns ja, daß mir's do net fehln lossn...«

»Tja-ja, meiner Ansicht nach, meinem Ermessen nach, Langhammer, is das grad das richtige Wort«, sagte da der Käser, und er und der Oberstleutnant knien damit daher, daß nach dem bisher erlebten Andrang der vielen Badenden im Sommer natürlicherweis' auch noch ein Parkplatz für die Autos und Motorräder notwendig wär', den hätten sie leider im Pachtvertrag zu erwähnen vergessen.

»Aber, wir nehmen an, wir glauben, Herr Langhammer, daß Sie dafür ein volles Verständnis haben«, meinte der Kemmersbacher ganz unmilitärisch kulant: »Sie haben ja schließlich auch allerhand Nutzen davon...«

»Nutzn? ... I liefert doch bloß 's Bier und d' Würst«, stellte sich der Ottl sofort dumm und redete gleich weiter: »Mei' Pachtzins is doch gwiß billi gnua... Do, auf dera guatn Wiesnlenden, do möcht' i jetzt nacher oiwei meine Erdäpfi o'baun...«

»Hm, aber heuer, meiner Ansicht nach, meinem Ermessen nach, Langhammer, da liegt die Wiesen noch da wie bisher?« hielt ihm der Meindl entgegen, doch der Ottl sagte recht schnell: »Ja, no, weil baut wordn is, hob i's vorläufig liegnlossn für enkerne Bretter und dös Zeug... Wenn i drauf aus gwen waar, hätt' i ja wos verlanga kinna, aber – gell, Amalie, du woaßt es, daß i's zu dir gsogt hob, gell! – gsogt hob i, den Platz loß i eahna gern, bis s' firti san, do verlang i nix... Dös is doch gwiß schö gnua gwen vo mir...«

»Hm«, machten der Meindl und der Oberstleutnant und schauten einander kurz an. Alsdann fragte der Kemmersbacher gradzu: »Sie wären also nicht bereit, uns das Grundstück als Parkplatz zu überlassen?«

»Bereit? ... Vo dem is koa Red net, Herr Oberstleutnant«, gab ihm auf das hin der Ottl zurück: »Aba nachher müaßt i

meine Erdäpfi vo dö Baurn kaaffa... Drobn an Anger, wo is'
bis jetzt ghabt hob, werdn s' nix... Do san s' oiwei so kloa
wie a schlechts Hennaoar wordn...«

»Hm«, machten der Meindl und der Oberstleutnant wiederum und wußten nicht gleich weiter. Dummerweise fingen
sie alsdann dringlicher zu reden an, und da sagte der Ottl ganz
unschuldig: »Nana, nana, mir möchtn durchaus net, daß dö
Herrn net zu eahnern Sach kemma... Ganz gwiß net! Aba
dös mit dö Erdäpfi, dös wui gnau überlegt sei'...« Und dabei
blieb er. Leicht verstimmt und einsilbig stiegen die zwei Herren in den alten, wackligen Opelwagen vom Meindl, und als
derselbe fauchend vom Wiesenweg auf die Hauptstraße ein-
bog, meinte der Ottl: »Dö hobn mi bloß oamoi ausgschrniert
mit den billign Pachtzins, auf den wo i ei'ganga bin, a zwoats-
moi passiert mir dos nimmer.«

Und er schwor sich, beim Überlassen der Wiese als Parkplatz einen Pachtzins zu verlangen, der für ihn alles doppelt,
wenn nicht gar dreifach ausglich. Abschätzend überschaute
er noch einmal das ganze Bad, und wahrscheinlich überlegte
er dabei allerhand für ihn Günstiges, aber zur Amalie sagte
er im Weitergehen bloß: »Zeit lossn... Dö feina Herrn werdn
scho woach...«

Es vergingen etliche Tage. Es verging eine Woche. Zufällig kam der Meindl einmal zum Bürgermeister Lochmair und
zahlte den Fuhrlohn für die Bretter. Dem erzählte er die Geschichte mit der Wiese. Wie alle Bauern war der Lochmair
schon lange nicht mehr gut auf den wamperten Ottl zu sprechen. So niederträchtig und schundig, wie der in der letzten
Zeit den Preis beim Kauf eines Schlachtviehs herabdrückte,
das verärgerte jeden. Der Lochmair lachte sein schelches Lachen und sagte fast schadenfroh: »Jaja, i hob mir's scho oiwei
denkt, daß enk der bigottische Schundniggl noch amoi richti
ausschmiert! Jetz hobts es! ... Der ziagt enk noch d' Haut
übern Kopf...« Und als der Meindl wieder sein umständli-
ches Reden anfing, fuhr er ihm ungeduldig übers Maul: »Ah,

du oiwei mit dein' ewign Errnessn und deine Ansichtn! ...
An wamperten Ottl muaß ma ganz anders beikemma...« Alsdann riet der Lochmair ihm etwas und sagte zum Schluß bloß noch: »Werst es sehng, dös huift! ... Do werd' er vielleicht dasi, der Ruach, der abscheulige...«

Das windige Regenwetter verzog sich. Es klarte auf, und an einem mildsonnigen Tag kehrte der hochwürdige Herr Pfarrer Aumüller nach seinem üblichen Spaziergang beim Langhammer ein. Der Ottl und die Amalie bezeigten ihm die schönste Ehrerbietigkeit. Die Amalie bediente ihn selber und stellte ihm den besten Weißwein und einen goldfrischen Schinken hin. Sie kamen ins Reden und natürlicherweis' bald aufs Bad.

»Jetzt hat unser Herrgott Euch doch vom Verdruß geholfen, Langhammer«, sagte der Geistliche bedächtig: »Jetzt ist's ein für allemal aus mit dem schamlosen Treiben im Sommer...« Er lobte die Herren vom Badeverein überaus herzlich. Jeder Mensch müßt' ihnen dankbar sein für die Opfer, die sie gebracht haben, meinte er zwischenhinein. So – und auf einmal war er bei der Wiese. Wie überrumpelt, wie zwei erschreckte Mäuse, die in die Falle gegangen sind und auf einmal merken, es ist kein Herauskommen mehr, schauten ihn der Ottl und seine Amalie an.

»Jaja, ja – jaja, Hochwürden«, stotterte der Ottl: »I-i geb' eahna mei Wiesn scho, jaja, aba – mei' Gott –« Weiter kam er nicht mehr.

»Aber ein recht hoher Pachtzins ist Euch mehr wert als ein gutes Werk, net wahr?« nahm ihm der Pfarrer das Wort und wurde strenger: »Unser Herrgott läßt sich nichts vormachen, Langhammer. Er belohnt bloß den, der für'n Glauben – wenn's sein muß – auch Opfer bringt... Ich will mich da gwiß nicht einmischn... Als Seelsorger sag' ich bloß, wem sein Geld mehr gilt als die himmlische Gnad und Barmherzigkeit, der braucht sich net wundern, wenn's ihm einst in der Ewigkeit schlechtgeht... Und in die Ewigkeit, net wahr, da könnts net einmal Enker Totengewand mitnehmen, Langhammer...«

Die Amalie schlug ihre Augen nieder und wurde kalkweiß, und dem Ottl stieg das Schwitzen ins Gesicht. Er schnaufte schwer und traute sich kaum noch, dem Geistlichen in die Augen zu schauen. Um es kurz zu machen, wenn's um den Glauben und um ein gutes Werk geht, da will er ganz gewiß nicht zurückstehen, versprach er windelweich und demütig, der wamperte Ottl. »Dö Herrn solln nur kemma... I tua, wos konn, Hochwürden«, schloß er, aber als der Pfarrer draußen durch den öden Garten auf die Straße ging, schaute er wie zertrümmert auf die Amalie, und schlotternd vor Wut weinte er schier heraus: »Dö Lumpn, dö hundsmisrablign, dö Saulumpn! ... Beim Pfarrer hobn s' üns schlecht gmacht, pfui Teifi!« Sein feister, kugelrunder Kopf lief dunkelrot an, und Augen machte er her, als wollte er auf der Stelle jeden einzelnen vom Badeverein abwürgen. Watschelnd und schnaufend stapfte er zur Tür hinaus und schlug sie krachend zu. Er verwünschte den Weiher, das Bad und alles, was damit zusammenhing. Ärger, Verdruß und nichts als in einem fort Schaden hatte man damit. Immer schlechter und schlechter schaute alles für ihn aus, denn – seltsam, die Herren vom Badeverein hatten es auf einmal gar nicht mehr eilig, sie wurden nicht weich, aber er wurde deswegen unruhig – es verlief wieder eine Woche und noch eine, und nicht *sie* kamen zu ihm, *er* mußte schließlich am Sonntag nach dem Hochamt den Meindl anreden und noch dazu ganz freundlich sagen: »I hob mir jetz dö Sach' mit meiner Wiesn gnau durch'n Kopf geh lossn, Meindl... I glaab, mir kunntn einig werdn.«

»So, hm«, stellte sich der Käser auffallend hochnasig: »Das ist, meinem Ermessen nach, meiner Ansicht nach, für die anderen Herrn sicher passend... Sagn mir, am Mittwoch, nach Feierabend, ja?«

»Guat, mir richtn nachher 's Nebnzimmer für achte«, versprach die dabeistehende Amalie. Und als der Ottl endlich mit den Herren zusammenhockte und einen ganz passablen Pachtpreis nannte, da passierte das Allerärgste.

»Zweihundertfünfzig Mark, Herr Langhammer?« sagte der
Oberstleutnant von Kemmersbacher: »Vollkommen untragbar
für uns... Hundert ist das Äußerste.«

»Wo-wos? ... Hu-hundert?« verschlug's dem Ottl fast das
Wort: »Hundert? ... Do werd nix draus... Ausgschlossn, daß
do wos werd!«

»Dann möcht ich Ihnen bloß sagen, Herr Langhammer, daß
der Turn- und Sportverein, der jetzt geschlossen unserm Badeverein beigetreten ist, seinen diesjährigen Ball beim Gumpenwirt abhält...«, erklärte auf das hin der Oberstleutnant
ein wenig militärisch schnarrend, und da glotzte ihn der Ottl
bloß noch an wie ein abgestochener Ochs.

»Bei-beim Gumpn –«, wollte er endlich anfangen, aber der
Meindl redete bereits über ihn weg: »Geschäft, Langhammer,
ist meiner Ansicht nach, meinem Ermessen nach, eben Geschäft...«

Dem wamperten Ottl half alles nichts, sein Beleidigtsein
nicht, sein Hinundherjammern nicht: Statt weich waren die
Herren hart, steinhart geworden. Der Ball vom »Turn- und
Sportverein Zehring und Umgebung« war seit eh und je der
einträglichste im ganzen Winter, und die Turner hatte der
Oberstleutnant in der Hand.

»Ja no, ja no, nachher«, mußte der Ottl schließlich nachge-
ben, »no, um Gottes Chrischti willn, also guat nachher... I
zoi schwaar drauf bei derer Handlschaft, schwaar, aba i hoff'
nachher dann doch scho, daß ma z' Langhamm seine Bäll
hoit'...« Die Herren klatschten mit lautem »Bravo«, und jeder drückte ihm die Hand. Er nickte zwar, aber er japste nach
Luft und klagte arg über sein aufsteigendes Asthma, richtete
sich auf und wünschte allen eine gute Nacht.

Droben in der Ehekammer mußte ihm die Amalie beim
Ausziehen helfen, so mitgenommen war er.

»I konn's nimmer o'schaugn, dö Lumpngsichter, do gräus-
lign«, brachte er gerade noch heraus, als sein fetter Körper ins
Bett sackte. Sein Asthma nahm im Liegen so zu, daß auch der

Amalie ihr Handhalten und Beten nichts mehr halfen. Wahrscheinlich stiegen ihr und dem Ottl in einem fort recht unfromme Gedanken über den Pfarrer auf, der ihnen diese ganze elendige Suppe eingebrockt hatte. Wo da die richtige Andächtigkeit hernehmen?

Noch in derselbigen Nacht mußte der Doktor Penzl von Bolwang herüberkommen. Es trieb schon den ersten dicken Schnee herab, als der Ottl wieder aufstehen konnte...

V

Außer den zwei mageren Christbaumfeiern für die Schulkinder und die »Katholischen Jungfrauen« ergatterte der Gumpenwirt kein weiteres Geschäft, alle großen Bälle und sonstigen Veranstaltungen wurden in Langhamm abgehalten. Die Herren vom Badeverein zeigten sich als verläßlich und machten sich immer besser.

»Und jetzt, Langhammer, meiner Ansicht nach«, sagte der Meindl einmal: »Jetzt, wo kein Feuer mehr im Bad gmacht werden darf, hat sich die Kocherei aufgehört, meinem Ermessen nach... Da kommen, meinem Ermessen nach, die meisten zum Essen rauf...« Das war ein Wort mit Verstand. So umsichtig und findig wie der Oberstleutnant aber war nicht leicht einer. Sein Turn- und Sportverein, den er wie eine Kompanie Soldaten drillte und bei jeder Gelegenheit aufmarschieren ließ, ebnete und teerte im Frühjahr an vier Feierabenden freiwillig die Wiese, und bloß an die fünfundzwanzig Maß Bier kostete der ganze schöne Parkplatz. Die Maiblüten wehten vom Buschwerk und von den Bäumen, und jeden Tag lachte die Sonne. So – und dann kamen in der Junimitte die ersten heißen Tage. Schon ratterten wieder dutzendweise Motorräder daher, volle Autos surrten den Feldweg hinunter, und Rudel von Badelustigen stiegen aus jedem ankommenden Überlandbus. Wichtig und hochbereit hockte der Bader Menglein hinter dem offenen Schalterfenster des Eintrittshäusls vor den aufgeschichteten Billetten. Aber was war denn das? – Kopf an Kopf stauten sich die Stadtleute und schauten verdutzt auf die sauber gemalte lange Tafel mit der Überschrift »Vereins- bad Zehring« an der Planke. Schauten, lasen und schüttelten den Kopf, denn da war in untereinanderstehenden Reihen zu lesen:

»Eintrittspreis für Erwachsene 50 Pfennig, für Kinder 20 Pfennig. Badezeit zwei Stunden, jede weitere Stunde 15 Pfennig. Parkgebühr für Autos pro Stunde 25 Pfennig, ganztägig 1,– Mark. Für Motorräder pro Stunde 15 Pfen- nig, ganztägig 60 Pfennig; für Fahrräder 5 Pfennig die Stunde, ganztägig 20 Pfennig.«

Die Dreieckshosen bei Männern und die zweiteiligen Ba- deanzüge bei Frauen, das Mitnehmen von Hunden und das Zelten und Kochen auf dem Badeplatz waren verboten.

Fürs erste schaute der Menglein gespannt und schier scha- denfroh auf den dichten Menschenhaufen, aber recht schnell bekam er ein langes Gesicht.

»Hoho! Hoho!« hörte er und allerhand Spöttisches und Ab- weisendes dazu, und auf einmal kam eine Bewegung in die Leute, umkehrten sie, gingen zum Parkplatz und fuhren da- von. Bloß ein schwaches Dutzend blieb und redete recht un- gut daher. Nach knappen zwei Stunden brachen sie wieder auf.

Und so ging's den ganzen Samstag und Sonntag. Zudem kam noch was Ärgerlicheres dazu: Die einheimischen Kinder sollten statutengemäß fünf Pfennig und die Mitglieder vom Bade- und vom Turnverein die Hälfte vorn Eintritt bezahlen, aber keiner hatte das gelesen. Die Kinder hatten kein Geld dabei, und die Burschen wurden rebellisch.

»Wos? . . . Mir zoin? Mir?« plärrte der Hengersbacher-Peter den gausternden Menglein an, und er und der Edinger-Wastl gingen einfach an seinem Schalterfenster vorbei, indem sie spottfrech schimpften: »Mir, wo an Parkplotz hergricht hobn für nix! ... Ha, jetz do schaug her! Dö feina Herrn waarn ja net gschleckig! ... Nur her do! ... Girgl, Silvan, Hans! Gehts weita!« Die meisten Turner tummelten sich schließlich im Wasser und lagen im heißen Sand neben den paar Stadtleuten, und nach und nach kamen auch einheimische Kinder dazu, denn der Bader Menglein hatte sich nicht mehr anders zu helfen gewußt, hatte das Schalterfenster heruntergeschoben, das Häusl versperrt und war zum Meindl geradelt. Nach einer schwachen halben Stunde ratterten er, der Meindl und der Oberstleunant im Opelwagen daher, und jetzt wurde es erst richtig wild.

»Wos? Ob mir dö Statutn net kenna? ... Es hot üns doch koana gsogt, daß do was drinsteht!« fing der Edinger-Wastl zu streiten an, und sein Freund Peter, der beste Turner, plärrte noch ausfälliger: »Da pfeiffa mir aufs Turna, Herr Oberstleutnant ... Überhaaps – mir hobn früahrer do bod't, und bodn jetz gnauso ... Da Weihrer ghört doch an Langhammer und net Enk!« Der Kemmersbacher richtete nichts aus mit seinem militärischen Daherreden, noch weniger der Meindl, dem der Wastl saufrech ins Gesicht schrie: »Du mit deine Ansichtn und dein' Ermessn konnst di aufhänga! ... Jetz do schaug her, ha! ... Wenn's a recht a harte Dreckarbat gebn hot, do san mir guat gnua gwen, ha? ... Und jetzt soitn mir noch zomn aa dafür ... Pfui Teifi!« Er spie einen dicken Rotzbatzen in den Sand, und weil das Streiten immer giftiger, lauter und gefährlicher wurde, verzogen sich auch die paar Fremden. Da schlug der Oberstleutnant als Kriegsheld und honoriger Mensch einen Ton an, der die Burschen doch ein wenig einschüchterte. Wenn sie nicht auf der Stelle das Bad verließen, hole er die Gendarmerie, sagte er, und sie sollten erst lernen, was Zucht und Sitte sei. »So? ... Hm ... No oiso, mir gehnga! Mir gehnga, Herr Oberstleutnant ... Mehrer sog i net«, schloß auf das hin der Hengersbacher-Peter zweideutig finster, und ein Gesicht machte er dabei, das nichts Gutes verriet.

247

»Gehts weita... Lossn mir dö Herrn alloa«, sagte er zu seinen Kameraden, und sie trollten sich. Der Oberstleutnant, der Meindl und der Bader schauten ihnen ärgerlich nach, und schließlich sagte der Oberstleutnant mannhaft: »Die Sache muß sofort in einer Sitzung geklärt werden, meine Herren! Herrgott noch mal! Wo bleibt denn da die Autorität?!«

In Langhamm droben machten die Burschen dem Ottl einen mordialischen Krach, und, verlangten sie, wenn er nicht gleich hinuntergehe ins Bad und »die staubigen Brüder zusammenschimpft, daß ihnen Hören und Sehen vergeht«, dann seien sie seine Gäste gewesen, und er würde noch allerhand erleben. Der Ottl watschelte auch wirklich hinunter ins Bad. Aber es war nur noch der Bader Menglein da. An den war nicht hinzuschimpfen. Er klagte selber ganz verstört und sagte, er lege sein Amt als Kassier nieder.

In der darauffolgenden Woche ging es in Zehring hochdramatisch zu. Zum allerersten berief der Oberstleutnant eine Vollversammlung des Turn- und Sportvereins ein, um, wie er zum Meindl sagte, »die Kerls zur Räson zu bringen«. Er hatte sich auch schon eine streng militärisch-markige Rede aufgeschrieben. Aber »die Kerls« kamen nicht. Er verwartete eine volle Stunde vergeblich in Langhamm und mußte sich die jammernden Einwände vom Ottl und der Amalie anhören. Zum zweiten hielt der Vorstand des Badevereins am Tag darauf eine Sitzung ab, bei welcher man lang und breit herumredete, bis man sich schließlich einigte, den Eintrittspreis von fünfzig Pfennig für einen ganzen Tag festzusetzen und die Parkgebühren um die Hälfte zu verringern. Trotz allem war keinem ganz wohl dabei. Jedem wurde langsam angst um sein Geld. Die Preisherabsetzung wirkte halbwegs.

»Es tröpflt, es tröpflt«, sagte der Bader Menglein, und schließlich konnte er auch sagen »es tropft«. Die Urlaubszeit war angebrochen. Indessen: dem Ottl sein schöner, schattiger Biergarten blieb an den Samstagen und Sonntagen ziemlich leer.

»Dös is ebn – mir hobn jetz koa lustigs Zuaschaugn
mehr«, verriet ihm der Lochmair einmal boshafterweise:
»D' Schwemm host üns aa versperrt, und kegeln kinna mir
jetz beim Gumpenwirt aa besser... Der hot a schöne neue
Kegelbahn baut...« Das gab dem Ottl einen so scharfen
Stich, daß er sich mit allen zwei Händen am Sessel einhalten mußte. Er machte ein gottesjämmerliches Gesicht und
klagte: »I konn doch nix dafür... I bin hoit z' guat gwen.«

»Z' guat?... Du konnst nia wos dafür, wenn's ums Geld
geht«, spottete der Lochmair und freute sich. Für zehn Jahre
nämlich hatte der Ottl seinen Weiher dem Badeverein ver-
pachtet, stellte sich dabei heraus.

Sehr arg wurmte es den Oberstleutnant, daß sein Turn- und
Sportverein einfach einschlief. Aber weil sich die Burschen
überhaupt nicht rührten, sagte er doch: »Na, klein beigegeben
haben die Kerls recht rasch. Ihr ganzes Drohen war bloß eine
freche Maulaufreißerei.« Das sollte er vielleicht nicht gesagt
haben, denn unter Bauersleuten heißt es: »Protz di net voreh –
vielleicht tuat's dir spaater weh.«

Die Burschen, allen voran der Hengersbacher-Peter, der
schon lang mit der Gschwendtner-Liesl ein »Gschpusi« hatte
und darum oft beim Gumpenwirt verkehrte – die Burschen
aber ließen nichts auf sich sitzen. Nicht umsonst blieben
sie seit dem Krach im Bad unsichtbar. Sie schwitzten und
rackerten seither fast jede Nacht wie die Wilden, und unerwartet kam ihr Gegenschlag. Ihre Rache war wohlüberlegt.
In der mageren Wiese vom Hengersbacherhäusl, das seitab
von der Hauptstraße, gutding eine Viertelstunde vor Langhamm im Flachland steht, sahen die städtischen Motorradler
und Autofahrer in einer Frühe eine fast meterhohe, schön gemalte Tafel auf zwei festen Pfählen, und drauf war zu lesen:

»Achtung! Touristen, Auto- und Motorradfahrer,
kommt alle ins neue FREIBAD GSCHWENDT
Kein Eintritt oder sonstige Gebühren. Lagern, Zelten, Ko-

chen erlaubt. Jedermann willkommen. Großer Weiher im Tannenwald mit Parkplatz. Ideale Erholung für Familien und Kinder.«

Und die genaue Wegrichtung war neben diesem Text zu sehen.

Die Langhammers und die am Weiher drunten wunderten sich. Alles, was da heranratterte und -brauste, fuhr weiter. Nicht ein Badegast bog in den Wiesenweg ein, und dabei war doch dieser Samstag brutheiß wie kaum einer zuvor.

»Tja, tja, wos is denn jetz dös? ... Tja, tja, wos is denn do passiert?« fragten sich der Ottl und die Amalie und witterten nichts Gutes: »Hobn s' eppa schon wieda wos recht wos Dumms gmacht, der Oberstleutnant und der Meindl?« Seitdem nämlich die Bauern und Burschen kaum mehr einkehrten in Langhamm, zitterten sie alle zwei vor jedem geringsten Verlust. Jetzt, weil im Bad drunten der Bier- und Wurstverkauf schon ganz nett florierte, auf einmal wieder so ein verdrießlicher Zwischenfall. Der Ottl ging hinunter zum Weiher. Dort saß der Bader Menglein schwitzend im Schalterhäusl und schüttelte bloß in einem fort den Kopf: »I versteh' die Welt nimmer! ... I versteh' die Welt nimmer!« Er ging aus dem Häusl und schaute hinüber auf die Straße: »Worum fahrn s' denn weiter? Wo fahrn s' denn hin?«

Erst nach etlichen Tagen erfuhren sie, was geschehen war. Nicht umsonst war der Gchwendtner-Liesl ihr Zukünftiger, der Hengersbacher-Peter, der beste Freund von ihrem Bruder Wastl und mit den alten Gschwendtnerleuten so speziell. Die sechzig Burschen vom ehemaligen Turn- und Sportverein hatten die Waldung um den Gschwendtnerweiher sauber ausgeholzt und etliche Stege ins Wasser gezogen. Auf dem weiten Platz tummelten sich Hunderte von lustigen Stadtleuten, zelteten und kochten wie voreh beim Langhammer, und in der Mitte stand eine umfängliche Bude, wo es Bier, Limonaden und Würste vom Gumpenwirt gab. Die resche Liesl stand drinnen und hatte oft so viel zu tun, daß ihr der Peter helfen mußte. »No«, lachten alsdann die Burschen, »do hobts ja boid a hübsch's Heiratsguat beinand.«

Damit war es aus mit der Herrlichkeit des Badevereins in Langhamm. Noch vor dem Herbst machte er bankrott, und im *Wochenblatt von Bolwang und Umgebung* stand die Ankündigung der öffentlichen Versteigerung. Jeder von den siebengescheiten, hochnasigen Herren im Vorstand büßte einen ziemlichen Batzen Geld ein. Der Ottl und die Amalie fuhren fast aus der Haut. Sie hatte jeden Tag ein verweintes Gesicht, und er schnaubte in einem fort heraus: »Mir san ruiniert! ... Mir san glatt ruiniert!«

Bei der Versteigerung war die ganze Bauern- und Burschenschaft zugegen, und jeder schmunzelte schadenfroh: »Schaugts'n o, den Geizkrogn, den windign, den Schundniggl, den bigottischn! Jetzt huift eahm koa Betn und koa Herrgott nimmer! Jetz muaß er rausrucka mit sein' Geld!‹ Der Gumpenwirt als einziger Interessent nämlich bot und bot, und dem wamperten Ottl blieb nichts anderes übrig, als ihn zu überbieten. Auf das hin wurde er von seinem Asthma so hergenommen, daß die Amalie oft meinte, er ersticke ihr, und wenn er auch die Tafel an der Planke sofort überstreichen und drauf malen ließ: »Baden und Parken für die Gäste von Langhamm frei. Vorzügliches Essen zu jeder Tageszeit und gepflegtes Bier vom Faß«, das zog nicht mehr.

Bei den Stadtleuten hatte sich das ungezwungene Baden im Gschwendtnerweiher so vorteilhaft herumgesprochen, daß Langhamm nicht mehr dagegen aufkam. Der Zulauf dort wuchs und wuchs, wenngleich es schon in den September hineinging, und so blieb es auch im nächsten Sommer. Seitdem kränkelt der Ottl in einem fort und ist recht kleinlaut. Bloß wenn ihn wer auf die Herren vom ehemaligen Badeverein bringt, wird er zorngiftig und läßt an keinem ein gutes Haar. »Lumpn, ganz elendige Saulumpn« sind sie alle für ihn. –

Oskar Maria Graf
bei LIST

Eine Auswahl

Kalendergeschichten I
Geschichten vom Land
1994. 364 Seiten, gebunden
(Werkausgabe Band XI/2)

*

Kalendergeschichten II
Geschichten aus der Stadt
1994. 372 Seiten, gebunden
(Werkausgabe Band XI/3)

*

Der harte Handel
Ein bayrischer Bauernroman
1994. 314 Seiten, gebunden
(Werkausgabe Band II)

*

Unruhe um einen Friedfertigen
Roman
1994. 502 Seiten, gebunden
(Werkausgabe Band VI)

LIST

Helmut Krausser
Thanatos
Roman
542 Seiten
btb 72255

Helmut Krausser

Die ungewöhnliche Geschichte des Konrad Johanser, Archivar des Instituts für Deutsche Romantik in Berlin, der sich immer mehr in seine Wahngebilde verstrickt, bis er auch vor Mord nicht mehr zurückschreckt.

»Einer der wichtigsten Romane der letzten Jahre.« *Die Woche*

Robert Hültner
Inspektor Kajetan und
die Sache Koslowski
Roman
220 Seiten
btb 72144

Robert Hültner

In den Wirren der Räterepublik verschwindet in München der Journalist Meiniger. Nachdem seine Leiche gefunden wird, beginnt Inspektor Kajetan mit höchst gefährlichen Recherchen.

Ausgezeichnet mit dem Deutschen Krimipreis 1995.

»Hültner erzählt mit der kraftvollen, imaginierenden Stimme eines Romanciers ... Solch eine Stimme kennt man im deutschen Krimi sonst nicht.« *Der Tagesspiegel, Berlin*